2019.1

走向世界的中国作家

一粒微尘

王祥夫 著

文化发展出版社
Cultural Development Press

图书在版编目(CIP)数据

一粒微尘/王祥夫著. —北京：文化发展出版社，2019.9
ISBN 978-7-5142-2642-3

Ⅰ.①一… Ⅱ.①王… Ⅲ.①长篇小说－中国－当代 Ⅳ.①I247.5

中国版本图书馆CIP数据核字(2019)第201395号

一粒微尘　YI LI WEI CHEN

王祥夫　著

出 版 人：武　赫
策划编辑：肖贵平
责任编辑：周　蕾
责任校对：岳智勇
责任印制：杨　骏
排版设计：辰征·文化

出版发行：文化发展出版社（北京市翠微路2号　邮编：100036）
网　　址：www.wenhuafazhan.com
经　　销：各地新华书店
印　　刷：天津嘉恒印务有限公司
开　　本：889mm×1194mm　1/32
字　　数：225千字
印　　张：9.5
版　　次：2019年10月第1版　2019年10月第1次印刷
定　　价：68.00元
ＩＳＢＮ：978-7-5142-2642-3-01

◆ 如发现任何质量问题请与我社发行部联系。发行部电话：010-88275710

"走向世界的中国作家"文库编辑委员会

主　编
野　莽

成　员
(以姓氏笔画为序)

王池英（美）	立松升一（日）	吕　华
安博兰（法）	许金龙	周大新
贾平凹	野　莽	

不仅是为了纪念

——"走向世界的中国作家"文库总序

野莽

在一切都趋于商业化的今天,真正的文学已经不再具有二十世纪八十年代的神话般的魅力,所有以经济利益为目标的文化团队与个体,像日光灯下的脱衣舞者表演到了最后,无须让好看的羽衣霓裳作任何的掩饰,因为再好看的东西也莫过于货币的图案。所谓的文学书籍虽然也仍在零星地出版着,却多半只是在文学的旗帜下,以新奇重大的事件,冠以惊心动魄的书名,摆在书店的入口处,引诱对文学一知半解的人。

这套文库的出版者则能打破业内对于经济利益的最高追求,尝试着出版一套既是典藏也是桥梁的书,为此做好了经受些许经济风险的准备。我告诉他们,风险不止于此,还得准备接受来自作者的误会,此项计划在实施的过程中不免会遭遇意外。

受邀担任这套文库的主编对我而言,简单得就好比将多年前已备好的课复诵一遍,依照出版者的原始设计,一是把新时期以来中国作家被翻译到国外的,重要和发生影响的长篇以下的小说,以母语的形式再次集中出版,作为中国当代文学的经典收藏;二是精选这些作家尚未出境的新作,出版之后推荐给国外的翻译家和出版家。入选作家的年龄不限,年代不限,在国内文学圈中的排名不限，作品的风格和流派不限，陆续而分期分批地进入文库，每位作者的每本容量为十五万字左右。就我过去的阅读积累，我可以闭上眼睛念出一大片在国内外已被认知的作品及其作者的名字，以及这些作者还未被翻译的本世纪的新作。

有了这个文库，除为国内的文学读者提供怀旧、收藏和跟踪阅读的机会，也的确还能为世界文学的交流起到一定的媒介作用，尤其国外的翻译出版者，可以省去很多在汪洋大海中盲目打捞的精力和时间。为此我向这个大型文库的编委会提议，在编辑出版家外增加国内的著名作家、著名翻译家，以及国外的汉学家、翻译家和出版家，希望大家共同关心和参与文库的遴选工作，荟萃各方专家的智慧，尽可能少地遗漏一些重要的作家和作品，这个方法自然比所谓的慧眼独具要科学和公正得多。

遗漏总会有的，但或许是因为其他障碍所致，譬如出版社的版权专有，作家的版税标准，等等。为了实现文库的预期目的，在全书的编辑出版过程中，出版者会力所能及地逐步解决那些障碍，在此我对他们的倾情付出表示敬意。

2018年5月12日改于竹影居

目 录

菜头 / 1

愤怒的苹果 / 20

狂奔 / 59

玻璃保姆 / 72

寻死无门 / 89

音乐 / 149

积木 / 159

惊梦 / 170

一粒微尘 / 181

王祥夫主要著作目录 / 290

菜头

1

　　菜头从小就不怎么爱说话，总是别人问一句他说一句，再问一句就再说一句。如果有两三个人同时在那里问他话，他就脸红了，看看你，看看他地结巴起来。家里人说菜头大了就好了，还小呢，小孩子家都是这样。但菜头好像忽然一下子就大了，村子里的王金宝出去打工把他带了去，菜头就好像忽然一下子长大了。首先是个子，总在人们眼前晃还让人觉不出，但出去半年猛地再一出现，人们都觉得菜头一下子长高了许多，像是个大人了，岁数呢，也不能再说小，都十八了。和菜头一起打工的刘七八，还有王金喜王银喜兄弟俩都爱和菜头开玩笑，到了晚上把他按在床上脱他的裤头子，一边脱一边说"十七十八，家伙发达"。他们要看看菜头的家伙是个什么模样。其实那还用看，天气热的时候，大家总是一起下河里去洗澡，都脱光了，大大小小的家伙在前边黑亮亮长短不齐地展示着。村子里的人们离开村子到乡里去打工，除了干活儿又能做什么呢？晚上他们又不敢出去，乡里的坏人多，有人出去挨了揍，有人出去被抢了钱，其实他们身上又能有多少钱？他们都不太敢出去，就窝在屋子里说女人的事，互相开身体的玩笑。

菜头十八了，不能说他还小，但他还是不爱说话，人们说到乡里就靠个说话，乡里人又不看你下死力气在地里锄庄稼，也不看你一下子跳下冬天的粪坑勇敢地去凿那冻得很结实的大粪。乡里人就看你会不会说话。菜头的娘就对菜头不止一次地说要他到乡里多说说话，说是会叫的鸟儿才会有人喜欢，好鸟都出在嘴上。菜头的妈说来说去，菜头只笑笑地小声说了句，"我又不是只什么鸟儿。"

"你真是个菜头！"菜头的娘就笑着说。

菜头是什么意思呢？人们吃菜，总是把菜叶子和菜帮子留下，菜头却一刀切了扔到猪食锅里，菜头是没用的东西。有时候人们叫菜头叫急了，菜头便会开口小声说话，说菜头就菜头，总比石头好，菜头还能喂猪，石头能做什么？

"石头能盖房呀？"王金宝最爱和菜头开玩笑："你家伙敢说石头没用！你菜头家的房子不是石头盖的？你用菜头盖一间房给我看看？"

王金宝这么一说，菜头就说不上话了，笑笑的，脸红红的，害羞了。

菜头和王金宝的关系最好，王金宝是个漂亮人物，大眼睛黑皮肤，皮肤虽然黑，却干干净净，穿衣服也总是干干净净，女孩子最喜欢他。所以王金宝每到一处女孩子的眼睛就总是跟着王金宝走。王金宝又爱说话，也会说话，有事没事，王金宝总爱在那里没话找话说，这就显得他性格开朗，因为长得漂亮，性格开朗之外又让人觉得可爱，因为可爱，他就总是能找到活儿，因为他能找到活儿做，所以自然而然他就是揽工头儿。村子里跟他出来的七八个人都听他的，不听他的又能听谁的呢？别人又揽不上活儿。菜头能揽上活儿吗？菜头更揽不上，菜头不起眼。王金宝是个起眼的人物，所以事事处处都要占个尖儿，让别人都听他的，好像是，他就是别人的师父，做什么都要他说了算。算工钱的时候也是这样，你多少，他多少，都由他来定，大家也听他的。这么一来，时间长了，他说话行事果然就像是有了当干部的味道，村子里现在还干部长干部短地这样说话。人们都说王金宝是个干部料。

"你好好学学人家王金宝，一样的岁数，人家就是个干部料。"菜头的家人对菜头这么说，好像是，他们也想让菜头变成一块干部料。而菜头只能是个木匠，菜头的父亲是个老木匠，菜头能学什么呢，只好学木匠。

王金宝带着村子里的这伙子人在乡里做来做去，但他们能做什么呢？这七八个人里边不是木匠就是泥瓦匠，所以他们要做的活儿就是给人们装潢家。主人让他们怎么做就怎么做，那些要装潢自己屋子的人大多都没什么主见，自己没房子的时候好像还有主见，什么什么的都会说出个头头是道。一旦买了新房，主见好像一下子就没了，人一下子好像就慌了。他们到处去饭店里和歌厅里去东看看西看看，他们的灵感都是从饭店和歌厅得来的，地面怎么做？房顶子怎么吊？安什么样的灯？一样样都是饭店和歌厅的翻版，然后他们会把这种想法当作自己的想法一一告诉王金宝。这种装潢家的活儿，从泥瓦工活儿干起干到木匠的活儿结束最少也得两个月。活儿做好了，最后一道粉刷的工续也做完了，主人来看了，挑三拣四一番，想多多少少扣一些工钱，但他们大致都会满意，因为他们的屋子装得像极了饭店和歌厅，天花板上有五颜六色的灯，门上有花玻璃，他们满意了。按照规定，完工的时候他们还要请王金宝他们这些工匠吃顿饭，但这顿饭大多不会好到哪里去，要几个最便宜的菜，炒山药丝算一个，拌粉皮又会算一个，菠菜拌豆腐干又是一个，菜没什么好菜，但酒是少不了的，酒是个好东西，一有了酒，有好菜没好菜就好像不重要了——只要有了酒，王金宝他们就会忘掉了一切，再说酒一下肚子谁还想吃菜？酒一下肚子人们就光想说话了。

菜头不会喝酒，别人喝酒他只会在那里看，一边看别人喝酒一边吃菜。

"菜头，光吃菜，不会喝酒你还像个男人？"别人说。

菜头不说话，你说不是男人就不是男人啦？菜头自己在心里说，又夹一筷子菜放嘴里，细细地嚼，喉结一动，咽了，再夹一筷子。

"不会喝酒倒占便宜，光吃菜。"别人又说。

菜头就脸红了，停了筷子，他怕别人再这么说自己。

"你怎么不吃菜？"王金宝说。

"我不爱吃菜。"菜头说。

"操，还有不爱吃菜的？吃菜。"王金宝把菜给菜头往碗里夹。

菜头脸红了，看看别人，其实别人都不注意他，话只是随口说的，是逗他玩儿的，人们都在酒里热闹着，男人们有了酒就热闹了。

菜头跟着王金宝在乡里做事，他和别人一样也背着一卷儿自己的行李，菜头妈说外出做工脏了吧唧的，白被里不经脏，别人的行李是蓝被里，干脆，你连被面都是蓝的吧。但和别人不一样的是他还要把大家伙儿的锅背着，还有一个大家伙儿的电炉子。王金宝他们辛苦一年也挣不上多少钱，所以他们得自己做了自己吃，省几个算几个，他们能吃什么呢？什么便宜就吃什么，有时候就白煮一锅面条子，吃的时候在面里倒点酱油就是顿饭，菜呢，不过是山药蛋和茴子白，上顿下顿都是山药蛋茴子白。吃是这样，晚上睡觉呢，在谁家做活儿就睡在谁家的地上，不过是把要做家具的三合板五合板或者是木板子在地上铺一铺。好在装潢房子都在天气暖和的时候进行，也冻不着。睡觉好说，一睡着，什么地方都一样。吃饭就不行，不太好凑合，起码要做熟了，煮面条子呢，又要煮熟了还不能煮成一锅糨糊。跟王金宝出来的都是年轻后生，在家里谁做过饭？所以都不愿做这种事。

"别人都不做你就做吧。"王金宝对菜头说让别人做他还不放心，手一会儿抓东一会儿抓西，一会儿抓上边的鼻涕，一会儿抓下边的家伙，脏了吧唧的。

别人都不肯来做饭，只好菜头来做，菜头做饭别人来吃，吃好吃赖且不说，闲话倒不老少，不是嫌菜头把菜做咸了，就是嫌菜头把面下软了，菜头都听着，笑嘻嘻的，别人的话说重了，菜头的脸就红了，也不多说什么，好像是，菜头天生就胆子小。每到一处，人们就总能看见菜头不是出去买馒头就是满头是汗夹棵大白菜笑嘻嘻地回来。人们总不见菜头跟人说话，有人还真以为菜头是个哑子，有人还问金宝菜头这人是不是个哑子？

问王金宝话的是个年轻女子，是王金宝他们做活儿的这家新房的主人，菜头也知道这女人叫软米，是王金宝告诉他的，王金宝还告诉菜头说这年轻女人有些喜欢自己，要想把她放倒干一下子是件很容易的事。菜头知道王金宝在这方面很有本事。

软米在那里问王金宝的话，菜头在这边早听到了。

"谁说我不会说话。"菜头脸忽然红了，小声申明自己会说话。

"我还以为他不会说话。"软米也笑了，却只对王金宝说。

2

菜头随着王金宝在乡里一干就又是半年多了,乡里这几年总是在盖新房,这家装好了,那家马上也要装,只要活儿做得好,别愁没事做。菜头在心里算了算,自过年从家里出来,这是装的第三家,这第三家的活儿做得格外细,王金宝也格外上心。为什么王金宝格外上心呢?人们都看得出来,是因为那个叫软米的年轻女人很喜欢王金宝,她一来就总是不停地和王金宝说话,还给王金宝拿苹果吃,有一回还拿了香蕉,有一回还拿了一个猪蹄儿,有一回还拿了橘子,有一回还给王金宝剥橘子吃,还对王金宝说吃橘子下火,还把橘子瓣上的橘络一丝一丝剥下来。

"操!多会儿她把她自己剥光拿给我吃才好。"王金宝那天临睡觉时对菜头说。

菜头不说话,外边好像是下雨了,有细细碎碎的声音在窗上响着。

"你想啥呢,你他妈咋不说话。"王金宝说。

菜头说话了,说软米这女人挺好的,只是她那个在乡里做武装部部长的男人岁数太大了,比她要大出十多岁,像她爸。

"操!你别说了。"王金宝说。

菜头就不说话了,他知道王金宝是喜欢软米的。

软米来了,总爱站在那里看王金宝做活儿,看他使锯,锯子呢,很锋利,很怒气冲冲地就把木头锯开了:哗、哗、哗、哗、哗、哗、哗、哗……

"看什么看?"王金宝说。

"你锯得真直。"软米还能说什么？

"还有锯歪的？"王金宝说。

"真香。"软米说木头的味道真香。

王金宝正在锯一块松木，松木是有一股子香味儿。

"香什么香，烂木头味儿。"王金宝用手抓了一把锯末："给！让你说香。"

软米还真把那把松木末子拿在手里团来团去。软米心里是苦闷的，好像是得了什么病，总是空落落的，又好像急煎煎的。

因为下了雨，到处都是黏黏的，外边的雨不住，而且一下就是三天都不停。软米就在新房里待着，看累了就到阳台上去看阳台对面的堡墙，堡墙上的茅草长得一蓬一蓬的，还有结红果实的枸杞，枸杞在雨里红红的让人看了很伤心，怎么会让人觉得伤心呢，这就让人有些说不出来，天是灰灰的，雨是凉凉的，那红红的枸杞是鲜亮的，好像是，在这种天气里，越鲜亮的东西越会让人伤心，好像是，在这种天气里任何东西都得一塌糊涂才对。

"哎呀，哎呀，看看你做的是什么饭？"软米忽然大声对菜头说。

菜头呢，正要下面条，锅里水开得哗哗的，锅是坐在电炉子上，乡里用电都是放开了用，连鸡窝里也安个灯泡子，这样鸡可以多下几颗蛋。大家理直气壮地都不交钱，谁家也不交电钱，理由是乡里有三个月没给人们发工资了。

菜头吓一跳，不知自己出了什么错。

"让开，让开，"软米要菜头站到一边去。

"这是人吃的饭又不是喂猪？"软米大声地说。她是忽然想这么干涉一下菜头的，这么一来，她的心情忽然好了起来，亮了，就好像天晴了一样。

　　软米打了伞出去了,她自己本来带着伞,但她这时又不用自己的,她偏要打了王金宝的那把烂伞出去,她知道王金宝的伞放在哪里。软米打了伞出去,不一会儿买回了一袋子酱,一袋子味精,还有八个鸡蛋。她算计好了,要用酱和鸡蛋给王金宝他们炸一个鸡蛋酱,做酱用五个鸡蛋,剩两个再做一个汤,汤里再放些香菜,香菜是她向菜铺白要的,既然买了这家菜铺的鸡蛋和酱,天下着雨,地上黏糊糊的,人家不去这家,也不去那家,单单去了你这家,你还不白给人家一点点香菜?

　　软米觉得自己像是在做主妇了,这让她很激动。天上下着小雨,这小雨是让人心生惆怅的,声音好像是有,又好像是没有,远远近近都湿着,软米在那边忙着,王金宝他们还在做工,让软米激动的还有一件事,那就是她从他男人"胡子"那里给王金宝悄悄拿了一盒"中华"烟,她知道那是好烟,烟在那里放着,她就悄悄给王金宝拿了一盒,待会儿她要把烟拿给他。

3

　　女人就是好,女人的好处说也说不完,王金宝他们吃上好面了,女人是可以让生活变得有滋有味的,但女人也会让一个人的生活一下子变得一塌糊涂。

　　天下着雨,在这种天气里,人们的心情一般都不会太好,软米的男人胡子忽然从外边推门进来的时候,软米也正端着碗吃面条,软米用谁的碗呢,她端着王金宝用来吃饭的大茶缸子。那种有盖子的大茶缸子,凡是进城做工的好像都有那么个大茶缸。软米的男人胡子这天心情坏极了,区里要让下边的乡合并,小乡合并成大乡,这样的好处人们还不知道在哪里,坏处却一下子就可以让人看出来,坏处就是两个乡合成一个乡,原来的两个乡长就只能留下一个,其他部门呢,比如妇联和武装部,比如团委和办公室,所有部门上都一样,都只能留一个正头。软米的男人呢,原是乡武装部的部长,部队下来的,人是粗粗笨笨的,胡子好像总是刮不净,眼睛呢,又细细地总是眯着,见人总是笑笑的,给人的印象原是好的,说实在的胡子也算是个能人,从部队下来没有三年就把家从晋南迁了来,还盖了房子,而且呢,还给自己的弟弟把户口也迁了来,而且呢,还和村子里原来的女人离了婚,把比他小十多岁的软米娶了过来。他真是极能干的角色。比如征兵的时候,他会笑眯眯地悄悄对这个说"今年的兵我给你留一个指标,你有没有要走的?"跟这个说完,又会去跟那个笑眯眯地悄悄说:"你有没有要走的兵,我给你留一个指标。"人们都觉得胡子好相处,因为他的胡子人们就叫他胡子,一开始呢,只是在背后叫叫,后来连书记和乡长都这样叫了。书记有了事,会从自己的办公室里出来,脚上呢,是双蓝塑料拖鞋,上边呢,也许就只穿着一个小背心,这是天气热的时候,书记在走廊里叫了:"胡子,你他妈过来一下。"胡子便笑嘻嘻地过来了。乡长呢,有时候也会站在走廊里大声喊,乡长长了一张马脸,要多长有多长,而且是个小眼,胡子是黄黄的,又总是忙得顾不上刮,乡长总是睡不好觉,开会的时候总爱打哈欠。"胡子,胡子,来一下。"乡长在那里喊了,胡子便马上笑眯眯地出现了。

胡子有时候也会很风光一下子的,那就是训练各村的民兵,他喊操喊得特别好,"立正!""稍息!""齐步走!"每逢这种时候,胡子也特别的神气,脸都是亮的,脸上的那个肉鼻子更亮。

人们对胡子都好像没什么意见,可是呢,一到乡要合并,两个武装部部长只留一个,人们就好像都对胡子有了意见。意见又说不出具体是什么意见,这种事向来是含含糊糊的,总之,人们都推举另一个乡的武装部部长来当部长,胡子呢,便只能是副职。这便让胡子火得不行,脸上的笑也不见了,黑下来。他也明白另一个乡的武装部部长的叔叔是区里人大的主任,这有什么办法呢?没了办法便只能生气,只能让肚子里的火儿憋着。

胡子在这个雨天里冒着雨瞎走,比如,在书记的家门前走走,想进去说说,怎么说呢,雨不停地下着,便又到乡长的门前走来走去,想进去说说,但胡子也明白即使是书记和乡长都同意他来当武装部部长,那又顶什么屁事,这事是要区里定的。胡子的心情坏透了,他就是怀着一肚子坏透了的心情来到了自己的新房,来这里又能做什么呢,他也不知道自己来这里能做什么?也许抽支烟,也许看看工匠们做活儿,他的衣服已经湿透了,胡子进门了,一下子就看见了自己的女人在那里吃饭,火儿就是在这时候一下子烧起来的。胡子其实是个很好的人,一个从乡下来的人,而且他待的那个乡下在外地,他是外乡人,这就让他事事处处都存了一分小心,再说他在部队里待了整整十年,十年的部队生活让他学得很有纪律,做事很有分寸。他是从一个小士兵慢慢做起来后来做了个连长,也风光过,比如,下边的士兵会给他把衣服洗了,把洗脚水给他天天倒好,早上呢,刷牙水总也是打好了放在那里。这就让他慢慢慢慢有了一种优越感,他原是没有上过几天学的,这优越感就让他不知头重脚轻,让他好像是两个人,一会儿很了不起,一会很卑微,在上级面前是一个样子,在下级面前又是一个样子,这让他自己也弄不清自己到底是个什么样的人。然后,他就到乡里来了。

软米的男人一进门屋子里的气氛便不一样了,先是他带进来湿漉漉的雨气,再就是他把门重重地一关了。重重地把门一关后他就先去了南边的屋子,那间屋子已经装得差不多,窗套子和门套子都已经打好了,都是按他的心思做的,他对怎么弄屋子是一点点想法都没有,他是经常去书记家的,书记家就是他心里的样子,比如一进家就要安一串红红绿绿闪闪烁烁的灯,比如住人的屋子的顶棚上要装许多的石膏花——角上、四边、中间都要一一安满。软米的男人胡子进到南边的屋子里了,好像是,他要看一看,其实他什么也没看到,他点了一根卷烟,烟是好烟,这几天他见人就要给人好烟抽。乡里的事情已经定下了,但他好像还在心里存着一线希望,希望事情会突然转变,所以他在口袋里就总是装着"中华"这样的好烟,其实这只是给别人抽的,他自己抽的是另一种牌子的香烟,一种"昆湖"牌子的香烟。当着人他抽"中华",背着人他只抽"昆湖"。但他突然觉得自己真是窝囊,又好像是,胡子忽然想开了,他就给自己点了一支"中华"。这烟硬是和"昆湖"不一样,绵绵的,轻轻的,软软的就流到喉咙里头去,对人好像是一种安慰了。胡子先是站到窗子前边去抽烟,窗子外又能看到什么呢?灰灰的天和被雨淋得一块颜色重一块颜色轻的城墙。胡子是有些怕自己的女人的,道理就是软米太年轻,他事事都会依着她,但他想不到软米会在这里和装潢屋子的工匠一道吃饭,还用王金宝的饭缸子。这就让他忽然火儿了。但他又不敢让这火儿发出来,胡子怕什么?

胡子怕的就是软米生气。抽着烟，想着这事，胡子觉得自己应该算了，抽完这支烟去办正事吧，等有机会再收拾这个王金宝，怎么收拾呢，也只是房子装潢完的时候挑挑毛病，不是这里不对就是那里不对，然后扣一点儿钱。

软米从外边进来了，她也有些底虚，好像是做了什么对不住自己男人胡子的事，乡里的事她还不知道，胡子很怕把乡里的事告诉她，怎么说？原来是正职，现在一下子成了个副职？他这会儿倒有些怀念乡下的那个女人了，那个女人虽然比自己大两岁，虽然牙是黄板儿牙，可真是体贴自己，自己有什么话都可以向她说。胡子忽然在这个小雨不停的日子里心里很难受，那种难受又几乎接近委屈，他很想回到老家的村子里去，去找自己原来的黄板牙女人，这是一种冲动，这种冲动一来就让人鼻子酸酸的。

胡子的鼻子酸酸的，就这时候软米从外边进来了。

"我过来看看活儿做得好不好。"软米站在胡子身后轻声轻气说。

"对，多看看好，工钱他们又不少要。"胡子已经抽完了那支"中华"烟。

"油匠找好了没？"软米又轻声轻气地说。

"金小红家的油匠挺好。"胡子觉得自己的火气已经消了，人只要鼻子一酸酸的，还会有什么火气？他忽然想回家了，既然外边下着小雨，既然乡里的事让人不顺心，他觉得自己应该回家去，回家做什么呢？操！关起门和软米做夫妻们该做的事。胡子是喜欢下雨天做那事的，下雨天人们都不出门，天气又不那么热，两个人正好可以脱得光光的，被子也不用盖，院子门关上，两个人在炕上可以天翻地覆，也可以和风细雨。胡子总是喜欢既天翻地覆又和风细雨。胡子觉得世上最好的事就是夫妻间的事了，这事会让人忘掉一切不痛快。

"咱们回吧，雨下得挺好。"胡子对软米说，声音柔情的。

软米就明白胡子心里想什么了，这也是让她心里欢喜的，她其实是喜欢胡子的，胡子的身体是结实的，每一块肌肉都还很年轻，很有力，很怕人，很可爱，只是胡子最近太忙。

"回吧。"软米也说，声音也是柔情的。

胡子和他女人软米要回家了，这让胡子的心情好了一些，一想到要做的事，他还是很冲动。胡子和软米从里屋走了出来，忽然，胡子一下子怔住了——

王金宝和菜头他们已经吃完了，是要歇一歇的。菜头正在"索索索索"地喝水，刘七八也在那里"索索索索"地喝滚烫的水，王金宝在那里抽烟，他把软米拿来的那盒"中华"烟拆了，取了一支在那里细细抽，那盒烟呢，就在他的身边红红地放着，和王金宝一起出来打工的王金喜和王银喜在一边调乳胶，兑了水拼命地在桶里搅。

胡子怔在那里，他看到了那盒红皮子"中华"烟。

王金宝想把烟放起来已经来不及了，他用手把烟虚虚罩了一下，又松开了，这又有什么用呢？这么一来，情况就更加糟糕，这是不打自招。王金宝的脸就红了起来。王金宝还没有结过婚，女人却是搞过许多个的，玉米地里，高粱地里，王金宝的肩膀那么宽，腰那么细，好像是，他生下来就是要样样讨女人欢喜的，他知道软米的心思，他也想过该不该做那种事，他明白那种事就在眼前了，只要自己乐意，就好像饭就在锅里，只要去盛。因为心里想过这种事，王金宝的脸子就更红了。

菜头　13

"你，先回去。"胡子忍住火儿对软米大声说。

软米早在一边羞红了脸，便急急出了门，外边的雨还下着，远远近近一片迷蒙，就像是这个世界真的都沉到了水底，软米的心跳得多厉害，步子呢，深一脚，浅一脚。软米觉得自己是没了脸，这没脸是两头都没脸，自己男人这头和王金宝那头，就让她有一种绝望的感觉。

4

软米从屋里出去后，胡子怎么对王金宝说话呢？屋子里一下静得不能再静，倒像是屋外的雨一下子下大了。胡子先是对王金宝说了声"站起来！"王金宝就站起来了，王金宝站起来后，胡子还能说什么呢？胡子又大声说了句："立正！"这原是他在部队里天天喊熟的一句话，因为天天喊来喊去地喊了那么十多年，所以声音特别的大，特别的好听。好像是，每个人听了这话都会不由自主地站起来。所以呢，菜头也站起来了，菜头一站起来，刘七八和王金喜还有王银喜也就跟着站了起来，就好像这种事竟也会传染。他们都往起一站，胡子就觉得自己又像是当年的那个连长了，这种感觉一回到胡子身上，胡子就更生气了，胡子就又大喊了一声。这一声纯粹是习惯性的，胡子又大喊了一声什么呢？他又喊了一声："稍息！"这两个字一出口，胡子马上觉得自己是喊错了。他这么"站起来！""立正！""稍息！"一连串地喊，不知怎么就产生了一种很好笑的戏剧效果，刘七八这狗日的坏东西就先嘻嘻嘻嘻地笑了起来，他一笑，菜头和王金喜、王银喜也就忍不住嘻嘻哈哈地跟着笑了起来。

胡子真正的发火就是这时候开始的,在部队的时候让他最最恼火儿的就是战士们嘻嘻哈哈。

胡子火儿了。"都笑你妈个狗屁!"

紧接着,胡子又喊了:"立正!"

刘七八和王金喜、王银喜都不敢笑了,都站好了。

王金宝和菜头也站在了那里,都站得正正的。

胡子的脸这时候是黑的,是那种从心里发出的怕人的黑。这就很让王金宝和菜头他们感到害怕,他们不知道胡子会做什么?也不知道他下一步会有什么动作,他们都盯着胡子。胡子一步、两步、三步走到王金宝跟前了,一弯腰,拿起了那盒被拆开的"中华"烟,又一步、两步、三步回到了自己原来的位置。胡子站在了那里,在原地转一个圈儿,他不知道自己该怎么说,或说什么?这就让他脸红了起来,他感觉到自己脸红了,就更恼火儿了,人在火头上,话又往往会脱口而出,想都不用想的。

"你怎么这么不要×脸!"胡子对王金宝说。

这时候的王金宝是一脸的尴尬,他在想自己该说什么?可他能说什么呢?

"这种烟也是你抽的?"胡子又说,接下来他又不知该怎么说了,怎么说呢,烟是自己女人拿过来的,这让他怎么说?怎么处置?他努力想有什么办法可以处置这王金宝,他想如果是在部队,出了这种事该怎么处理?部队能出这种事吗?部队怎么会出这种事,这就让他为难了。

"真不要×脸!"胡子就又骂了一声。

胡子的样子是可笑的,他那可笑的样子让人不能不笑,笑有时候是难以忍住的,有时候是越想忍越忍不住,刘七八忍不住,嘻嘻嘻嘻地已经在那里又笑了起来,他那里一笑,王金喜和王银喜也都忍不住了,也笑了开来。菜头不敢笑,他看看王金宝,王金宝好像也要笑了,菜头忙扯扯他的衣服。

　　胡子火了,这种事让他又丢脸又生气,又生气又没法子说,没法子说他也要说,胡子能说什么呢?这种事一不能讲大道理,二不能送派出所,胡子现在是东家,东家能怎么对付工匠呢?胡子明白了自己该怎么说了:"我让你们笑,你们要是想好好儿拿到工钱你们就笑!"胡子有话说了,他指定了王金宝,"他这么不要脸你们还敢笑?"说这话的时候,胡子心里有主意了,他想起了他当新兵的时候,一个新兵做错了事,排长存心想要羞一羞他好让他进步,便要班里的士兵都吐他口水,每人走到这个新兵跟前把口水吐到这个新兵的脸上,那新兵是谁呢?原来就是胡子。胡子当时做错了什么呢?就是不知是谁的烟放在窗台上被他拿来放在了自己的口袋里,而后来有人来找那盒烟,那烟原来是给部队送菜的乡下人的,那乡下人常常来部队,原是和部队相处得极好的。

　　胡子坐下来,脸子上竟有了一些笑容,这笑容让菜头他们感到害怕。

　　"笑吧,只要你们不想拿工钱。"胡子说。

　　菜头和刘七八他们不知该说什么好,都看着王金宝,他们都知道他们马上就要收工了,收工那天就要拿工钱,但许多时候那工钱总是不会好好让人拿到手,要一遍不行,要十遍不行,有时候一两年过去了那工钱还要不到手。

"你们都看他，"胡子脸上的笑容扩展开来，他用手一指王金宝，"他也太不要脸了，不是他的烟他都敢抽，这么好的烟他都敢抽，你们想要工钱就每人给我往他脸上吐一口。"

菜头和刘七八他们都一下子看定了王金宝，他们都不觉得好笑了，都觉得问题不一样了，胡子居然要他们每人吐一口王金宝，还要往他脸上吐。

"想要工钱你们就每人往他脸上吐一口口水。"胡子又说，觉得这个主意真是太好了。

菜头看看王金宝，王金宝的脸一阵红一阵白。

"不想要工钱你们就别吐。"胡子又说。

菜头、王金宝、刘七八、王金喜和王银喜都愣了，都互相看着，想不到事情会是这样，想不到胡子会这样处置人。

"看什么，想要工钱你们就朝他脸上吐。"胡子又说。

菜头、刘七八、王金喜和王银喜就都看定了王金宝。

"不吐就别想拿工钱！"胡子又开始火儿了。

让菜头想不到的是王金宝这时说了话，声音是小的，"操，吐就吐吧。"

菜头的脸就一下子红起来，心怦怦乱跳，好像口水就要吐在他自己的脸上了。

"吐吧，看什么？"王金宝忽然火儿了。

王金宝和谁火儿呢，是和自己火儿，又是和菜头他们火儿，这是丢脸的事，胡子这头儿的脸丢了，自己这边人的脸也丢了，这是两头儿丢脸的事。王金宝看着刘七八，忽然对刘七八说，"你先吐，我不怕，能拿上工钱我啥也不怕。"话是随口说出来的，但这

菜头 17

话一出口，王金宝忽然觉得自己像是找到理由了，自己让人往脸上吐口水原是为了能拿到工钱，这个理由真是很好，让人心上能好受一点，还好像有点点英雄的味道在里边。

"刘七八，你先吐，能拿上工钱我啥也不怕。"王金宝又说了。

刘七八不敢笑了，事情发展到这种地步已经不好笑了，他往前迈了一步。

"操，谁不吐我扣谁的工钱。"王金宝又说，把脸侧了一下。

菜头的嘴一下子张得老大，因为刘七八真的往王金宝的脸上吐了一口。紧接着是王金喜走了过去吐了一口，然后是王银喜。菜头的脸因为激动都好像要变了形，没人注意菜头，人们的注意力都集中在王金宝的脸上，王金宝的脸上挂着唾液。没人注意菜头的激动已经接近了极点，这极点怎么说呢，菜头脸上的肌肉忽然开始抽动，一下一下抽动，样子呢，真是有些滑稽，像有根看不见的小棍子在他脸皮里边一下一下地捅。

"菜头你来。"

王金宝喊菜头了，菜头是最后一个，好像是挨板子，最后一下打完耻辱也就会随之结束了，而菜头偏偏又那么慢，这就让王金宝火儿得可以，一步，两步，三步就可以过来了，菜头却好像每迈一步就让什么胶在了那里。

"你他妈快点儿！"王金宝大声对菜头说，菜头吐完他就可以把脸擦干净了。

菜头觉得自己像是快要晕倒了，心像是要从胸口里跳出来了。

"金宝——"菜头叫了一声金宝，声音让人觉得有些不对头。

"快你妈的吧！"王金宝又说。

"金宝——"菜头又叫了一声,声音让人觉得菜头真是有些不对头了。

"菜头,快点儿。"王金宝说。

菜头忽然站住了,不动了。让屋子里所有的人大吃一惊的是,菜头忽然转向了胡子,人们都一下子张大了嘴,口水从菜头的嘴里"呸"的一声唾出来了,却没落在王金宝脸上而是落在了胡子的脸上,这是一口分量很足的口水,菜头把它一下子吐在了胡子的脸上。

胡子愣住了,脸上是菜头的唾沫,他一屁股坐了下来。

让人们更吃惊的是,菜头又吐了一口,又吐了一口,往胡子的脸上。

愤怒的苹果

1

　　九年前，亮气刚来的时候，书记王旗红嘻嘻哈哈陪着他，又是讲黄段子又是拍膀子亲热得了不得，还亲自卷了裤腿陪他过了南边的那条河，河水真凉。他们往南走了好远好远，南边都是坡地，留不住雨水，不好种庄稼。"这么大一片地我都想包了。"亮气指了指周围的坡地对书记王旗红说，书记王旗红说亮气你随便，这地你想怎么使唤就怎么使唤，就像使唤你老婆，你使劲使，不使劲使你就是个脓包！

　　时间是什么？时间就是根利箭，"嗖"地一下子九年就过去了。谁都想不到亮气的苹果树会成了这么大的气候，绿压压的一直接住了南边的山。只是亮气现在猛看上去老多了，头发都白了一小半儿，他现在很少回家，他在苹果园里盖了五六间房，他和他女人乔其弟商量好了，只要他们的儿子一考上，他就要他老婆也搬到村子里来。他一个人实在是忙碌不过来，村子里差不多点的亲戚都给他雇到果园里来了，看园子，打杂草，施肥，打药，园子现在是太大了，从这头走到那头要好半天，亮气还在苹果园里养了狗，到了夜里就放出来在园子里跑。果园的事，平时也没什么，最忙碌的时候也就是那么一个多月，平时的果园总是静悄悄的，但一到了苹果开始挂果的时候，人就多了，事也就多了，但好事不会多，多的都是些麻烦事，一件件都让亮气烦心。每逢苹果下来的时候，好像已经形成了习惯，亮气总是要给村子里挨家挨户送些鲜，每家每户都要送到。亮气特别安顿自己的侄子二高，一定要给每家每户都送到，尤其是那些孤寡老人，不能让人说出闲话，既然果园用的是人家村子里的地，虽然签过承包合同，但还是要把关系搞好。但最近亮气发现自己这么做真是犯了一个天大的错误，自己的原意是想让村里的人尝尝鲜，想不到倒好像是他欠下了村里人什么。就在前天，亮气从村子里往大路那边走，大路上堵了车，他想看看拉苹果的车给堵在什么地方了，要想个什么法子让车绕路绕下来。村里的范江涛就笑嘻嘻不怀好意地从道边横过来，拦住了他，话里有话地对亮气说我们村的地就是好使吧？地可真肥是吧？可肥了你亮气一个人了！范江涛这么说话的时候，亮气就也站了下来，直盯盯看着范江涛。他想问问范江涛这屁话是什么意思？想不到范江涛却用手指着亮气教训起来。说最近送苹果怎么有几家就没送到？比如谁谁谁家，谁谁谁家，怎么就没送到？天很热，亮气站在那里，出了一脸的汗，末伏虽然已经早过去了，但天还是很热。亮气当时就生起气来，他不是生气园子里的人把苹果送到没送到，而是生气好像是他该着谁了。

"我该着谁了？这事什么时候上宪法啦！"亮气说。

让亮气想不到的是范江涛竟然一下子就恼了，翻了脸：

"你还想不想种苹果，你说说地是谁的？"

"那我问你合同是谁的？是你的？"亮气说。

"合同是个屁，还不是一张擦屁股纸！"范江涛说你那个当副区长的白同学呢？还不是调走了？你还有啥人？还有谁给你撑腰？有本事你把那些苹果树都搬走，搬城里种大街上去，种楼顶上去！

亮气和范江涛在路边说话的时候很快就围过来一些人。这些人是既不向着亮气，又不向着范江涛，都满头满脸的汗，都在一边数说亮气是不是挣钱多了不把村里的人放在眼里，怎么送几个苹果还要看人下菜碟，有的人家送，有的人家不送。有的人家送得多，有的人家送得少，要知道地可是他们村的，苹果可是从他们的地里长出来的，没地就不会有苹果。

"亮气你把这话说清楚了！"范江涛说。

亮气脸憋得通红，火气一下子就上来了，他觉得村子里的人就是村子里的人，怎么会是这样？送你苹果吃，是心意，又不是该着谁了。亮气也是气了，年年下苹果，年年挣不了几个钱，这费那费合下来，自己到手的钱还没那几个雇工多，他亮气现在只是白头发一天比一天多，收获了一大把白头发。他女人乔其弟给他理发的时候总是一理就是一地的白发，地上的白发让乔其弟叹息不已。

"从今以后我谁也不送！送是心意，不送是本分，别以为我该着你们谁了。"亮气觉得自己该硬朗一下了，对村子里的人你有时候不能不这样。亮气这么一说，周围的人们就都不说话了，都冷冷地看着亮气。

亮气马上又骑着车子气鼓鼓转了回来，他要问问侄子二高，怎么回事？既然自己已经吩咐过他，怎么还让人说出这种咸不咸甜不甜的闲话？其实自己刚才那句话一出口亮气就后悔了，觉得自己是不是说得过了火儿。但亮气实在是忍不住了，再不把话说出来他就要憋死了，王旗红就更要蹲在自己的肩头上拉屎了。

"当什么菜?"亮气倒不明白了。

"给纪检委当下酒菜?"王旗红说。

亮气想笑,心里说王旗红你这个村里的小官还用不着麻烦纪检委。"这是规矩,不管什么人从果园里拿了苹果他都会留下条子。"亮气说。

"规矩,什么规矩?"王旗红就更来气,说他王旗红就是这村里的规矩,除了他,谁还敢在村里立规矩,说着就把手里的白条子撕了,撕得很碎,然后冲亮气把两手一扬,纸片纷纷落地,在阳光里简直是发出光来,有那么点晃眼。

"你种我们村的地倒想给我们立规矩!"范江涛马上在一边说。

亮气是越生气越不会说话的那种人,他不会说话,一张脸给气得煞白,四十多岁的人,眼里忽然满是泪水,他想不到王旗红会是这种人,种果树这么多年来,亮气挣不到几个钱,但他也不愿挣气。亮气不知道自己该说什么?王旗红倒又说了话,王旗红嘿嘿冷笑了两声,说你亮气别以为还是那几年,别以为你那个同学白美田还在,再说白美田就是在位也鸡巴事都办不成。"他办成啥事了,鸡巴事也办不成!"王旗红又说了一句。

亮气明白王旗红的意思,前年王旗红想托白美田在河两边开沙场,结果没有办成,还有就是王旗红想把南边的那一大片土地包给河北人开砖场,也被亮气的同学白美田给顶了。但这种事怎么也不能埋怨到亮气身上,可王旗红就是怨亮气。

"你还想留我的材料?"王旗红忽然想起什么事了,眨眨眼说,"果园的事我不说,我只要是把你的一件事说出来你就得进公安局!"

亮气倒愣在了那里,他不知道王旗红说的是什么事?

"什么事?"亮气说。

"你不知道吧?那你就好好等着吧!时间还不到!"王旗红斜瞅着亮气。

王旗红走后老半天,亮气还一个人呆呆地站在那里,身边树上的鸟叫着,树叶儿"哗哗哗哗"响着,他还是想不出王旗红的话是什么意思,他不知道王旗红说的那件事是什么事?什么事能让自己进公安局?亮气坐了下来,他想让自己想明白王旗红说的事是什么事,想着想着人却又睡着了。亮气是太累了,总是休息不过来。

偏巧这天下午,外边又来了人,是区长王小东陪农科所的人下来参观。晚上自然要在村子里吃饭,王旗红在广播喇叭上喊来了人,去道士窑买了只肥羊,一过七月十五羊就好吃了,按村里的老习惯,还是在妇联主任王美月家吃盐煎羊肉,因为是区长在,亮气也被请去一块儿吃饭,大盘大盘的羊肉热腾腾地端上桌,还有鸡,拌粉条子,喝了几杯上皇庄出的老烧酒,当着王区长的面,坐在亮气对面的王旗红忽然又来了,他笑嘻嘻地用筷子一指亮气,对区长说:"亮气这小子要不好好给我种园子里的苹果树,看我小心撤了他。"这话王旗红不知在酒席桌上说过有多少遍了,他总是对着上边的人这么说话,亮气也是喝了酒,再加上上午的事,心里的气再也憋不住,一下子就涌了上来,亮气把手里的杯子往桌上"砰"地一放,抬起手,也指着王旗红,"这话可不是你王旗红说了算,我是有承包合同的,别说是你,就是乡里和区上,就是王区长也办不了这事!"亮气又一指王区长。

亮气说完这话,桌上的人你看看我我看看你都不好说话了。

"咱俩儿敬王区长一杯酒。"范江涛看看王美月,想打个圆场。

"还轮不上你狗日的敬酒!"王旗红一肚子恶气,指着范江涛,脸憋得通红。

"马上就八月十五了,八月十五我再来吃苹果好不好。"王小东区长却掉过脸,对亮气说话,亮气这时的脸像是突然受到了烫伤,红得很不均匀,一片一片的红,王小东区长拍了拍亮气的肩,说喝酒喝酒,还和亮气碰了一下杯,把话题一转又说起别的来,就像是熟练的老渔夫一下子把舵掉了一个个儿,一般来讲,酒席上的方向盘总是掌握在他们这样人的手里。王小东区长和亮气说起苹果品种改良和引进的事。把王旗红那么大个人一下子晾在了一边。王旗红忽然像是溺了水,不知道脚下的水有多深,也不知道头上的水有多深,他只知道自己这时对亮气的恨有多深。

3

秋天来了,果园里的果子先是一天一天在悄悄上着色,由黄变红,由红变紫,谁见过苹果是紫色的?但亮气种的苹果就是紫色的,在阳光下紫得发黑,这才叫紫。果树是什么呢?果树有时候又像是魔术师,谁也不知道它从什么地方找来了那么多的颜色,那么丰富的颜色,上色对于果树而言只是一道工序,上完色,果树就要在空气中播散它的香气了,没日没夜地朝着四面八方播散着它们的香气,它们用香气告诉所有的人,我熟了,我熟了,是时候了。闻到苹果香气的时候,村子里的人们就都意识到,马上就要到八月十五了,该做中秋月饼割黍杀羊了。

亮气的女人乔其弟出现了,是亮气打电话要她来的,亮气自己想在这最忙的时候回避一下,这些日子人来得太多,但恰恰就是不见王旗红来,这让亮气心里很是不安,他明白自己是把王旗红给得罪了。亮气仔细想了想,认为自己还是不能和王旗红把关系搞得太僵。太僵又有什么好?要在往年,王旗红的条子早就一张接着一张防不胜防地飞来了,因为出了前不久的事,王旗红那边居然没有一点点动静,就像人已经死了,这最让亮气沉不住气。亮气的女人乔其弟也是农大毕业生,小时候读《米丘林传》让她喜欢上了园艺,报考大学的时候她就上了农大。从外表看,乔其弟已经没有一点点上海女人的样子,人很胖,很黑,不认识她的人都会以为她是本地人,一旦知道她是上海人人们多多少少都会吃一惊。上海女人在人们的印象之中总是苗苗条条白白净净,哪像乔其弟?

亮气对乔其弟说了,这几天来要苹果的人多,有头有脸的私人都要给到,不能因为苹果得罪人,这么多年都这么过来了,一下子改了也不好,凡是有关系的都要白给,要想在这个社会把事干下去就得白给。要是公家单位下来要苹果就要看是什么单位,亮气还特意告诉乔其弟,要她十分留意王旗红的条子,如果是王旗红的条子,最好是要多少给多少,只要他王旗红写过条子来就都给。亮气要给王旗红一个台阶,一个很宽很大的台阶。亮气把该办的事情都安排给乔其弟,自己躲到果园最南边的那间屋里,那间屋也算是亮气的密室,人们一般不会找到那间屋。这几天,亮气就让自己一个人待在果园南边的屋子里,好像是在做反省,反省自己怎么和王旗红的关系弄得这么僵,说心里话亮气不愿得罪王旗红,亮气只是想把话明明白白告诉给王旗红,要他往后不要再那么说话,不要把自己当成是他的部下,也最好不要给外人造成这么一种印象,现在情况是,只要王旗红一在,就好像他王旗红是这片苹果园的主人,这真是很重要的事,这话不说明白怎么可以?至于王旗红撕白条子的事,亮气也想开了,明明知道王旗红的白条子放在那里根本就不会变成钱还放着做什么?亮气现在倒是有些埋怨自己,埋怨自己真是太笨,不把那些条子早早处理掉,造成这么大的误会,亮气的心里越来越不安。到了晚上,亮气会去果园中间那间屋,第一件事就会问王旗红的条子来没来。但是王旗红连一个条子也没有,亮气还是有些不放心,把条子翻来翻去。

"你找谁的条子?"乔其弟明知故问。

"你明知道还问?"亮气又把条子翻了一遍,问乔其弟范江涛白天来过没有。

乔其弟说没有,她在那里做晚饭,都八点多了,米饭已经做好了,乔其弟把芹菜叶子择好了,又打了鸡蛋,在心里,她很心疼亮气,她要好好儿给他做几天饭吃,让他养养,或许还能把头发再养黑了也说不定,才四十多的人头发怎么就那么白了。

亮气坐不住了,他出去喊二高,要他马上装苹果,不能再等了,先给书记王旗红送两篓子好苹果过去。亮气站在黑影儿里说话,果园里总好像是要比别的地方黑得早,是树挡住了西落的太阳,但从树缝儿里筛落的太阳又似乎比别处的格外亮快。

乔其弟马上在屋里连喊了两声亮气,让亮气进来。

"你进来!"乔其弟在屋里说。

"干什么?"亮气进来了。

"你要干啥?"乔其弟又是明知故问,其实不必问,她已经在屋里听到了,所以她也不必等亮气回答她的问题,她放下了手里的那碗黄汪汪金子样的鸡蛋,看着亮气,说你怎么这么软?你是不是想让王旗红把你攥在手心里往死了攥?

亮气看着乔其弟,想从她脸上看出个主意来,因为他自己实在是没有主意。

"你是不是还嫌他不过分?"乔其弟又说。

"树是植物,又不是一群动物,说赶就能赶走,"亮气说谁也不能得罪地头蛇,到时候会咬你一口,你又没办法制它,你又不能把苹果树一鞭子都赶走,像赶牲口。

"你当着王区长的面说那话,他当着你的面撕条子,这会儿你再主动送上门去,不合适!"乔其弟很有主意,她从屋里出去,告诉二高不用装苹果,"时候不早了,先回去吃饭。"

"婶子的意思?装还是不装?"二高却问亮气。

"你说呢?"亮气却问了二高这么一句话。

二高不说话了,二高脸很黑,牙齿就显得很白。

"照你婶子的话,别装了。"亮气想了想,觉得乔其弟有理,这回就一硬到底吧,做人总是要硬一回两回的,一个人老是硬不起来那是啥玩意儿?

"二高你要不在这儿吃吧?听听你的意见。"乔其弟这才说。

亮气的侄子二高准备走了,忽然又站住,嗫嗫嚅嚅地说:"眼瞅着快过八月十五了。"

亮气倒不知道侄子二高想说什么?"过八月十五又怎么了?"

"你说吧,你的意思是不是应该给王旗红送?"乔其弟一下子就猜准了二高心里的话。

"我说不清。"二高不说了,他认为自己不该多说话,二高转身走了,背了一袋子落地的烂苹果,他们家的猪这下子要提前过八月十五了。

吃饭的时候,亮气吃着吃着忽然笑了起来,他吃芹菜吃得很响,就像嘴里安了个扩音器,亮气的哥哥最讨厌他吃饭吃出声音,总是在吃饭的时候用筷子打他,结果是亮气的声音更亮了。乔其弟问亮气笑什么,亮气倒问乔其弟自己是不是笑了?是不是笑出声了?

乔其弟不明白亮气是怎么了?总是睡不醒的样子,屋子里静下来的时候屋子外的声音就大了起来,可以听到给虫子咬过的苹果落地的声音,还有就是那几条狗全跑到门外了,它们像人一样喜欢光亮,但它们不像人那样喜欢苹果,亮气养的四条狗里边,只有一条有时候会把一个掉在地上的苹果追着咬来咬去,好像是咬给亮气看,让亮气觉得它热爱苹果,好让亮气喜欢它。

"你再说一遍,他王旗红把条子撕了就朝你脸上一扬?"乔其弟又说这事了,这事是前几天亮气才告诉她的,为这事乔其弟很生气,说王旗红什么东西,不过是个村支书,再大点儿还了得。

"就朝我脸上把碎纸条子这么一扬。"亮气说。

"你怎么会把那些条子给他?"乔其弟说。

"你说要是你你会不会撕那些白条子?"亮气说。

"问题是一般人给你写白条子你会不会给他苹果,而且是给了又给,给了又给。"乔其弟回答得很好,从上大学的时候开始,乔其弟就会说话,会把话说得很好。乔其弟的拿手好戏还在于她有时候干脆什么话都不说,只是听,好像她生下来的时候就只带过来两

愤怒的苹果 31

只耳朵。即使是别人问她好几次她都不会表态。

"王旗红是不是以为他就是你的领导?"乔其弟说。

"他经常那么表示,只要一有机会,好像我就是给他打工的。"亮气说。

"他怎么说?"乔其弟看着亮气。

"我不想说了,说这干啥。"亮气不吃了,把嘴里的芹菜丝吐到桌子上,他已经吐了一堆了,他这几天牙疼得厉害,十分厉害,厉害得都好像是有人在上边钉了钉子。

"他怎么说?"乔其弟其实早就知道王旗红怎么说了,但她想再听听,生气有时候也挺让人激动,要不生活就更显得平平常常了,平平常常的生活有什么意思?

"他能说什么,他总对别人说'你给我好好儿种苹果,你要是不好好干,小心我下你的链子'。"

"下链子?"乔其弟没听懂。

"下自行车的链子,自行车下了链子还能不能骑?"亮气说。

乔其弟就笑了起来,说这个比喻很好,说王旗红有时候很会说话。

"别的没有了,就这么几句话,翻来覆去地说同一句话才气人,才是给人难看,我知道他想让周围的人都觉得果园就是他的,我只是他的长工。"亮气说。

乔其弟已经吃完了,她是个勤快的女人,她马上就去洗碗了,一边洗碗一边说她的意见是,不能因为王旗红这么一闹就不给村上的人送苹果了,尤其是马上就要过八月十五了,该送的还是送。乔其弟直起身来,看着亮气,说怎么也不能得罪一大片人。

"都送？"亮气说。

"但就是不能给王旗红和那个范江涛送。"乔其弟说。

"给他俩儿点颜色看看？"亮气有些激动。

"怕什么？"乔其弟说。

"对。"亮气说。

"让他也明白明白。"乔其弟说。

"前前后后加起来他拿到手的苹果也不知有多少车了，每次给他的又都是最好的苹果。"亮气又来气了，王旗红太不像话了，把白条子撕了还不算，还要扬到他脸上。

"我是不是什么地方得罪了他？"亮气忽然小声问乔其弟。

"是他得罪你！"乔其弟几乎是厉声说道，看着亮气，说亮气你怎么搞的，一说话就把理给了他，他吃你的苹果，不给一个钱，打了那么多白条子，最后还都给撕了，撕了还不算，还把撕成碎片的白条子往你脸上扔，为了这，你也要出口气，起码给他点儿颜色，你待会儿就去找二高，再让他叫几个人，把后边那堆苹果先分了，这次可以给村民们苹果，但是绝对不送，送什么？让村子里的家家户户自己来领。

"要是王旗红和范江涛家里也来人领呢？"亮气说。

"你以前给村里人送苹果让他们打不打条子？"乔其弟忽然问亮气，新的主意是突然而至的，一下子就在乔其弟的心里产生了。

"没呀，那还打什么条子。"亮气说。

"明天就这么办，无论是谁家，来拿苹果就打条子。"乔其弟说。

"那人家也许就不要了，不过十来斤苹果。"亮气说。

愤怒的苹果

"说好只打条子,不收钱,是白给,不要白不要。"乔其弟看着亮气。

"我明白你的意思了。"亮气笑了起来。

吃完饭,亮气和乔其弟去看白天摘的那些苹果。他俩走在林子里,果园里时不时有苹果落地,每一个苹果落地的声音在亮气的耳朵里听来都很大,果园里每掉一个果子亮气都会停下来,忍不住要"啊呀"一声,说"又掉一个"。过一会儿,亮气又会停下来,又会"啊呀"一声,又说:"听,又掉一个。""听,又掉一个。""听,又掉一个。"

"你给王旗红的难看也不算小了。"乔其弟忽然又说起亮气当着王区长的面给王旗红难看的事。她十分赞成亮气这么做。

"那叫难看?那是教他怎么说话!"亮气说。

"就是要给他难看,这次让村民们打条子就是要给王旗红更大的难看。"乔其弟说。

"又要下雨了。"亮气说雨下得太多对苹果不好。

九月的天气,只要一下雨就会冷一阵子,这几天就好像突然已经有了深秋的感觉。但村民们还是都冒着雨去亮气的果园取苹果,这对村民是件新鲜事,村民们吃亮气的苹果已经不是一年两年的事了,人们好像已经习惯了,一到这时候就等着有人把苹果送上门来,但今年却变了样,果园那边通知让村民们自己去果园把自己的那一份拿回来。二高已经把这事都说到了,而且把要打条子的事也说明白了,这让村民们很不解又很不放心,不知道亮气那边是什么意思,打什么条子?还要在条子上签字?村民们最怕把自己的名字写在这样或那样的纸条上,又不是卖,是家家户户都有一份儿,既是每家每户都有还打什么条子，人们一个一个都狐狐疑疑的，都不明白亮气是什么意思？但既然是白吃，又要过八月十五了，村民还是都来了，只要是白给，哪有不来的，而且是争抢着来，好像是来晚了就没份儿了，或者是来晚了就没好的了。亮气的这种做法让人们想起了人民公社那几年，那几年总是分东西，总是大家伙儿一起行动，这几年没这做法了，而亮气的果园却又开始这么做了。亮气的果园很大，苹果只能是一片一片地摘，偌大一个苹果园分了好几个片，先从南边摘，摘下的苹果都先堆在地上，村民们都拥到果园南边去，每户十斤，在一张白条子上签好字然后就可以把苹果拿走，那可是又大又红又鲜亮的苹果。二高在那里给人们过秤，天气有点冷，二高身上居然披了件部队的军绿色小棉袄。乔其弟在一边看着人们签字，一摞白纸早在那里放好了，等着人们签，签好，然后再由乔其弟一张一张收起来。乔其弟是个和气的女人，这种事还用得着向人们解释？可她却在那里一遍一遍向人们解释，说签个字也知道到底都谁家拿到了，到底是分了多少卖了多少，也好统计个年产量。

　　果园里的地都耙得很松，这样一来苹果落了地就不会摔坏，村民们在果园来来回回地走着，脚下发出很难听的"咕吱咕吱"声。村民们想不到果园里的苹果会堆得那样高一大堆，树上的苹果会把树枝压得那么低，低得都贴到了地面。村民们分了苹果也不肯走，这里看看，那里看看，说树上的这个苹果真好，怎么就会这么大，好像光说话还不行，接着是动手，把树上的苹果摘一个两个下来放嘴里吃。有人在一旁说在果园里吃一个两个苹果算什么？只要不往走拿就行。不知是谁这么一说，许多人干脆把自己已经分好的苹果都放在了一边，干脆在那里摘着苹果吃了起来，也有把苹果先送回

愤怒的苹果　35

去，再过来吃苹果。还有的家长把孩子们喊回来，告诉他们去果园吃苹果，说是吃个鲜，从树上现摘下来的苹果就是好吃。孩子们这几天刚刚开学，去果园吃苹果的毕竟不多。先把苹果拿回家的人们把亮气的话也带了回去，那就是今年谁家也不要再想等着让人家送苹果，家家都有一份儿，得去把条子签了字才能拿走。这话自然传到了王旗红的耳朵里。

4

望着黑沉沉的天空，王旗红忽然笑出了声。王旗红这几天也没什么事，南头沙场那边一下雨就停了工，要不就要塌方，这雨下得很让人讨厌，要是打个雷就好了，让人觉着有晴的意思，王旗红最喜欢天上打雷了，打雷的时候他比谁都兴奋，这就是王旗红和别人不同的地方。王旗红觉得天上不打雷是个怪事，天上有那么多的云，好像是五湖四海的云都跑到他们村子的上空了，这让他想到了一句话：五洲震荡风雷激！这句话好啊，有了风雷这个世界才像个样子。王旗红忽然想起以前那个老乡长伍倍富的话了。伍倍富说过，人这种玩意，你要是不管他他就不理你，这就叫"管理"，人这种玩意儿你要是不害他他就不怕你，这就叫"害怕"。王旗红对着黑沉沉的天空又笑了起来，他觉得老天不打雷他也要打个雷了，打个响雷，他这个响雷要打在亮气的头上，他要是不打这个响雷，不但亮气这小子不怕他，而且村民们也不会再觉得他有权威了。王旗红于是打手机让范江涛过来一下，说有事让他马上去办。范江涛马上就过来了，过来后王旗红忽然又改变了主意，他问范江涛取了苹果没？范江涛很怕王旗红，看看王旗红的脸，说没去取。其实他早打发他女人去取过了，取了十斤回来，不取白不取。可这会儿他觉得自己不能对王旗红说自己家里已经取了苹果的事，这么一说就显得自己和王旗红不在一条线上站着了。

"没呀，我又不是这辈子没吃过苹果！"范江涛说。

"这就对了，鸡巴十斤苹果还想唱大戏！"王旗红说。

"还让打条子呢。"范江涛说亮气这么做是什么意思？

王旗红说这事他早就知道了，说亮气一撩尾巴他就知道他拉的是什么屎！"他是怕我了，怕我把他让我打条子的事往心里去，所以才这么做，让人人都打个条子，我打条子的事就给抹平了，我偏不给他这个台阶下。"王旗红看着范江涛，像是想在范江涛的脸上看出话来。

"说得是，是想给你个台阶。"范江涛马上说。

王旗红的脸马上就变了，说是你妈个×，你妈个臭×，他是想给我难看，他这叫以其人之道还治其人之身，我撕了他的白条子，他倒让全村人都统统打白条子，家家户户十斤打一个白条子，他妈个臭×，我看他是长大了，不知道什么是管理和害怕！王旗红的脸色在瞬间变得十分难看，他不看天了，他让范江涛随他进家，他有话要对范江涛说，王旗红一边往屋里走一边对后边的范江涛说看看咱们谁厉害！打条子咱们就打条子！

范江涛不知道王旗红是什么意思，王旗红总是让他害怕。

王旗红在一进门对面的沙发上坐下来了，他要范江涛也坐下。

"你说你到底取了苹果没有？"王旗红又说。

"没呀。"范江涛说。

"操你妈个臭×！"王旗红又骂开了，说范江涛你这是自己想找骂，有人看到你老婆往家里背苹果了，你还说没有，是不是你老婆往家背了一口袋大鸡巴！

范江涛说他真不知道，不知道有这回事，快过八月十五了，谁家没个果子香，就是她往回背，又不是我，这是委屈我，我总不能整天看着女人，她又不好看，脸都像个紫茄子了。

"算了算了，不说这，我也不害你，你也别怕，你要是不知道什么是害怕你也可以等着看。"王旗红不说这话了，他要范江涛拿个主意，这个主意就是，亮气他可以用条子给自己难看，他也要用条子给亮气个更大的难看。王旗红已经把好多年前的那张和亮气签的协议纸拿了出来，要范江涛看，纸上写明了亮气承包村里曲河以南一带的土地种苹果，村委会负责监督协理他搞好承包。

"你说什么叫监督协理？"王旗红问范江涛。

"就是管他。"范江涛说。

"差不多。"王旗红对范江涛的回答还算满意，他又问范江涛"协理"两个字怎么解释。

"帮他办事，协助的意思。"范江涛在区中学读到高中毕业，人还不糊涂。

"你他妈只说对一半儿，你说是帮助他？说反了！咱们是一级政府，他大还是咱们大？鸡巴大还是卵大？所以说不是帮他办事，是一道做一件事。"王旗红从沙发上跳起来，去了另一间屋，从另一间屋里取出了一大摞白纸，他要范江涛做一件事，就是把白纸都裁成一巴掌宽的纸条儿，王旗红说看看谁的纸条子多。

"按着户，把户主的名字写上，一户五十斤苹果。"王旗红说。

范江涛愣了愣，看着王旗红，他不知道王旗红是什么意思，但范江涛已经激动了起来，范江涛知道王旗红这回要闹事了。

"五十斤比十斤多吧？"王旗红说。

"当然。"范江涛也激动了起来，看着王旗红，还是不知道王旗红是什么主意。

"多要比少好吧？"王旗红又说。

"当然。"范江涛说。

"我要！"王旗红又从沙发上站了起来，站起来后又不说话了，这说明他激动得真是厉害，王旗红激动得厉害的时候就是这样，一下子就说不出话来了，要接着说，就总会结巴。他又坐下来，说："你写吧，每户五十斤，把每家每户当家的名字写上，他亮气给人们十斤，我的条子要给人们五十斤，我代表村委会。"

范江涛明白了，嘻嘻嘻嘻笑了起来。"那人家亮气能给？"

"给了就坏了，你妈个臭×，你就不用脑子想想事？"王旗红说。

范江涛张大了嘴看着王旗红，开始想事，开始用脑子想事，起码是装着用脑子想事。

"不过话又说回来，他给也好，不给也好，给，是听我的，算他识相，不给，村民们都拿着我的条子你说能不能让他……"

"好啊，好啊。"范江涛说，脑袋转过来了，开始动手写他的条子了，对着王旗红拿出来的那本老厚的户口簿。

"看看咱们谁厉害，不害他他就不知道什么是'陷害'！"

"你还用不用在上边签字。"范江涛说。

"当然签。"王旗红说不签字他亮气还不知道是谁和他玩儿，不签字村民们还不敢朝他去要，王旗红想了想，说不但要签字，而且

愤怒的苹果　　39

还要盖上村委会的公章。

外边又开始下雨了，下得很小，王旗红坐在炕桌边开始在范江涛写好的条子上一个一个签字，他把名字签得很大，"王旗红"三个字最数后边的那个"红"字大，红字的最下边的一道猛地往左一拉又猛地往右一甩，真是十分有气势。"大人物都这样写。"王旗红说过为写这个字他练了许久，说一般人想模仿都模仿不来。然后王旗红又取出了村委会的公章，让范江涛给每一张条子都盖上公章。

村里的人们都不清楚到底是什么日子又要来了，总之是好日子，总之是要让人过一个好八月十五了。几乎是全村的人都听到了喇叭广播，要村民们都到村委会去取领苹果的条子。亮气的表哥和表舅也听到了，甚至亮气的侄子二高也听到了，他们都没多想，他们也不用多想，这是从外边往回来拿东西，又不是要从家里往外倒腾，想那么多做什么。而且村委会给的是五十斤，好家伙，加上亮气果园给的正好是六十斤苹果，够吃一阵子的。许多人家都在想着怎么分配了，给女儿家多少，给小舅子多少，或者是卖了买什么？也有准备储藏起来的，比如放在地窖里。消息是晚上由范江涛通过广播喇叭一遍一遍播出去的，喇叭里告诉人们让人们晚上就去把条子领回来，明天上午再把苹果取回来。人们都马上行动了，去村委会领条子，条子上的大红公章更加令人们兴奋，人们好长时间没见过这种大红公章了，这大红的公章简直是神圣，这说明是公家在办事，是牢牢靠靠，是千真万确。有的人就悄悄打听是不是村里又要换届了？要不是赶上换届王旗红绝对不会做这种好事，有些人又盼着换届。发条子的时候，范江涛还一遍一遍告诉村民们明天上午就去果园把苹果取回来，要是去晚了剩下不好的可谁也别怪谁，"天在下雨，越是下边的苹果就越是坏得快。"范江涛还对人们这么说。发条子的时候，妇联主任王美月也在，她负责在另一张纸上登记，登记都谁谁谁领了条子，一个发条子，一个登记，这才像个办公的样子。范江涛和王美月发条子的时候王旗红也过来看了一下，说苹果大丰收了，给大家多吃个苹果也是村委会的一点点小心意。王旗红转了一个圈儿又回去了。他没回家，他出了村，去了果园，那条小河上现在修了一座水泥小桥，桥下的水亮晶晶的，好像一晚上那些河水都变成了银子。他站在桥上朝果园那边看，果园在夜里更显得黑压压的，没一点亮光。王旗红忽然笑了起来，心里说看你亮气厉害还是我王旗红厉害。王旗红觉得这还不够，他干脆想绕着果园走一圈儿，他是这么想，那么大个果园他能绕得过来吗？他从南边往北边走了走，果园里的狗就叫了起来。王旗红又踩了两脚的泥回到了村委会，村委会里还有人在领条子，领了条子不走的人聚在一起说话，谈话的焦点是村里是不是真的又要换届了？如果年年都换届就好了，如果月月都换届就好了，会不停地有好事，到时候有苹果就发苹果，有香蕉就发香蕉，要是有×呢，就每人再发一个×！一屋子烂光棍就大笑了起来。

"都早点儿去，都早点儿去。"王旗红对屋子里的人说果园里的苹果也下得差不多了，粗粗地估摸了估摸每户五十斤差不多少，要是不够数就明年再补，苹果不像是山药蛋，起出来堆地上狗也看得出有多少，果子在树上，地上摘好的有多少好说，树上有多少就不好说，还是早点去为好。王旗红又说天不早了，还有几家没来？七老八十的家里来不了的江涛你就给送一下，别光等着，那些人干着急也来不了，小心急得尿了裤子。

王旗红挥挥手让那些烂光棍们散了,接着他也笑嘻嘻地回了家,和老婆上了炕。

"你等着看好戏吧。"王旗红躺在被窝里笑了又笑,说明天保准有场好戏看。

5

天刚刚亮村里的人们就陆续去了果园。果园的早上是鸟的世界,像是在演出,又好像那些鸟经过了一夜的休息精力太旺盛了,不叫叫就要憋出病了。第一个拿着王旗红签过字还盖了章的条子的村民出现在亮气面前时,简直是给亮气带来了惊喜。好像是天终于放晴了,这时天刚刚才亮,二高那一帮子园工还没来。亮气简直是给吓了一跳,亮气正在一棵苹果树下撒尿,他这泡尿撒得要多长有多长,亮晶晶地拉出一条线。亮气忙系好裤带给这个村民过了五十斤苹果。他把那张条子拿进屋要乔其弟看,乔其弟正在给他做早饭,昨晚的稀饭热一热,再在稀饭里放些甜菜叶子,她给亮气煎了两个鸡蛋,给他补补。

"你看你看。"亮气让乔其弟看条子,王旗红打过条子来了!

乔其弟居然也高兴了起来,这说明形势在好转,这就像是一辆车在路上跑,前面是座山,视线被遮住了,遮得云山雾罩,什么也看不清,这下子好了,车一下子终于转过这座山了,可以看到前边的平坦大路了。

"好了好了,这回你放心吧。"乔其弟给亮气分析了一下,这说明王旗红服了,脑子转动开了,乔其弟着重说到那个公章,说以前好像他没在条子上加盖过公章,看样子这回他规矩了。

"知道规矩就好。"亮气洗过了脸,开始吃饭,心情一下子变得好极了。

这时候,第二个和第三个来果园拿苹果的人出现了,手里都拿着王旗红签过字而且加盖了公章的条子。亮气嘴里倒腾着饭接待了这两个人,这只能说是接待,因为亮气高兴,所以他从来都没像现在这么客气,还尽量给这两个人拿好一点的苹果。这时候天已经亮了,当然果园里的黎明总要比外边来得晚一些,但落在果园里的阳光都是金子,一点一点都金光闪闪,所以这里的黎明来得更加动人。但更加动人的场面是村民们蜂拥而至了,像是一次赶集,像是看大戏,更像是一场战争,这让亮气感到吃惊,他不知道究竟发生了什么事情,怎么来了这么多人,而且他们的手里都有一张王旗红签过字盖过公章的白条儿。

"怎么回事?"亮气问乔其弟。

"怎么回事?"乔其弟也不知道是怎么回事。

乔其弟不吃饭了,她已经飞快地在脑子里算了一笔账,每户五十斤,五十斤乘以三百户得出的数字可不是个小数字,怎么回事?她把亮气拉到了屋里,让那些人在外边先等着。

"像是不对劲?"乔其弟看着亮气,她已经感到这不可能是一件好事了。

"我以为只是一两户,怎么都来了?"亮气朝外边看看,外边都是人,不少人正在树上摘苹果吃,嘴张得老大,大口大口吃苹果,拿苹果当早餐。

"你想想是怎么回事?"乔其弟看着亮气。

愤怒的苹果 43

"我也不知道怎么回事？"亮气脑袋发蒙了。

"我看是王旗红在收拾你，给你好看，每户五十斤，谁给你结这笔账。"乔其弟说。

亮气有些明白了，他朝外边看看，抬抬手，把二高招呼了进来，让他暂停给人们过苹果。

"那怎么说？"二高从外边进来，说有的过了有的没过。

"我怎么一点都不知道这事，每户五十斤。"亮气看着二高。

二高有点毛愣，也看着亮气，说这种事连你都不知道村委会那边就能往出开条子，王旗红敢往出开条子，这到底是怎么回事？二高就把自己家的条子也取了出来让亮气看。

亮气明白过来了，明白这是王旗红在收拾自己，亮气把收回来的条子看了又看，又看看站在一边的乔其弟，他不说话，他明白就是条子上打了村委会的公章，到时候这笔账也可以无休止地拖欠下去以至于到后来谁也不认账！或者是把账永永远远地趴在村民的头上，这种账也太多了，多会儿见谁还过？每户五十斤苹果如果发下去，也就是说那些平素和自己有来往的客户都要拉不到苹果，已经交了定金的也摸不到苹果皮。

"不能再给。"亮气说早上那一两个来拿苹果的他还以为是王旗红的关系户，照顾一下也可以，现在说什么也不能拉了。

乔其弟不说话，站在那里想她的主意。她在想怎么把挤到果园里的这些些村民赶出去，赶当然是不能赶，人又不是羊，要去说，说什么？怎么说？说让大家先回去，说让他们分批分批来，这就是搪塞，明说吧，就说这条子不起作用？说果园里不知道这回事，怎么说？

亮气看着乔其弟，想看看她有什么好主意。

"最好是让人们先回去。"乔其弟说。

"当然是让人们先回去最好。"亮气说。

"要是不回呢？"乔其弟说。

"哪还能不回？"亮气其实也没有主意，他看看乔其弟又看看二高。

"这件事王旗红压根儿就没跟你商量过？"二高看着亮气，明白过来了，他明白王旗红的厉害。二高是个脑子特别灵活的人，他的主意是先让人们回去，就说是今天先不分，今天下的果子马上有车来拉，要按着计划来，这些人一走，就赶快联系客户，让客户紧着来拉苹果，到把苹果拉得差不多了，谁再有什么想法也是白搭。二高又看了下日历牌，说今天是八月初五，离八月十五还有十天，就说到八月十三四再给村民们分这五十斤好不好？

亮气出去了，他有些激动。天气已变冷，毕竟不是那几天了，早上起来果园子里特别的凉。地上潮乎乎的，亮气出去说话的时候嘴头子上都有呵气，亮气对站在那里等分苹果的村民们说今天一是腾不开手，二是果子都还在树上没摘，有远道来拉苹果的，先要让人家客户拉走。亮气这么说的时候村民们就有些急，马上有人说那刚才谁谁谁家的谁谁谁家的怎么就分走了呢？亮气就说过几天分更好，果子会在树上熟得更好，这着什么急？离过八月十五还有十天呢，你去出远门看外母娘还是怎么的？着什么急。

其实最打动村民们的话是亮气说果子在树上再熟几天就更好，更红，更甜。亮气说了，果子在树上是一天一个样，别看颜色差不多，早摘一天和晚摘一天吃起来甜头就是不一样。亮气这么一说，等着分苹果的村民们就开始往外走，怎么说这苹果都是人家亮气园子里的,又是白吃,刚刚每户给了十斤,先慢慢吃着,亮气说得也对,这五十斤着什么急,在树上挂着吧,越挂越甜。不少人嘴里吃着苹果开始往果园外边走。脚下发出"咕吱咕吱"难听的声音,地上都是隔夜的雨水。鸟在叫着,一声一声很清亮,但已经不那么热闹了,小鸟已经出窝了,大鸟的叫声凛利而悠长。这个节候还不到收割庄稼的时候,人们比较消闲。一过了八月十五人们就要忙碌了,各种庄稼都要收到场上来,紫的玉米,红的高粱,黄的谷子,黑的豆子到时候都要进仓。这个节候是村民们少有的消闲时候,所以人们的精神就格外的旺气。

"王旗红这一手真厉害。"亮气看着离去的村民,对乔其弟说,他在心里简直都有些佩服王旗红了。

"他撕你的条子,你让村民们打条子,他反过来再来一手,给村民们打更多的条子,简直是流氓。"乔其弟拍了一下手,笑了起来,说这是条子大战。亮气说别笑了,赶快联系客户让客户拉货。亮气又对二高说让他安顿园子里的工人赶紧摘苹果,摘了就拉走,到时候出丑的不是亮气而是王旗红。

雾散开了,果园里的雾先是飘起来,像一张纱,慢慢慢慢飘了起来,让阳光照进来,把果园照得晶晶亮亮。这时候又有人出现了,是村里的几个老人,来采蘑菇,树下的蘑菇很多,不及时采太阳一出来就会变成一股子黑水。

6

王旗红在村子里是个出了名的孝子,他现在只有一个八十岁的老娘,他这个老娘却总说自己已经八十五了,八十五就八十五吧,没人跟她讨论这些烂事。一入八月,屋子里就凉了。王旗红的老娘这几天感冒了,在床上躺了一个多星期,王旗红不敢让村里的大夫给她输液,怕岁数大了来个输液过敏不好。王旗红的老娘就住在王旗红的后边院子里,王旗红天天一早一晚都要去看自己的母亲,这天早上一起来,王旗红的老娘就拄着拐杖在地上来来回回地走,窗子和门都开着,这样的早上,风是凉的,王旗红的老娘在穿堂风里一边走一边说自己不行了。王旗红是孝子,孝子最爱对谁发火,其实就是对他要尽孝道的那个人发火儿,王旗红发急,大声说大清早开门开窗做什么!王旗红的老娘就又让王旗红喂那两条小红鱼,说不喂就要饿死了。王旗红没好气,说饿死就饿死吧!他这么一说话,他老娘就开始抹眼泪。王旗红最怕看他老娘抹眼泪,为了让老娘高兴,王旗红一大早就又坐车进城给他老娘买菊花去了。他娘最喜欢千头菊。

　　王旗红给他老娘买了千头菊,接下来的事,他就想知道亮气的果园那边进行到什么地步了。让他想不到而且生气的是去果园的那些人又都回来了,王旗红在当街拦了个村民问了问,那村民叫豆五,豆五告诉王旗红说是亮气让村民们八月十三四再去分,苹果在树上多挂几天才甜,谁不知道苹果是越甜越好吃,傻×吧,你!操你个妈!王旗红没再跟豆五说什么,他去了村委会。接下来,村民们就感觉到了事情的严重性,因为他们听到了书记王旗红的声音,他们一般是在喇叭里听不到王旗红的声音的,一般在喇叭里通知个什么事都是范江涛的事,书记王旗红从不在喇叭里"吱吱哇哇"地"露面"。村民们几乎都放下了手里的活计,连正在解手的男人们

愤怒的苹果　47

都凝了神气在听王旗红的讲话了。王旗红把扩音器拧到了最大,这么一来,他的声音就像是变了形,如果声音能变形的话,又粗,又嗡嗡嗡嗡,有一种空前绝后的威慑力,是要发生什么事了,人们先是听到声音,到后来才能听到书记王旗红在扩音器里讲什么,讲苹果。王旗红已经生气了,他的生气先是小小的两片嫩芽,就像春天刚刚从地里钻出来的那种嫩芽,但随着他的分析和评论,这嫩芽很快就长成了参天大树。一棵愤怒的参天大树在扩音器里出现了,这棵愤怒的参天大树一下子伸展到了整个村庄的方方面面。王旗红的声音在扩音器里传遍了四面八方,他先从土地讲起,讲到一半儿就停了,这让人们有些莫名其妙不得要领,因为讲到一半儿的时候王旗红想到了土地承包法,而亮气是有承包合同的。王旗红只好及时刹车,从土地法一下子又讲到了今年的雨水和天气,说雨水和天气都好,更好的是咱们村的土地,所以那些苹果才长得又大又红,要比真正的日本富士苹果都好他妈的一百倍。接下来,王旗红讲到了八月节,说八月节是重要的节日,日本人不过,美国人也不过,只有中国人才过,是中国人的节日,所以要好好过,所以村委会决定给村民们每人分五十斤苹果。王旗红的讲话随意而激动,但人们还是听懂了,苹果的事情很重要,王旗红的广播讲话可以归纳为两点,那就是,一是苹果是咱们村的土地上长出来的,所以要吃在头里,这是什么意思呢,王旗红还补充了一句,那就是要人们到果园去先摘了苹果然后再过秤,果园里人手少,还能等人家摘了再给你过秤?自己动手吧,摘了过秤就是。二是要吃就先吃好的,苹果是咱们的土地上长出来的,好的要先给咱们自己人吃,怎么也不能等外地的贩子们把好的拉走留下烂货咱再吃。王旗红在讲话的最后停顿了一下,说了一句他老娘经常说的话,他老娘经常说的一句话就是:"儿啊,谁不知道拦园茄子是蔫货!"王旗红在讲话结束时说:"别给亮气找麻烦,自己去摘,摘了过秤,早摘早好,你们啊,谁不知道拦园的茄子是蔫货!"

这讲话是太重要了,人们都感到了这讲话的重要性,这讲话一上来就显出了它的重要性,是王旗红亲自讲,要不重要就会由范江涛来讲了。村子里的人们几乎都听了这讲话,当然远在果园里正在忙着摘苹果的那些人不会听到。这种事情当然不能等,人们忽然对亮气有了某种意见和某种愤怒,王旗红说得对,那些好苹果要是都让那些贩子们拉走了送到城里,还会剩下什么,剩下的只能是一堆蔫货。村民们开始重新行动了,最最让他们激动的就是先摘后过秤这句话,这话真是深入人心,让人听起来要多舒服有多舒服。五个手指还不一般长,树上的果子有大有小,有红有绿,这可太重要了,谁不愿摘最大最好的苹果。

王旗红不愧当了这么多年的农村干部,政策性还是有的,最后他特别强调村民们要爱护果树,不要只顾了摘好果子伤了树。他这么一说,就更加显示出了这是一次村委会的工作安排。

7

夜里亮气就梦见了一窝马蜂,他梦见自己把一个碗掀开,是在农大食堂,他上学的那个学校,他梦见同宿舍的两个同学笑嘻嘻地说给他特意留了一碗肉,他就去掀那个碗,碗掀开了,里边却飞出了一窝金黄的马蜂。果园突然乱起来的时候亮气就想起了这个梦,觉得这个梦是个先兆。亮气连一点点准备都没有,他想不到村民们会第二次再蜂拥到果园里来。村民就像他梦中的马蜂一样第二次冲进了果园,村民们都很兴奋,兴奋得有些过了头,他们一个个都走得很快,像是在搞竞走比赛,越快走到果园的时候他们越走得快,树上的苹果能大到哪里去?但他们好像有了某种惯性,再也停不住了,王旗红已经给他们加了油,人性的本能又给他们加了速度,他们只能快,而且只能越来越快,到了后来人们就开始小跑,一跑进果园的门就马上散开,他们也是昏了头,根本就摸不着头脑,不知哪棵树合适自己,哪棵树不合适自己,有些人看了一棵树又看了一棵树,都觉得树上的果子太小,当别人开始上树摘的时候他们又觉得大果子都要被这些人摘走了,便不再找树,不再犹豫,就近上树摘了起来。这都是些年轻一些的人,上了年纪的人有上了年纪的人的办法,他们直奔已经摘好的苹果堆,干脆在那里又刨又比地挑起来,亮气最先发现的是这些老人。亮气很奇怪怎么会一下子来了这么多人,而且都是村子里的,他一时产生了错误判断,认为是不是客户雇了他们来挑拣坏苹果,后来才发现周围的树上也有人了。亮气拉住了一个离他最近的挑苹果的人,问他这是在做什么?那个人连头也不抬说他是在给自己挑苹果,不能把最大最好的苹果给了水果贩子。亮气不知是愣还是气愤,他又拉了一下这人,这人正把一个小一些的苹果一下子扔到一边去。亮气问他是谁让他这么做的,他摘的又是谁的苹果?这人看了一下亮气,说是书记王旗红在喇叭里告诉让摘的呗,再迟好苹果都要让水果贩子拉走了。这时候乔其弟正好走了过来,她把话都听到耳朵里边去了,她的反应真是快,这话一进到她的耳朵里便马上变成了一种尖叫又从她的嘴里喊了出来。

"大伙儿都不要乱闹！不要乱闹！"

"大伙儿都不要乱闹！不要乱闹！"

乔其弟的声音很尖锐，吓了人们一大跳，人们停了一下，不知道乔其弟是说谁在乱闹，紧接着人们就听到了亮气的声音，人们对他的声音可是太熟了，但这会儿听上去却有些别扭。亮气用了最大的力气在那里喊，他怕声音会朝四面八方跑掉，怕声音聚不在一起，便用两只手把嘴给拢了起来，让声音集中一些：

"大家不要乱闹！大家不要乱闹！"

"大家不要乱闹！大家不要乱闹！"

亮气的声音引起了人们的一阵哄笑，这怎么能是乱闹呢，这是在摘苹果，说大家是在帮你亮气的忙，省得你树上树下雇人再忙活。

这时候更多的村民都涌入了苹果园，他们先是往有人的树下跑，但他们马上发现自己是犯了一个错误，来晚了，然后就往没人的树下跑，这样一来，自然的分布就渐渐合理了。但他们又听到了，亮气在那里大声喊：

"你们这样做是犯法的，苹果是私人财产……"

"你们这样做是犯法的，苹果是私人财产……"

这句话是乔其弟喊出来的，只不过她的声音太小，亮气不过是在重复她的话而已，但人们都不再理会乔其弟和亮气的尖叫，乔其弟和亮气的声音现在只能说是尖叫，叫了一声又一声，叫了一声又一声。二高也跟着喊了几声。然后人们才听到了那让人心里一惊的"嘭"的一声。这声音很响亮，又很闷，人们都停下了手，不知道这一声是怎么回事。

在苹果堆上挑苹果的人一开始都不理会亮气，他们只觉着亮

愤怒的苹果

气跑来跑去地喊有些可笑，后来他们就看到了亮气跑进了屋，亮气再从屋里出来的时候吓了苹果堆旁的人一跳，亮气手里是一杆枪，一杆看上去很滑稽的家伙，说这支枪滑稽是因为它应该是支长筒猎枪，而它却很短，它原来确实很长，因为公安局不让人们私自收藏枪支，亮气就把它给锯短了一大截，就成了现在这个怪样子。

亮气从屋里出来了，手里就是这样的一支枪，他一出屋门就喊了，他也是给气蒙了，他是想吓吓这些狗日的村民，他一出门就喊谁要是再乱来我就开枪了。苹果堆旁的人是听到了，也都给这只怪模怪样的短枪给吓了一跳，马上就停下手不再挑挑拣拣了，而且都直起了身子。但树上的人还在忘我地摘着苹果并不理会亮气。亮气的样子有多么滑稽，脸色白得怕人，再白恐怕就要菠菜绿了。他用枪比比这边，再比比那边，瞄瞄这个，再瞄瞄那个，好像是在那里吓麻雀，但无论他怎么比画都好像产生不了什么效果，树上的人还在那里枝动叶摇大干快上。亮气当时真是想朝某一株树"嘭"地来那么一枪。但他既不是不敢也不是不忍心。亮气这时候好像是听到了一个命令，那命令其实就是他自己心里的一句话，乔其弟在他耳边一遍一遍地喊："亮气你可不能用枪啊，""亮气你可不能用枪啊。"亮气虽然没有理会乔其弟，但他在心里早已经和乔其弟对了话：

"我不能用枪打别人还不能用枪打自己吗？"

站在苹果堆旁的人猛地都给枪响吓得一怔，他们想不到亮气这家伙还真敢开枪。他们眼巴巴看着亮气把枪筒朝下，再朝下，他们以为亮气是要撸火儿，紧接着他们看到亮气把枪筒又朝下，再往下，挨住了他自己的腿，亮气把枪挨住自己的腿干什么？随后他把枪又往上提了一下，枪就是在这时候发出了"嘭"的一声，火药味一下子弥漫了开来,这是支装铁砂的火枪。那些站在苹果堆旁的人这时还不明白是亮气自己打了自己一枪。亮气倒下来的时候他们才明白是亮气中了自己一枪。但他们还不明白是亮气自己打了自己一枪。

"我打自己一枪行不行!我打自己一枪行不行!我打自己一枪行不行!"

亮气好像不是在说话,而是在号叫,这时候人们才害了怕,一下子都跑开,一下子又都跑回去。树上的人也跳了下来,人们知道出事了,但许多人不知道到底出了什么事,更多的人还沉浸在摘苹果的喜悦之中。一直等到人们抬着亮气往果园外边跑,人们看到亮气的一条腿已经给铁砂打烂了,血和肉,还有烂布子混在一起成了一种混合物。这时恰好有水果贩子的车来拉货,也顾不上拉货了,先拉着亮气去了医院,乔其弟也坐着车跟了去。这时候,果园里树上的人还没有停止,他们都好像是疯狂了,好像他们用手摸到的不再是苹果,而是金子,有人摘了几筐送回去,又马上回来再摘,摘了几筐送回去再回来摘,直到乡派出所的人气急败坏地用电喇叭"哇哇哇哇、哇哇哇哇"地喊起来。先是一个喇叭在那里喊,后来增援的电喇叭来了,一共是四个电喇叭在那里喊,树上的人才慢慢下了地,下了树的人只能猫下腰往四周看,才看到果园里到处是人,到处是人腿,到处是苹果,完整的苹果和踩烂的苹果。

"亮气用枪把自己打了……"

"亮气用枪把自己给打了……"

"亮气用枪把自己给打了……"

村子里,不知是谁跑到村委会用喇叭大喊了几声,什么意思呢?谁也不知道。

愤怒的苹果　53

在喇叭里传出这么几声喊声后,喇叭里又"咯啦咯啦"响了几声,然后有一个陌生的声音响了起来,鼻音很重,像是感冒了。村里的人们是从广播喇叭里知道了事态的严重,这一回不是王旗红在广播喇叭里边发布讲话了,广播喇叭里的声音有些陌生,甚至有些慵懒,好像没睡够觉,但口气是斩钉截铁,这就让广播喇叭里传出的既显得慵懒而又斩钉截铁的声音有了一种神圣而且居高临下的怕人效果。人们后来知道这是乡派出所刘起山所长在讲话。实际上他是在那里念稿子,念写在一张巴掌宽的白纸条子上的短稿,他念了一遍再念一遍,念了一遍再念一遍,反复地说每个村民都必须听好了,要赶快把从果园里抢的苹果在天黑之前必须都送回到果园里去。如果过了天黑再不送的话可能就没机会了,由此造成的一切后果必须由自己负责。其实反反复复只有这几句话,没有讲什么大道理,也没有分析,反复只说在天黑前家家户户必须把从果园里抢的苹果送回去。人们都听明白了,明白广播喇叭里的说法突然有了变化,和王旗红的说法不一样了,用了一个"抢"字,这个字让人们感到了害怕,让人感到心惊肉跳。便有人开始去了果园,背着和扛着他们从果园里弄来的苹果,有的人家还出动了小驴车,拉车的小毛驴浑身湿漉漉的,四个小蹄子在泥里每拔出来一下都"咕吱"一声。广播喇叭里已经说过了,说有必要的话还要到家里去搜,如果不自觉的话,搜出来性质就大不一样了。天又下雨了,广播喇叭里传出来的声音在暗沉沉甚至湿漉漉的村子上空浮动着,这种看不到的东西眼看着就要变成一大块沉重的铁片,一大块无边无际的铁片,要把整个村子压垮了。到了下午四五点钟的时候,几乎是整个村子都出动了,人们争着往果园里送苹果,送到果园里的苹果左一堆右一堆堆得到处都是。那色彩亮丽的苹果因为堆得满地都是已经不再是亮丽而是变成了怕人的斑斓，雨落在上边无疑是给这遍地的苹果洗了一个澡，这么一来呢，那满地的苹果简直就像是要放出光来，湿漉漉、光滑滑给人们留下一种从没有过的印象。甚至那满地的苹果都好像是有了某种动感，好像就要滑动起来，也许就像电视里演的滑坡那样不知道滑到什么地方去。村子里往果园里送苹果的人们不敢再往果园深处走，都只匆匆忙忙把苹果倒在果园的边上。

广播喇叭在天黑之后又广播了一回，这一回派出所所长刘起山的声音有所改善，因为喝了酒，嗓音终于亮了一些，他要求村民们家家户户都要留人在家里等候，以便协助派出所调查村民哄抢果园这件事，更重要的是调查亮气的枪击事件。

8

调查整整用了两个多星期，果园里遍地的苹果在调查中慢慢慢慢熟到了怕人的程度，村子里没人再愿靠近亮气的果园。亮气中枪的那条腿光做手术就用了三个钟头，外科大夫以极大的耐心把绿豆大和黄米粒大乃至更小的铁砂一粒一粒小心翼翼地取出来，主刀的大夫每取出一粒铁砂，那个手术用的小腰圆形盘子便会发出一声清晰的响声。亮气那条腿一共钻进了一百二十三粒铁砂。这个手术在本地报纸引起了极大的轰动。报纸上还登了一张照片，照片上的那个大夫就是主刀大夫，他的手里拿着一个不太大的手术用腰形小白搪瓷盘，人们看不清盘子里放着什么东西，但可以想象里边是那一百多粒铁砂。村子里的调查也已经接近了尾声，派出所所长刘起山已经调查得很烦了,单调的调查最容易让人心烦,几乎是,每家每户的村民都被传到村委会问过了。问话单调而回答也很单调。

"苹果已经送回去了?"

"送回去了。"

"够多少?"

"五十斤吧。"

"刘亮气的腿是怎么被打伤的?"

"是他自己打的自己,和我们无关。"

"他自己打自己?"

"是他自己打自己。"

下一个又进来了,对话又开始了一回。

"苹果已经送回去了?"

"送回去了。"

"够多少?"

"五十斤吧。"

"刘亮气的腿是怎么被打伤的?"

"是他自己打自己,和我们无关。"

"他自己打自己?"

"是他自己打自己。"

下一个村民在外边等着,早等得有些不耐烦了,好不容易进来了,湿漉漉的,对话又开始了一回。

"苹果已经送回去了?"

"送回去了。"

"够多少?"

"五十斤吧。"

"刘亮气的腿是怎么被打伤的？"

"是他自己打自己，和我们无关。"

"他自己打自己？"

"是他自己打自己。"

派出所几乎对全村所有的村民都做了口供，已经是深秋了，秋雨连绵的结果是连村子里都闻到了亮气的果园里苹果腐烂的味道，那味道甜甜的，好像是很好闻，而实际上是最难闻，但村子里没人再敢去果园，在这种时候，牲畜们显示出了它们的活跃和胆大包天，羊和猪，还有牛都跑到了果园里边去大吃二喝。但也有个吃够的时候，先是羊们退了出来，而且许多羊开始跑肚拉稀，拉得到处都是。然后是牛也退了出来，牛也开始拉稀，坚持在果园里大吃二喝的是那些猪，又能吃，又能拉，整个果园给弄得乱七八糟。好的苹果和坏的苹果都混在一起发出了空前的臭气。而且那臭气一天比一天凶，到了八月十四这一天，臭气达到了顶峰，许多人不得不暂时到亲戚家躲避一下。

八月十四这天，王旗红又在广播喇叭上讲了一次话，主要是做一次总结，讲话的时候王旗红好像是喝了酒，许多人都认为他是喝了酒，说话就没了条理，他先是讲了一些同情亮气的话，说他那条腿可受了苦，然后说一个人怎么会打自己一枪？所以希望这种事以后最好不要再发生，派出所的调查也已经完了，定性是亮气自己把自己打坏了，怪不得别人。自己拿起枪干自己一家伙你们说能怨谁，王旗红在广播喇叭里说：谁也不能怨！是他自己打了自己一枪，王旗红讲话从来都缺少条理，他的话需要听的人慢慢去领会，

愤怒的苹果

不过村里的人们都早就习惯了。人们把他的话总结了一下，归纳了一下，他的讲话最后还是归结到亮气的身上来，那就是王旗红在广播喇叭里的声音忽然大了一下，说这次苹果事件对咱们村还是有教育意义的，那就是我们发现了直到现在还有人在私藏枪支。藏得还很巧妙，把枪筒锯短了藏起来，但是！怎么样？打了一家伙！有一句话是搬起石头砸自己的脚，亮气却是拿起枪打自己的腿。

王旗红在广播喇叭里讲话的时候，村子里几乎是所有人都在听着，一边听一边做着手里的活儿。他们已经做好了过节的月饼，但他们一点点都闻不到月饼的香气，他们的鼻腔里都充满了苹果腐烂的臭气，愤怒的臭气，说它愤怒是它太臭了，排山倒海的播散到村子里来，把村子盖住，遮得严严实实，让人们一点点都闻不到节日的香气。到了后来，连猪也不去果园了。人们都说，这个该死的亮气，打自己一枪不说，还把苹果都臭在园子里！

"这个亮气，怎么就这么狠，自己打自己一枪！"

已经是冬天了，人们还常常说起亮气，说亮气真是够狠的。

狂奔

尽管他们尽量不让人们知道他们在城里做什么事，但后来该知道的人们还是知道了，尽管他们不想让人们知道他们在什么地方住，但后来人们还是知道了他们就住在厕所里。先是，他们怕极了让老家的人们知道他们住在厕所里，所以他们从来都不让老家的人来，几年来，几乎是断绝了来往。在他们的老家，当然是乡下，人怎么能够住在厕所里边？只有猪，那还得是坑猪。但这是城里，城里的厕所里有上水和下水，墙面上还贴了亮晶晶的白瓷砖，但瓷砖再亮，也还是厕所。进了厕所那个漆了绿漆的门，往左是男厕所，往右，是女厕所，正对着一进门的地方是一间屋，这家人就住在这个小空间里，这间屋当然也有一个门，不单单是一个门，挨着门还有一个窗，窗上还另开了一个小窗口儿，刚好可以让人们把手伸进去，或里边的人把手伸出来，进厕所，要是解小手呢，就是两毛钱，要是解大手呢，就是五毛钱，五毛钱交进去，里边还会把几张软塌塌的再生纸递出来。这公厕的外部呢，也贴了瓷砖，亦是白色的那种，给太阳一照有些晃眼，门头上，照例是两个很大的红字：公厕。公厕这两个字是居高临下，让人远远地就能一眼看到。公厕那两个大字的下边又是两个窗子，亦是漆了绿色的油漆。只是在那窗台上放着不少瓶瓶罐罐，因为是夏天，这公厕的窗下还有一个炉，那种极简单的三条腿铁皮炉，铁皮炉上安一节生了锈的铁皮烟囱，歪歪斜斜朝着公厕墙壁那边，所以那公厕的墙上有给烟熏过的痕迹。靠着这铁皮炉，是一个很大的运货的白皮木条钉的那种箱子，里边是一口炒菜的小铁锅，一口做饭的钢精锅，还有就是几个塑料盆子，红的和绿的，或者还会有几个塑料袋子，袋子里是几棵青菜，或者是两根黄瓜和几个土豆，或者是芹菜和菠菜。这就是这家厕所人家的生活，在夏天，他们的生活好像还宽展一些，要是到了冬天，这些东西就都得搬到公厕里边去，公厕里就显得更加挤挤的，碰到上边有人下来检查，他们会受到严厉的批评，因为，没人让他们住在这里，这里只是公厕和看公厕发发手纸收收如厕费的所在，谁让你一家子住在这里讨生活？而且，他们居然还有那么大一个儿子，人们都注意到他们的那个儿子了，个子很高，总是趴在一进门正对着的那个小屋里写作业。这间屋呢，顶多也就是十二平方米，却放了一张大床，床靠着里边，外边的地方就刚刚只能放下一张小办公桌，放了办公桌，就没有放椅子的地方。但桌子下和床下还有墙上都放满了和挂满了各种零零碎碎的东西，因为他们要生活，床下先是两个大扁木箱子，里边放着这家人四季的换洗衣裳，还有小木箱子，里边是冬天的鞋，还有就是各种的面袋，都挂在墙上，一袋是米，一袋是面，一袋或者还是米，这回却是小米，一袋或者还是面，这回却是玉米面，还有更小的袋子，是豆子，这家人爱吃豆粥，豆子又是好几种，就又有好几个小小的袋子，这就让这里多少有了一些乡村的气息，让人们想起他们原是从乡下来的，但他们一定有背景，别看是看厕所，也不是人人都能找到这份差事的。还有就是一尊毛主席的半身瓷像，白瓷的，竟用一根红绳子拴好了吊在墙上，让人觉得很不对劲，但也不会有人说什么，还有就是一束罂粟莲蓬头,猛看上去像是一束干枯了的莲蓬头,却是罂粟的种子,这家人原想找块地种种他们的罂粟,他们也只是喜欢那花的美丽,但公厕旁边哪有什么地可种?那罂粟种子就一直给挂在那里。屋子本来小,这家人却又在床的前边拉了一道布帘儿,两块旧床单拼起来的,布帘儿上边的花色早已经很暗淡很模糊了,就像他们的日子一样暗淡和模糊,没一点点鲜亮的地方,这样一来这屋子就显得更小,拉道帘儿全是为了他们的儿子,也是那做儿子的,一再地争取和抗议才给拉上去的,这样一来,那做儿子的就可以安安心心躲到帘子后边去写他的作业,不怕被别人看到。这儿子为了怕人看到他生活在公厕里,只要是在家就总是躲在帘子后边,躲在后边也没别的事,就只是看书和不停地做题,所以一来二去学习出奇的好,常常考试是全校第一。像他这样大的学生,学习好,心事就重,学习越好心事越重;心事重到后来就会向病态方面发展,一开始他是怕被人们发现他是生活在这样的一个家庭,所以他尽量躲在布帘子后边,像一只土拨鼠,土拨鼠的安全感就是要不被人看到。到了后来,他干脆是天没亮就早早离开家,中午那顿饭就在学校里吃了,晚上一定要等天黑了才肯回来,天不黑就不进家。从公厕,也就是他的家出来的时候,天还没亮,但他还是担心被人看到,低着头,把车子猛地往外一推,车子"哗啦哗啦"好一阵响,回来的时候,他总是担心厕所里会冷不丁走出个熟人,心总是怦怦乱跳,可是呢,既然是夏天,厕所门口的那块空地上就总是有人,都是些老头老太太,坐在那里说话,他便宁肯在不远处的小饭店门口蹲着等,等着人们走散,车子就打在那里,那里有路灯,后来他干脆就在灯下看书,所以有人总是能看到一个学生在那里看书。后来做父母的发现了儿子总是在那里不肯进家,有时候会把饭端了过去,一碗菜,上边扣两个大馒头。这做儿子的,性格和他的名字恰恰相反,他的名字叫"大气"。这家人姓刘,他就叫刘大气。只不过那个"气"字后来让老师给改动了一下,改成了"器"字,老师在课堂上说刘大气你是什么气?气只是一种看不着的东西,你这一生只想做看不到的东西吗?你今后叫"大器"好了。刘大器当时的脸有多红,但他在心里佩服极了老师,老师只给改了一个字,自己就和以前完全不同了。现在是夏天,天真是热,这里有必要再说一下公厕附近的情况:公厕前边原是一片空地,往南是街道,往西是菜市场,所以人们没事就总爱围在这里,坐在这里把买来的菜择一择,或者把买来的豆荚用剪子铰了再铰,用来晒干菜,最近这一阵子,那些住在公厕附近的老太太们好像特别热衷做这件事,一个人开始这么做,便马上会有许多人跟着做,好像不这么做就是吃亏,其实首先做这件事的人是大器的母亲,她年年都要晒许多干菜在那里,白菜啦,萝卜条儿啦,豆荚啦,茄子啦,晒干了,收在一个又一个小口袋里再挂在墙上。这种事,在城里已经好多年没人想起做了,这里有一种近乎于怀旧的东西在里边,那些上年纪的人忽然,怎么说呢,是一种触动,便都行动了起来,买来豆荚和萝卜,或者就是茄子,就在公厕那块地方,一边说话一边做这件事,这一阵子,公厕的前边地上就总是晒满了各种切成块儿切成丝的东西。大器的母亲呢,是外来户,而且又是个看公厕的,人们怎么看她?在心里,是侧目而视,是种种的看不惯,而忽然,她可以与人们亲近了,那就是她可以帮着人们照看那些等着晒干的蔬菜,她的记性又好,哪张报纸上晒的是哪家的萝卜条她都能记得清清楚楚,夏天的风雨说来就来,她还得即时把那些等着给太阳晒干的东西收回去,等太阳出来再即时晾出来,这样一来,人们都得感谢她,都好像多多少少欠了她什么?还有,就是人们纳凉时的屁股垫子,各种各样碎布缝的屁股垫子,在不坐的时候也不再带了回去,而是都放在了她那里,下来了,要坐了,就从她那里取出来,说完话,天不早了,再由她一弯腰收回去,还把上边的土再拍拍。在这个夏天,公厕里可真是热闹,人们后来明白那热闹是因为公厕里养了两只叫蝈蝈,一只还不行,是两只,一只挂在前边的窗上,一只挂在后边的窗上,而且呢,这两只蝈蝈特别的能叫:蝈蝈蝈蝈、蝈蝈蝈蝈、蝈蝈蝈蝈、蝈蝈蝈蝈,一只叫得快一些,很急促,一只叫得慢一些,几乎是慢半拍,但这只叫得慢的蝈蝈声音特别的好听,就好像有人在那里抖动小铜铃。两只蝈蝈一起叫起来的时候甭提有多热闹,热闹得都有些吵,但夏天本就是这个样,一切都是吵吵的,闹闹的,让人觉着日子无端端的是那么闹闹的富足,而那蝈蝈的叫声亦是要人怀旧的,让人心里有一份若有若无的触动,只是那触动来得太轻微,仔细想它的时候又会想不真切,又会没了。夏天的晚上,人们是吃完了饭又要下来,先是,一些年轻的男男女女,说他们年轻他们又都不年轻了,都四十左右了,他们这个岁数是既不想去舞厅花钱而又不甘寂寞的岁数。这夏日的傍晚他们又不愿在家里热着,便有人把录音机提了出来,在那里放音乐,一开始是无心,但音乐这东西是有煽动性的,这煽动就是让人们想随着它的拍子动,这几天,便有人在那里跳舞,女的和女的双双地跳,后来有男的加入了,便是男的和女的双双地跳,他们在那里跳,便有人在那里看,有技痒的,还自动过来教授舞技,是个瘦瘦矮矮的男子,在报社工作,现

狂奔 63

在退休了，在家里赋闲。那边在跳舞，这边靠近公厕呢，老头和老太太就坐得更靠南一些，好给那些跳舞的让些地方。这样的晚上，是苦了大器，他就只能把车子打在了路灯下看书，有人看到了，看到看公厕的老白，人们叫大器的母亲老白，人们看到老白端了一碗饭菜出去了，到街对过儿去了，那是一个很大的碗，有时候碗里是米饭，上边堆着菜，茄子山药还有一个咸鸡蛋；有时候是馒头，下边是菜，上边是馒头，而且，还有一个咸鸡蛋，这家人特别能吃咸鸡蛋，到了冬天，他们为了省钱，从不吃菜，就只吃咸鸡蛋。人们问老白，也就是问大器的母亲去干什么？端碗饭菜给谁？老白觉得这没啥，便说了实话，说她儿子在对过儿的路灯下看书。她没敢说大器是怕让人们看到他，因为这，大器的父亲和母亲很生气，说大器心里太虚荣。"你那心里有什么？有什么？除了虚荣我看还是虚荣！"大器的父亲说城里的厕所比村子里的好房子还好许多呢！大器的父亲上过学，怎么说，居然还上过高中。他对大器说："我也上过学，我也年轻过，但我就不虚荣！"大器不说话，蝈蝈"蝈蝈蝈蝈、蝈蝈蝈蝈"叫着，灯已经关了，这往往是睡觉前的事，因为黑着，没人能看到大器眼里有什么在闪闪的。三口人，都睡在一张床上，都脚朝外，这样起身的时候，谁也不会影响谁，大器睡靠墙那边，大器父亲睡中间，大器的母亲睡外边。大器那边的墙上挂了一个小灯泡儿，用一个绿塑料壳子罩着，大器就在这灯下看书，幻想着他美好的闪闪发光的未来。耳边是东边那条河的"哗哗"声，只有在夜深时分，那河水的声音才会清晰起来，才会"哗哗哗哗"一直响到人们的枕上。

大器十七岁，长了一张特别白皙的脸，个子也高，但就是不怎么爱说话。这么一来呢,气质就像是特别的与众不同。什么事情,只要是与众不同,往往会引起别人的注意。因为能引起别人注意,自然就会有朋友,大器最好的朋友是高翔宇,事情就是高翔宇引起的,说是高翔宇引起的又好像不对。无论什么事情,只要是开头出了错,到后来往往会越来越难收场,这开头的错全在大器。问题就出在大器穿的那条军裤上,现在谁还穿军裤,但大器居然就穿了一条,洗得有几分旧,颜色淡了几分,却更好看,在别人,也许穿在身上不会好看,而在大器,什么衣服穿在他身上都好,这样一条军裤,下边又是一双洗得泛了白的那种两边有松紧带儿的懒汉鞋,这种鞋子现在已经很少有人穿了,可大器偏偏穿了这么一双,效果呢,更加显得与众不同。大器的身体是那种正要往足了长,却还没有长足的那种,架子已经有了,肩宽,腰细,到了胯那地方又稍微宽一些,这种身材穿什么都好,大器又喜欢干净,他在心里明白,自己能和别人比一比的就只有干净,所以他的衣服上总是散发着一种洗衣粉的味道。因为大器穿了一条军裤,那天,和大器关系最好的高翔宇,不经意地随便问了大器一句,高翔宇问大器什么?问大器的父亲是不是在军队里做事?大器犹豫了一下,脸红了一下,居然,说"是"。只这一个字,一个人的生活便马上发生了变化。高翔宇再接下来问,大器的脸便更红了。高翔宇问大器的父亲在部队里做什么?是不是军官?这一回,大器摇了摇头。高翔宇说既然不是军官,最差也是个志愿兵吧?大器在心里觉得这种关于志愿兵的虚拟自己好像还能接受,便点了头。高翔宇继续问下去,问大器的父亲是不是开车的?开车的志愿兵好像可以在部队留得久一些,工资也不低。一问,大器又点头了,大器在心里觉着开车很不错,他希望自己的父亲就是个开车的,大器甚至希望自己的父亲浑身上下都是汽油味儿。几乎是,所有的青年人都是喜欢虚拟的,虚拟有时候可以给人以想象的喜悦,大器这个年龄离世故还很遥远,他不知道虚拟是种种细节慢慢慢慢把一切虚假的裂痕弥合得天衣无缝,这需要更多的精心设计,在这个世上,不是人人都可以当骗子,骗子是细节大师,可以把所有有关的细节都想到,可以编织漫长的故事而不露出一点点破绽,他们的故事甚至可以延伸到人家的祖宗八辈,他们甚至是编族谱的高手。但对于一般人,一旦说了一句假话,一旦虚拟了自己的出身,到后来总是要破绽百出。实际上,从那天开始,大器就已经生活在另一个世界了,这个虚拟的世界就是"军队",他既然有了那样一个虚拟的在部队里当志愿兵的父亲,生活便开始变得和以前不一样了,他和高翔宇在一起的时候最多,早上他们要在湿漉漉的操场上跑步,再跑步的时候,大器觉得自己应该有军人子弟的样子,这种想法真是奇怪,这奇怪的想法让他的跑步步法甚至都起了变化,那就是,他夸张他的步子,步子迈得又大又快,跑完了还要在原地跑一阵,也是不经意,也是有意,大器对高翔宇说新兵训练都是这样子跑。怎么说呢?假话让大器进入了一种角色,只要和高翔宇在一起,那种感觉就来了,那种感觉自己就是部队子弟的感觉就来了,心里是乱的,但乱之中有一些甜美,有一些反常的激动。还有一次,大器和高翔宇去学校外边吃中午饭,学校旁边的那条东西路上正在过军车,一大溜军车,都蒙着布篷,军绿色的布篷。高翔宇看着军车,随口问了大器一句:"你爸是不是也开这种军车?"大器没有马上醒过神来,说:"谁爸爸开车?""你爸呀,还有谁?"高翔宇看着大器说,"你爸是不是也开这种车？"大器简直是给吓了一跳，马上就从现实中回到虚拟的角色里来，摇摇头，说他爸开的是小车，不是这种大军车。高翔宇马上就又在一边问了，问大器他爸开的是什么车，是部队里什么首长坐的车？是三千？还是桑塔纳？还是奥拓？大器一时答不上来，脸就更红了，一张脸憋得通红，他不知道自己该说什么，但嘴里已经说了：是三千吧？高翔宇又问车是什么颜色。大器这才定下心来，说是红色的三千？高翔宇说："红色的车？部队首长很少坐红色的车吧？"高翔宇这么一说，大器的脸重新红了起来，说："有时候开红色的，有时候开黑色的？"高翔宇在一旁看定了大器，说："那就是说你爸爸不是给固定的部队首长开车？"高翔宇这么说的时候，大器便把话岔开了，大器说哪天有时间让他爸爸用车接了翔宇去部队玩一玩儿。"玩什么呢？"高翔宇问。"打枪，也许就玩打枪。"大器心慌意乱地说，"也许还可以打手枪。"大器朝远处比画了一下，说："打手枪最好玩儿了。""砰——砰——砰砰——"大器嘴里发出了一声呼啸。高翔宇在一旁侧着脸看着大器，心里有几分羡慕，一般男孩都会自觉不自觉地喜欢上刀和枪，喜欢上部队，其实是喜欢军队那种整齐划一的形式，若是真要让他们吃吃部队的苦，他们往往又会马上知难而退。高翔宇看着大器，又问大器的家在哪个部队？是不是跑虎地那个部队？大器却说不是那个部队，怎么会是那个部队？是哪个部队呢，大器想起了这个城市南边的空军部队，大器说，他们的家，就在那个空军部队大院里边。这是一种明确，一种确定，从这一刻起，一切模糊的虚拟都在一点一点清晰起来，方位和地点还有飞机，不容更改，不容再发生什么变化，更不容许大器退出这个虚拟的空间。在大器他们学校，

狂奔 67

真还没有人知道大器的家在什么地方住,但到了后来,同学们都影影绰绰知道了大器的家在空军部队里,部队好像总是离城市很远,最近也应该在城市的边缘。直到出了那件事为止。那件事,或者可以说是那个事件,那个事件的发生原因真是太简单,是因为天上忽然下起了雨,是雷阵雨,下得很猛,打着雷,是炸雷,什么是炸雷?炸雷就是像爆炸一样,"咔嚓嚓——"像把什么一下子劈开了,这就是炸雷。人们都说那事件与下雨分不开,说到下雨,有多少故事都发生在避雨这件事上,在这里,有必要把大器的家,也就是那个公厕的地理再说一遍,那个地方,就叫河西门,是城市东边的那一带,东边临河,在城墙上,原是有个小便门供人们出入的,所以叫河西门。现在这个城市既然茁壮地成长了再成长,河西门一带的城墙早就给人们拆除了,只不过,留下这么个名字。离大器家的公厕不远,往南,是一家医院,那原是轻工局的医院,轻工局在早几年就不行了,所以连累了这家医院,一是设备日渐陈旧,二是总是进不了好的药品,没钱,医院就这样渐渐垮了下来,垮了有那么四五年吧,偌大一个医院每天只有少得可怜的急诊病人前来打针输液,也只是救救急,等病人的病情一缓解,便会马上又去了别处。医院虽然一天比一天不景气,但医院的大楼还在那里,又加上这医院在好地段上,这几年,忽然就又起死回生好转了起来。原因是,这家医院忽然变成了这个城市第一家性病医院,门诊楼前突然多了三个牌子,一块是"卫民健康性病专治医院",另一块是"男性专科医院"。还有一块呢,是"×××市城区血站",在这里,我们说医院做什么?这医院和大器又有什么关系?和我们的故事又有什么关系?问题是,在这个夏天里的某一天,大器的同学高翔宇来这个医院了,他怎么会到这家医院来看病?问题是,高翔宇有没有病?高翔宇没病,他的父亲在报社发行部上班,报社的发行部是最最有办法的部门,可以和各种各样的单位发生亲密而暧昧的关系。高翔宇的父亲给儿子找了个健康检查卡,卡是白来的,所以高翔宇的全家都来了,三口人都来查一查。不知出于什么想法,高翔宇非要到外边去留他的尿样,他不能容忍医院的厕所里有那么多的人,取一个尿样,大家都还要排长队。高翔宇已经从医院的窗里看到外边的那个公厕了,那公厕红红的两个大字召唤他去那里。其实这时候天已经开始下雨,只是星星点点,等到高翔宇从医院里出来,往西拐,再往北,到了那个公厕,雨才猛然大了起来,这么说,高翔宇其实不是到公厕来避雨,但这又有什么关系,重要的是,他进了男厕,解了小手,把一小部分尿液小小心心尿到那个小塑料杯里,做完了这一切,他从男厕出来,他怎么能想得到呢,他怎么能想得到在这里会一下子看到了大器。高翔宇在小便池那边取尿样的时候就听到了大器在说话,但他没想到说话的人会真是大器,他只觉得声音熟,很熟,好像是自己的熟人,是谁呢?这个熟悉的声音在应答着另一个声音,另一个声音就是大器的母亲,大器的母亲让大器快帮帮忙,快把晾在外边的豆荚啦、茄子啦什么的收回来,大器虽不愿意,虽在看书,但还是一边答应着,一边跑了出来,他放下手里的作业,从布帘儿里出来了,脚上穿着拖鞋跑了出去,外边是"啪啪"落地的大雨点子,大器把地上晒的东西收起来就往回跑,也就是在这个时候,高翔宇突然从男厕那里出来了,手里拿着个白色的小塑料杯,里边是一点黄黄的尿液,先是,高翔宇一下子就愣在了那里。大器两只手撑了报纸。报纸里是快要晒干的

狂奔 69

豆荚。然后是,大器也一下子愣住了,他的对面,怎么会是高翔宇。两个人好像是僵住了,互相看着,都不知道自己该说什么?就这样过了好一会儿。"你原来是个大骗子!"高翔宇突然说。他突然愤怒了,是年轻人的那种愤怒,是突然而至,是从天而降,是一种受欺骗的感觉,是一刹那间对对方的深刻瞧不起,像是一件衣服,外边是漂亮的,里子却是出人意料的破烂,这时候偏偏又给人一下子翻了过来。大器的嘴张着,手里的报纸和豆荚掉了下去。"刘大器!你个骗子!"高翔宇又说。大器张着嘴,人好像已经不会说话,脸色也变了,是怕人的惨白。"刘大器!"高翔宇又叫了一声,他甚至想把手里的尿泼到刘大器的脸上,但他来不及泼,刘大器脸色惨白地往后退了一下,又往后退了一下,一转身,人已经从他的家里,也就是公厕里跑了出去,人已经跑到雨里去,雨是"哗哗哗哗"从天而降,只是降,而不是下,雨现在是柱子,一根一根的柱子,在厕所门前躲雨的人们都看到了大器,看到他已经跑进了雨里,正在往南跑,已经跑上了那条街,街是东西街,大器是朝东,已经跑过了那个菜市场,菜市场门前是花花绿绿的蔬菜,跑过这家菜市场就是那个"马兰拉面馆",有人在拉面馆的门前避雨,他们也看到了狂奔的大器,跑过拉面馆,前边又是一个小超市,超市的门前亦有人在避雨。大器再跑下去,前边便是个十字路口,这时候有辆货车正穿过十字路口,狂奔的大器停了一下,然后又马上狂奔了起来,就这样,大器又穿过了那家玻璃店,玻璃店忽然发出了灿烂无比的闪光,是天上打了雷,一下子把玻璃店里的所有玻璃都照得光芒闪闪。这让大器的脑子清醒了一下,也可以说是愣了一下。但他马上又狂奔了起来,他狂奔过了这个城市最东边的一个十字路，然后就狂奔上桥了，那桥是刚刚修好的，是水泥和钢筋的优美混合物，桥上还有两排好看的玉兰灯，下边的河水早几年就干涸了，只是为了这个城市的美丽，人们在这桥下修了前所未有的橡胶大坝，还在里边蓄了水，水居然很深，这便是这个城市的一个景点了，人们可以在这里划划船散散步，细心的人还会在这里发现被丢弃的白花花的安全套，但这是雨天，那些颜色艳丽的塑料壳子游船已经都停泊在了河边。大器这时已经狂奔到了桥上，桥边的收费亭里有人看见了这个狂奔的青年，一路狂奔上了桥，只用手轻轻扶了一下桥栏，身子也只那么轻轻一跃，怎么说，人已经从桥上一下子跃了下去，人跃到哪里？当然是跃到了河里。在河边，躲在游乐厅里避雨的那几个人也看到了，都吃惊地张大了嘴，一个年轻人忽然从桥上跃到了河里，为什么？他为什么？出了什么事？这时雷声又响了起来，河面上灿烂了一下，是惊雷照亮了河面，给了河面前所未有的灿烂。然后又是雨，白哗哗的雨，河面上又重新是白花花的。而突然，河面上，又灿烂了一下，这又是一个雷。在河边游乐厅里避雨的人，纷纷说，怎么？你们看到没有，那年轻人可能给桥上的汽车撞飞了，被从桥上撞飞到河里了。雨下得实在是太大了，桥下的人根本看不到桥上，他们当然更看不到大器是一路狂奔而来，一路狂奔而来，扶了一下桥栏，把身子再一跃，没有什么更多的细节，简直是简洁得很，就那么，一下子跃入了水中。

  雨停了，有一道彩虹，真是美丽，就挂在天边，雷声也去了天边，隐隐的。

狂奔 71

玻璃保姆

那个中年女人说要介绍小麦去"天上白宫"做事。

那是个有名的小区，小区虽叫"天上白宫"，但里边一栋栋的小楼却并不是白的。小楼都盖得十分漂亮，外墙是那种看上去十分粗糙但十分有味道的灰色花岗岩，房顶上的瓦是红的，这让小楼周围的树就显得格外青枝绿叶。小楼的窗上门上都是磨砂玻璃，这就让人们感到了一种神秘感。你可以看到里边有人影影绰绰地走来走去，但你就是弄不明白里边的人究竟在做什么？但人们还是知道了，这"天上白宫"小区里住的大多都是煤老板，他们很有钱，而且呢，一般人都想不到他们怎么有钱。这个小区，从买地皮到设计到最后完工，都是这些煤老板们联合起来自己操办，取名字的时候有人说咱们做的是地下的黑色生意，那咱们的小区就偏偏要叫它白，所以就有了"天上白宫"。天上白宫一共只有三十栋两上两下的小楼，春天的时候竣工，到了这年秋天，很快就都住进了人家。这个城市的主要工业就是煤矿，一般来讲，煤矿很少开在城市的下边，这个城市的西边是山，煤矿就在山的下边。而这"天上白宫"就在矿区与城市之间。为了方便，动工的时候还修了一条路，往东，通向市里；往西，可以直达矿区，这条路的中段，也就是朝南，和一条高速公路相连，可以直达北京。小区里有许多高级小轿车，这不必说，小轿车有什么好说！要说的是狗，一开始是，人们知道了住在七栋楼的那户人家养着一条十分漂亮而又了得的斑点，一般来讲，斑点的皮毛有些像奶牛，是那么个意思，白地子上有黑色的斑点，或者是棕色，这当然是一般的斑点，而张老板家的斑点却是白地子蓝色斑点，这就让这条斑点与众不同，漂亮，少见，因为少见，所以主人遛狗的时候就十分显摆，一是遛的时间长，这里走走，那里走走，好像是，要到处走到；好像是，要让所有的人都看到。狗是那年从英国带回来的，因为这条狗，颇费了周折，开检疫证明，上国际航班，好容易折腾回国，然后再派司机专门把它从北京机场拉回来。这样的狗，可以说是主人身份的象征，好像是，主人亦要靠它来长面子。因为在天上白宫这一带就这么一条，所以，就更显得珍贵，也就是去年，有人提出了想让这条斑点配一窝小狗，当时就遭到了张老板的断然拒绝，张老板简直是小小的愤怒了，说这条斑点的血统十分高贵，怎么可以随随便便乱来？后来，要交配一窝小狗的人又提出要给张老板一笔交配费，这简直更是惹张老板生气，张老板根本就不需要钱。提出要交配一窝小狗的人也住在天上白宫小区，是白流水煤矿的小周老板，比张老板年轻得多，他家的狗也是一只斑点，却是棕色的，白地子棕色。和别人不同的是他家的小楼上有两个大锅底天线，一个大一些，另一个更大，一个朝南，另一个也朝着南。朝北有什么用？白流水煤矿的小周老板说北边没什么好看的频道，北边有什么，有俄罗斯！有蒙古！这两个国家有什么好看！好看的频道都在南边。

　　张老板家的斑点有个很奇怪的名字——玻璃。是张老板的女儿给取的，张老板的这个女儿现在在国外留学，其实是私费求学。张老板家的一层是客厅，方方正正的大客厅，客厅的西墙是顶到天

玻璃保姆　　73

花板的书架,而书架上放的却是各种各样的名酒,还有,亮光光的假古董,还有,两支大象牙。四间正室都在南边,客厅当中是一大圈沙发,沙发中间是两个拼在一起的大茶几,茶几上是鎏金烟灰缸、景泰蓝花瓶、刻花的玻璃糖缸,还有一只奇大无比的多宝螺,还有,俄罗斯风格的锡花瓶,还有,泰国的佛像。但最珍贵的还要数那条斑点狗。那斑点狗,居然还有床,就放在朝南那边沙发的背后,是一张矮桌,桌上铺一块湖蓝色的垫子,斑点平时就总是在上边卧着,有人来,它会跳下来"汪汪"地发表一通意见,几乎是外国语,没人翻译得来,没人来的时候,它有时候也会"汪汪"几声,是捕风捉影自说自话。玻璃住在客厅,吃饭却在厨房,一个食盆,黄色的大盆子,很厚重,很难碰翻,一个水盆,白色的很厚很重的瓷盆,这种水盆的好处也是不容易被碰翻,都是当年从英国带回来的,但要是有人肯把这两个盆子翻过来看,上边的英文字母竟然是——"掐爱哪"!玻璃的食谱比较简单,它的口味是小时候养成的,是一份鸡肝,加一份白米饭,再加一份儿切得很碎的蔬菜。早饭如此,晚饭也如此,中午的饭却是小鸡胸肉,或是牛肉条儿,是宠物店买的那种,密封在易拉罐里,一条一条,既酥且脆,张老板的老女人很喜欢喂玻璃吃中餐。那小鸡胸肉放在餐厅的一个抽斗里,只要抽斗一响动,玻璃便会马上应声而至,张老板的老女人会把小鸡胸肉一点一点掰开喂它,一边"玻璃、玻璃"地叫着,或者叫"玻璃,过来。"其实叫它过来也没什么事,和狗能有什么事呢?或者叫"玻璃,走开!"叫它走开什么意思呢,一点点意思都没有。或者说"玻璃,叫一声"玻璃便会"唔——"的一声。这又有什么意思呢?没一点点意思。是无聊。张老板的女人总是"玻璃——玻璃——"地叫着蓝斑点。在外边遛狗的时候尤其是这样,有时候蓝斑点跑远了,张老板的老女人便会把声音放得很尖:"玻璃——"她这么一叫,许多人都会一惊,一个这样的花花绿绿的老女人,忽然在那里大声叫出"玻璃"这两个字,什么意思?张老板的老女人是从乡下出来的,穿衣服总是五花六绿,是想讲究,却找不到自己合适什么,身上的衣服每一件都不便宜,但没有一件合适,或者是,一条绿裤子,上边有白色的碎花,或者是一件黑上衣,黑上衣上边是一朵一朵红色的花。或者是,天气很好,是既没风又没雨,她却围了一条大花的围巾出来,只露一点点脸,脸上尖尖的那一点,当然是鼻子。这样的一个女人,身后跟着那样一条少见的蓝斑点,这真是一道很少见的风景。说到张老板家的蓝斑点,冬天是要穿衣服的,有那么几身,黄色的,开口在下边,穿的时候只要往身上一披,然后把蓝斑点的四条腿从狗衣服的四个洞里穿过去,下边的暗扣扣好就可以了,这件衣服还有帽子,比如天冷,可以把帽子给狗套上,说帽子又不是,是把狗脸一下子套住的那种,但前边有开口,开口的地方是一个风镜,可以让狗朝外看到东西。还有,最最怪的一身狗衣服居然是皮的,白色的兔皮,这兔皮的狗衣服,茸茸的给狗一穿到身上,蓝斑点就像是一下子胖了许多,怪怪的。还有一身狗衣服,是蓝白两色条纹的,只有穿上这件狗衣服,张老板家的蓝斑点才更像是外国狗。更怪的是夏天,蓝斑点的身上会出现一把伞,真是一把伞,可以把蓝斑点全身都罩住,伞是天蓝色的,用料很轻薄,伞的下边有十字系扣,可以系在狗身上,这把伞系在蓝斑点身上,张老板的老女人带着它出去,无论走到哪里都会引来一大片闪闪烁烁的目光。但是不能碰到刮风,有一次下

玻璃保姆　75

雷阵雨，一阵大风，这条蓝斑点几乎要四条腿离地飞到天上去，任凭张老板的老女人怎么拉。而就是这样的狗伞，我们就把它叫狗伞吧，居然是英国货，在中国，当然有狗服，比如狗上衣，比如狗裤，比如狗背心，比如狗鞋，比如狗内裤，但就是找不到狗伞。只要张老板家的蓝斑点系上狗伞出门，那便是隆重登场，而且是名角儿登场。去超市，人们都会暂停了购物，去街上，不少人都会"呀"的一声，然后，会停下脚步。这样一条狗，白地子蓝斑点已经够稀奇了，居然，身上还会有伞！狗怕晒太阳吗？狗居然也怕晒太阳！所以说，玻璃是张老板全家的骄傲。没事的时候，张老板只要在家，他也会时不时带着蓝斑点出来走走，显摆显摆。那一天，居然有人在小区里拦住了他，是白流水煤矿的老板小周，张老板叫他小周。小周和张老板在报栏下站住，这天的报栏里有一张报纸贴反了，他们就说报纸，说送报的太不负责，反过来什么意思？是不是对政府有意见？这时有鸽子飞过，他们就又说鸽子，说日本已经交配出了麻雀大的小蓝鸽子，真是无聊！又说天气，说今年热得有些异常，恐怕地球的末日就要到了。张老板刚刚从北京回来，他经常性地在北京住一段时间，他们便又说北京的房价问题，说2008年马上就要到了。蓝斑点这时正热衷于撒它的狗尿，到处撒，只要是停在那里的车，它都要平均撒到，每一只车轮子上都要撒上那么一点，然后是墙角，然后是树根。它欢欢地跑了一圈儿，绕着花圃，又欢欢从那边跑了回来，用研究的态度在车轮子上闻闻嗅嗅，又开始新的一轮撒尿。小周忽然说：我新近买了一辆车。什么意思呢？张老板不明白小周是啥意思？说车做什么？小周又说：是新款路虎。张老板还是不明白小周老板的意思，新款？什么意思？小周老板又说:咱俩换了吧？小周说话的时候眼睛已经停留在蓝斑点的身上。张老板便一下子明白过来，说:我要三辆车做什么？张老板一共有两辆车，一辆白的，一辆黑的，都是霸道。那辆黑的总是停在院子里，也不进车库，不当回事地停在那里。张老板又笑着说:光咱们小区路虎就不止一辆两辆，可我的蓝斑点你就再也找不出一条。"不是人工染的吧？"小周笑着说。这就是玩笑话了。"一个星期洗两次。"张老板特别强调蓝斑点已经五岁了，"要是染的，洗来洗去，你想想？"

小周老板有些失望，但他很快又兴致勃勃地说起他的红龙来，人们都知道，在这个小区里，他的红龙鱼，都一尺半多，一条就十多万，小周老板喜欢养鱼，养猫，养狗，但他的狗，现在已经很少和张老板的斑点在同一个时间出现，总是早一点，或者晚一点，时间拿捏得很准，直到他花大价钱买了另一条斑点，据说他也是从英国买了蓝斑点，不过更加漂亮，这条蓝斑点的毛色反过来了，倒是蓝地子白点，是更加的醒目，蓝毛首先就少，蓝汪汪的毛，上边有梅花鹿样的斑点。这么一来呢，就一下子，把张老板的斑点给比了过去。是比，一下子比了过去。什么是较劲，这就是较劲，较劲的结果往往是较出气来。他明明是冲着张老板来，这时候，张老板倒有些后悔了，后悔当初怎么不答应给他配一窝小狗。这一回，是轮到张老板的老女人拿捏了，她尽量避开小周老板遛狗的时间，这让她感到委屈，她感到了委屈，发泄的方式却只有一种，就是穿衣服更加出格儿，她居然，在这个夏天里用一双红皮鞋来配她的绿裤子，她随她姑娘在英国住了一阵，心里有了一点点有关国外的印象，便乱了方寸，她在心里鄙视着周围的人，总觉着周围的人这不

玻璃保姆 77

对那不对，自己却又没什么主张，只能常常用记忆中的国外见闻来拾掇自己，却让人看了发毛，让人说不来她怎么了。但是，很快，不用她再遛玻璃了，张老板像许多有钱的人一样，一般来讲，有一种人是越有钱越有主意，而另一种人是越有钱越没主意，张老板属于前一种，因为有钱，他绝对不容许别人超过他。他有了主意，他的主意是冲着小周老板来的。

"跟我比，你还嫩些了！"张老板在心里说。

就这样，小麦出现在了天上白宫小区。小麦长得很漂亮，名字却起得让人有些不能理解，怎么就叫了小麦？因为她的父亲是老农大毕业生，搞了一辈子小麦研究，女儿生下来，他便给女儿取名小麦。但这名字细想想也不难听，还有几分民间的丰盈感在里边。小麦从农大毕业后几乎天天都在找事，但天天都在碰壁，现在找事真难，找一份儿月薪一千左右的工作尤其难。这让小麦有些埋怨自己的父亲，给自己取了这样的名字倒也罢，考大学的时候为什么非让自己报考农大，这下好，因为是农大毕业生，她现在连工作都找不到。和她一起碰壁的还有另外两个农大的男同学。他们三个，怎么说，一直在找工作，但一直都找不到，他们在这个夏天合计好了，不能再那么到处乱跑着找工作了，他们的意见是：先开个宠物店挣点儿钱再说。于是，他们开宠物店了，店就开在西外门，在天上白宫的东边，面对着植物园，门脸儿极小，因为店小，所以店里边就显得特别的拥挤，一进店门左手是红色的金属货架，架上是各种的一袋一袋的猫粮狗粮，还有各种的花花绿绿的宠物玩具，右手这边还是各种的宠物用具和猫狗小屋，还有各种的塑料猫食盆狗食盆，还有，各种携带宠物出远门儿的笼子。店面里边还有间小屋。除去这些，当然还有猫和狗，猫有波斯猫，白的，眼睛呢，灰蓝。还有喜马拉雅塌鼻子长毛猫，鼻子和眼睛还有嘴都已经耸到了一处，好像闻到了什么不该闻的东西，在那里痛苦着。狗是两条巧克力色的腊肠狗，还有一条不谙世事的小狼狗。见人就活蹦乱跳。他们三个中的老大刘连群和老二王大帝现在天天都守在店里，宠物店来钱不多，辛辛苦苦做一个月一个人也只有几百块钱的收入。但杂事特别多，买猫粮狗粮的，或者是抱着宠物来打针的，总是有人不停地进进出出。王大帝说这种日子也不错，不游手好闲了，"要这么干一辈子，人也没什么渴望了。"王大帝的父亲，怎么说，也是农科所的，也是老农大毕业生，他给儿子取的名字原是叫"王大地"，意思不说也不难让人明白，搞农科的哪个不爱大地，但后来这个名字被他儿子改掉，只改了一个字——"地"，把"地"改成了"帝"。王大帝现在情绪特别低沉，低沉到什么程度，低沉到他说自己连一点点渴望都没有了。刘连群马上放下他那个奇大无比的大水杯说你说谁？你说谁没渴望？"我现在是太渴望女人和钱了。"刘连群长得高大漂亮，当着小麦的面什么话都敢说。他们关系太好了，好到了什么地步？好到了他们之间像是没了性别，包括刘连群那年在学校和一个女孩儿有了，还是让小麦带着去小诊所偷偷做掉。三个人关系是太好了，好到王大帝都敢开玩笑对小麦笑嘻嘻说我真是特别想跟你上床，"但咱们太好了，所以即使上床，我想我都很难搞得轰轰烈烈！"小麦笑着把一把黑瓜子打在王大帝的脸上。王大帝把身子缩起，笑嘻嘻从领口里往外一粒一粒掏瓜子，一边掏一边说"别别别，别别别，这里，这里，有一粒，已经掉到我

玻璃保姆　79

这里了啦——"

　　前几天,他们的宠物店里有了情况,就是那个中年女人,说要给小麦介绍事做。那个中年女人,常到他们这儿来买狗粮,她这天把小麦看来看去,说好啦,就是你。什么意思呢?小麦说,这中年女人说有一份好工作,我看你最合适,但我得先跟张老板说说看。这个中年女人,胖嘟嘟的,来了就特别爱和刘连群说话,眉眼都在刘连群的身上,还总是胖嘟嘟地坐在刘连群身边不走,宠物店里味道很难闻,"你怎么也不嫌难闻?"王大帝说这地方又不是咖啡厅。这中年女人胖嘟嘟地说没什么吧?说她早习惯了。她照顾小狗又不是一天两天。她说她主人家的狗是斑点,不是黑斑点也不是棕色斑点,"是蓝斑点。"蓝斑点?刘连群看看王大帝,说有蓝斑点吗?还没听说过有蓝斑点?这中年女人,买了狗粮,总是再说一会儿话,然后才走,下了宠物店外边的台阶,过了马路,站在马路对面还朝这边摆手,好像是,专门和刘连群摆手。王大帝摆手的时候她一点点反应都没有。

　　"有情况了。"王大帝笑嘻嘻地捅捅刘连群,"这下子,就看你愿上不愿上了。"刘连群想想,说就她?就她这种岁数?他妈的,也上?王大帝说你都多长时间了?还挑三拣四?"洗浴中心,他妈的。"王大帝一脸坏坏地笑,说那都是二月的事了。王大帝和刘连群说话的时候小麦就在跟前,小麦说好家伙!洗浴中心的你们也碰?王大帝笑嘻嘻说又不是赤膊上阵,"有超薄橡胶雨衣。"说到雨衣,这时候外边恰好下雨了,夏天的雨说来就来,很大的雨点顷刻间打得玻璃"唰唰"响。小麦一跳一跳扬着手出去,她把那盆总是在开花的杜鹃搬了进来,那盆杜鹃总是在开花,但雨水一旦落到花心里去，花就会很快变黑。因为下雨，可以看到有很多人这时已经躲到了植物园门口的蛋糕店里，蛋糕店在花园的南边，植物园的北边还有一家渔具店，这两家小店总是挤着许多人，现在的人就更多，都缩缩地挤在一起避雨，都缩缩地望着天，都缩缩地等着雨停。雨下得很大，夏天的雨从来都是这样，像突然发了脾气。因为下雨，刘连群和王大帝手忙脚乱地把关宠物的笼子都放到露天里去，让雨水替他们无偿清洗粘在上边的狗屎猫尿。从笼子里给放出来的狗狗猫猫都一下子给赶到了里边的小屋，小屋里顿时一片沸沸的，猫猫狗狗各自扯了嗓子乱叫。搬完东西，三个人又坐在那里，刘连群忽然又说："我其实很想上她，只是上，上完了各走各的。"这时候看着外边的王大帝突然咧开大嘴笑了起来，因为他看到了对面那辆搬家公司蓝色的大车，因为下雨，车上的搬运工真是会节省，这时候都脱光了，在往身上打肥皂，这里，那里，头上，脚上，满身都是白花花的肥皂，"他们在雨里洗澡呢。"刘连群忽然站起来说咱们也脱光了，"也到雨里给小狗洗一洗。"说着他已经在那里脱衣服了，他脱了衣服，把衣服甩到了一边，身上只剩下一个白色的小裤头。王大帝嘻嘻哈哈也把衣服脱了，王大帝穿的是一条平脚条纹短裤。他们俩光着身子，把那两只小腊肠狗从小屋里喊了出来，小狗一开始还不愿出去，对面的人马上喝起彩来，他们朝这边看，看刘连群和王大帝在宠物店门口的遮雨板下给两只小狗打肥皂，肥皂把两只小狗打得白乎乎的，打完了肥皂，刘连群和王大帝把两只小腊肠拖到了雨里，可就在这时候雨突然又停了，是戛然而止，雨忽然转移到别处去了，随了雷声。刘连群和王大帝都赤裸着，望着天，两只小腊肠狗身上都是肥皂，它们都有些怒了，不

玻璃保姆　　81

停地把头甩来甩去。对面的人,望着这边,张着嘴,有人在笑。

"他妈的,怎么说来就来说走就走。"

刘连群拿着他那块琥珀色的肥皂抬头看着天,突然,打了个嚏喷。

小麦早在店里笑得前仰后合,在里边敲敲玻璃,不知在说什么。

雨虽然停了,但宠物店旁边的落水管还在"哗哗哗哗"地倾泻着,还不小,刘连群和王大帝把小狗在那边冲了,又把自己的脚冲了冲。这时候雨却又重新下了起来,街道上的人又都马上缩缩地聚到了对面的商店门口。这时候,那个中年女人不知从什么地方蹦了出来,打着一把小伞,一把花花绿绿的小伞,她一边收伞一边退着从外边进到宠物店里来,说:"看看这雨,看看这雨。"一边又对外边的刘连群说,"喂,你怎么,好家伙!只穿一条短裤?""我也只穿一条短裤啊。"王大帝把两条腿一抬一抬,笑嘻嘻地说你难道只看到他看不见我?"你和他不一样。"中年女人说你比小刘胖。王大帝用两手掐掐腰扭扭屁股说我不胖吧,我是结实。"我实在是太结实了,结实得我自己都受不了啦。"王大帝笑嘻嘻地说。"不跟你开玩笑了。"这个中年女人说她还有正经事,她转过身,对小麦说:十点钟,十点钟你必须马上去一趟天上白宫。她说她刚刚接到张老板的电话,他今天有时间。

"十点钟,你马上去,你有戏了。"

天上白宫小区这几天到处弥漫着花香,是丁香的第二季花,丁香的第一季花是开在春天即将过去而夏天还没正式到来的时候,花形稍微大那么一点点而花香也相对清淡一些,而丁香的第二季花则是开在夏天，花更小而香更浓，浓得有些发腻，浓得让人觉得都好像是喘不过气来。就在这样的季节里，小麦出现在天上白宫小区了，好像是，小麦的出现，怎么说，让天上白宫小区一下子又凉快了许多。小麦坐在那里，她的对面就是张老板家里摆在书架上的那一对大象牙，被从窗外射进来的太阳照得像是要放出光来。小麦坐在沙发旁边的一把椅子上，张老板坐在沙发里，那条蓝斑点卧在他们之间。小麦一进门张老板就笑了，说你的名字真是百里挑一，小麦就是白面，有白面吃就是好事。小麦忍不住也笑了笑。张老板其实是个爱说话的人，他从小麦毕业的学校一直问到她的专业，又从她的专业问到工作。问到后来，张老板对小麦说"你很合适"。其实小麦一进来张老板就觉得她很合适了，问什么不问什么都没什么意义了，一个女人，漂亮就是她的全部，还要问什么呢？对于漂亮的女人你最好不要问什么。张老板告诉小麦，要她做的工作就是给玻璃做专职的保姆。玻璃是谁？小麦在心里想，但她马上就反应过来了，玻璃就是面前的这只狗，那个中年女人对她已经说过了。"玻璃，玻璃。"小麦轻轻叫了两声，那蓝斑点就站了起来。"灵吧，多灵。"张老板说，说这条狗除了"灵"这一个字，还有两个字，就是"太灵"。张老板又笑了起来，行啦，你就在我这儿干吧。张老板说。张老板看着小麦，说这份工作要求你吃住都在这里，工作就是照看狗，给狗定期洗澡，定时带着狗出去遛，张老板提出了要求：别人遛狗要躲过小区里人来人往的高峰期，而小麦遛狗却要在人们出出进进的时候，那就是，早上，人们上班的时候要出去遛，中午，人最多的时候也要出去遛，还有晚上。张老板还对小麦说，她既然来这里是做狗保姆的，所以要有专门的服装。衣服

玻璃保姆

的样式张老板已经想好了，就是蓝白条纹的布料，这种布料和玻璃最搭配，上衣，做成大翻领，下边，是同样料子的裙子，小麦穿这种料子的制服出去的时候，玻璃就一定要穿它的蓝白两种色条纹的狗服。因为现在是夏天，玻璃的衣服也很薄，是纱，脖子那里还有很花哨的荷叶边。张老板还给小麦定做了另外一大套制服，就是淡黄色的大翻领上衣，和淡黄色的裙子，张老板对小麦说，她穿这套衣服的时候，玻璃就一定要穿那身淡黄色的狗服，那淡黄色的狗服在脖子那里也有很花哨的荷叶边。张老板为这件事兴奋着，张老板是那种想起什么就马上要做什么的人，他要那个中年女人，小麦现在才知道那常常去宠物店的中年女人是张老板家的保姆，她只负责买东西收拾家，家里还有另外一个女人负责做饭。张老板嫌小区外边诊疗所对面的那家裁缝太一般，特意让中年女人陪小麦去市里的一家大裁缝店做衣服，衣服的料子薄，所以必须打麻衬，比如领子和对襟那里。这一道工序一般小裁缝店就会免了。要说裁缝的手工，温州人的手艺也好不到哪里去，但小麦穿在身上，那衣服便显得格外的好看，但有那么点怪怪的，因为这种蓝白条纹的衣服毕竟穿的人少。一切就这么开始了，人们一开始并不知道张老板家请了狗保姆，只是看到了那么一个美人带着张老板家里的玻璃出来了，狗被小麦用皮链子牵着，人们要笑了，因为张老板的玻璃穿的狗服和小麦很一致。小麦牵着玻璃，从张老板住的七栋那边出来，先是往后边走，后边是一大片草坪，草坪的周边都是活动健身的器材。这路线是张老板给规定的，然后再从那边折回来往南边走，小麦带着玻璃走的路线都是S形，也就是说，是一栋小楼一栋小楼地绕着走。张老板给小麦安排的时间是早上人们上班的时间，中午人们出出进进的时间，晚上人们出来纳凉说话的时间。人们很快就知道了，张老板专门给狗雇了狗保姆，不但人长得漂亮，而且是大学毕业。人们只听过替主人做事的保姆，还没听过，居然，给狗还雇保姆？刘连群已经给小麦打过电话了，问她的情况，比如，都要干些什么？是不是要繁殖小狗？开个种狗繁殖场？比如，工资又是多少？刘连群和王大帝都替小麦有些担心，怎么会，只是喂喂狗，遛遛狗，给狗狗洗洗澡，妈的鸡巴！一个月的工资就是四千这样的高薪。"真他妈的鸡巴！"刘连群说这个世界真他妈鸡巴！居然还有给狗雇保姆的鸡巴人！

无论刘连群和王大帝怎么担心，小麦的工作确实如此，天上白宫的人们也都习惯叫她玻璃保姆了。小麦带着玻璃遛来遛去的时候，还会带着一个塑料袋儿，玻璃只要拉了屎，小麦就会把玻璃的屎马上收到塑料袋里。张老板的老女人有时候也会和小麦一块儿出来，虽然蓝斑点给小麦牵着，但张老板的老女人还会时不时尖声喊一两声"玻璃——"比如，玻璃停下了，准备要在墙角把一条腿跷起来，张老板的老女人便会大声喊："玻璃——"什么意思呢？能有什么意思呢？蓝斑点却已经在那里把尿撒在墙上了。比如，玻璃又停下了，在一个车轮子上闻了又闻。张老板的老女人又在那里喊了："玻璃——"什么意思呢？玻璃是全然不理会，在继续专注地闻下去。这一回，张老板的老女人不喊玻璃了，她喊小麦，她喊小麦的声音和力道和喊玻璃一样，很高很尖。"小麦——"，喊过这么一声后，她会很不高兴地对小麦说：你也不管管它？管谁呢？还能管谁呢！管狗！谁让小麦是狗保姆。小麦这么漂亮的一个姑娘，

玻璃保姆　85

带着这么一条狗,后边又跟了花花绿绿那么一个老女人,这真是更加少见的风景,这风景给谁看?一般人当然不会知道,其实张老板主要是做给小周老板看的。所以,张老板的老女人总是要求小麦带着狗多在小周老板的那栋小楼前多遛遛,多绕几个圈。小麦拉着玻璃,还有张老板的老女人,她们来到小周老板的那栋楼下了。"玻璃——"张老板的老女人突然又叫了,什么意思呢?这回玻璃领会了,"唔——"的一声。马上,小周老板家的那只斑点马上里应外合在二楼的大晒台上尖叫起来,并且,好像是要从晒台上冲下来了。小周老板当然看到了小麦,一次次看到小麦在那里遛狗了,小周老板的车库上边是鸽房,他总是在那里收拾他的鸽房,这天他蹲在车库顶子上笑眯眯地和小麦说话,说什么呢?他问小麦是哪毕业的?学什么专业?他还对小麦说,哪天请小麦看看他的蓝斑点,他的蓝斑点毛皮地子可是蓝的,斑点倒是白的。"很少见,相当少见。"小周矿长说要比你手里牵着的这条狗少见多了。

小周老板当然已经领会到了张老板的用心。

"妈的!"小周老板笑眯眯地在心里说,小周老板总是笑眯眯的。

在这个夏天将过秋天即将到来的季节里,天上白宫的人们又看到了什么?他们看到了一个外国姑娘,一个外国姑娘出现在了天上白宫,这外国姑娘真是漂亮,人们很快知道了这是个俄罗斯女孩儿。在这个城市里有很多俄罗斯女孩,她们大多待在大宾馆里,她们常常还会表演俄罗斯舞蹈,把腿一下一下踢得很高的那种舞蹈,每踢一下腿都会把裙子奋力踢起来,她们成排地在那里跳着这种舞蹈，很整齐，要踢左腿都踢左腿，要踢右腿都踢右腿。身上穿着俄罗斯传统的白裙子和绣花的阔袖子红上衣。除了表演舞蹈之外她们还会做些别的，一般来讲，许多人都不知道她们还会做别的什么。但她们之中的一个，肯定不再跳踢腿舞，她们之中的这个，便是出现在天上白宫的这个俄罗斯妞儿，她的工作现在相当简单，那就是给小周老板照顾那条相当少见的蓝地子白斑点的狗。她什么都不做，她的全部，好像就是在那里遛狗，当然有人也会有时看到她在小周老板家里的阳台上给小周老板的斑点狗洗澡，一边唱着人们都不太熟悉的俄罗斯歌曲，有人看见她带着小周老板的斑点去超市，她还不大会说中国话，她告诉那些慢慢和她已经熟悉起来的人，她每个月挣到八千，她还说什么？她还说"叽哩咕哩叽，叽哩咕尔比"，有人说她是在说她很热爱这份工作，因为在她的故乡俄罗斯还没有狗保姆这种工作。

秋天到来的时候，小麦又回到了她的宠物店，张老板说照顾他家这种从英国远道而来的斑点狗，最好还是请一个英国人来。张老板是这么说。但他的那条蓝斑点，现在是很少出远门了，也很少再系着它的狗伞在人行道上名角儿一样走来走去。它现在要出现，怎么说，也只是在张老板自家的那栋小楼四周，张老板的老女人带着蓝斑点在自家小楼四周走的时候，有时候，怎么说呢，可以听到那个俄罗斯姑娘在唱歌，这时候，张老板的老女人便会大声喊一声："玻璃——"什么意思呢？谁也不知道是什么意思。紧接着，张老板的老女人也许还会再来两声："玻璃——玻璃——"什么意思呢，还是没人知道。但玻璃知道，玻璃会用叫声回应它的主人，那也就是，"唔——"地叫一声。又"唔——"地叫一声，或者是连

玻璃保姆　87

着叫下去。到了后来，也许是条件反射，只要那个俄罗斯姑娘一唱歌，玻璃就会用"唔唔"不绝的叫声响应起来。

"玻璃——"张老板的老女人又在喊她的狗了。

小麦那边呢，听说要去农科所上班了，据说是接她父亲的班，继续研究那些生长在大地上的小麦，但这也只是听说而已。

寻死无门

1

黄腊梅到家时,刘小富还没见回来。

黄腊梅给刘小富打了电话,说你是不是还没从医院出来?是不是又在那里和病友摆龙门阵穷磨时间?刘小富说哪个在摆龙门阵?告诉你老子今天根本就没打吊瓶。刘小富在电话里迟疑了一下,声音忽然小了下来,说黄腊梅你最好来一趟,王大夫有话对你说。

黄腊梅看看表,都快中午了,但还是马上骑着车子去了医院。

从医院回来,黄腊梅腿软得连楼梯都迈不动,但她不愿让刘小富看出什么,嘴上还一个劲儿对刘小富说,"好你个刘小富,结婚二十年你从来都不肯听我半句,这下好,你又吃药又打针又打吊瓶这长时间原来是白花钱,当时叫你好好查一下你不查,你老爸得胆结石你就说你也是胆结石,简直是白痴!这下你还说不说你是胆结石?"走在黄腊梅后边的刘小富不说话,此刻他觉得自己浑身都不舒服,都在冒冷汗,其实最不舒服的是心里的那种感觉,自己一直以为是胆结石在作怪,想不到今天一查竟然是肝里出了大毛病,王大夫说你也不必心慌,只不过是普通囊肿。王大夫不这么说还好,这么一说倒点醒了刘小富,刘小富脑子又不笨。要是普通囊肿,还叫黄腊梅去医院做什么？

进了家，黄腊梅一头去了厨房，她把馒头和昨天的剩菜一样一样放在笼里，愣了一会儿神，忽然说没酱油了，刘小富家的下边就是超市，买什么都很方便。黄腊梅下楼去的时候悄悄把手机拿在了手中。她想到楼下去给小富的姐姐打个电话，在家里打怕刘小富听到。黄腊梅有什么事都要请教刘小富的姐姐，仿佛就是她的守护神。

黄腊梅躲在楼下给刘小富姐姐打电话的时候忽然有了哭音：

"姐……出大事了，小富肝里边长了东西。"

"小梅你大点声。"刘小富的姐姐说你说什么地方长什么东西？

黄腊梅说小富一直说胆疼胆疼，今天一查才发现肝里长了东西。

"肝里长了东西！"刘小富的姐姐吓了一跳。

"一个有拳头那么大，一个有核桃那么大。"

"肝里？"小富的姐姐又说。

"就是肝里。"黄腊梅说王大夫说恐怕已经是肝癌晚期了。

刘小富姐姐在电话里好一阵子没说话，老半天才说："怎么会和我妈一样，查错了吧？"

黄腊梅说所以才想下午抓紧时间再到人民医院查一下，"但愿他们查错，姐……"

"你别急，别急，下午我陪你去。"刘小富的姐姐在电话里说。

"我儿子还没成亲呢！"黄腊梅似要哭出来，但她忍住。

"别急，别急。"刘小富的姐姐又说。

"不会是遗传吧？"黄腊梅说。

"不会吧？"刘小富的姐姐说。

打完电话，黄腊梅跌跌撞撞去超市买了两袋酱油。

这天中午，刘小富的儿子小丰没有回来，小丰大学毕业后一直找不到工作，脾气一天比一天大，最近自己出去找了份临时工作，中午一般不回家吃饭，家里就刘小富和他老婆两个人吃饭，吃过饭，黄腊梅在厨房里一边收拾碗筷一边对刘小富说，"要不，下午再到人民医院查一下？"黄腊梅想让自己尽量说得轻松一些，刘小富跟在她屁股后边也进了厨房，他也想让自己表现得轻松一些，顺手抽支烟出来，说：

"去就去，老子就不信老子肝上真有了东西？"

黄腊梅突然朝刘小富扑了过来，把他手里的烟一把夺了过去，"你还敢抽烟？"

刘小富愣了一下，说抽支烟未必就会马上死人。

"哪个准许你说死说活！"黄腊梅说。

"不说不说，我还怕我死了你再找一个在那里快活。"

刘小富想把话说得俏皮一点，眼圈却猛地一红，喉咙那地方早已哽住，他忽然明白了，自己难受了这大半年，身体一天比一天差，原来自己是得了正经病！刘小富对这种病再熟悉不过，当年母亲得的就是肝癌，从检查出来到去世还不到两个月。

2

中午过去，下午黄腊梅又陪刘小富去了一趟人民医院。

人民医院在万花南路，离刘小富家不远，中间隔一个体育馆，体育馆旁边是儿童公园，远远就可以看到那个几层楼高的大轮子，因为天冷，这摩天轮没得人坐，只静静待在那里，每回看到这个孩子们最最喜欢的摩天轮，刘小富就在心里想，小丰怎么一转眼就再也不需要自己了？要是小丰再缠着自己带他坐一次摩天轮该有多好。

刘小富的姐姐早早在医院门口等着，风挺大，她围着一条茶色围巾，两眼不知看着什么地方，她的身旁，站着刘小富的姐夫，刘小富的姐夫是个开出租的，早起晚睡，平时忙得很，连过年也难得见着人影，但这一次非同小可，肝里长东西其实就是对一个人判了死刑，所以他放下生意不做也跟上来了。医院门口这天不知为什么插了许多红旗，风从北边吹过来，红旗"哗啦哗啦"响成一片。刘小富姐姐已经和这里财务科的熟人联系好了，来了就检查，不用等，下午看病的相对也少，CT和B超又用不了多长时间，一会儿就好。刘小富上了两回楼，又到地下室放射科去了一下，很快又都一一查完，刘小富姐姐让黄腊梅和弟弟在医院门口等她，她和小富的姐夫留下来等检查结果。其实结果早已出来。肿瘤科彭大夫已经看过片子，他对刘小富的姐姐说：

"两边检查结果都一样，已是晚期了。"

"不会有错？"刘小富的姐姐说。

"不会。"彭大夫用手指点点CT片。

"可不可以换肝？"刘小富的姐姐忽然说。

"恐怕不行。"彭大夫说。

"能换最好。"刘小富的姐姐又说一句，心里忍不住一阵乱跳，一个声音在她心里说就是能换小富又去哪里找这笔钱？

彭大夫说这都已经是晚期了，"早就错过了换肝的机会。"

"大概，还能拖多久？"刘小富的姐夫在一旁结结巴巴问了一句。

"三个月到半年吧。"彭大夫说换肝手术你们别想，但介入手术必须马上做，病人已经有了腹水，这里，这里，彭大夫指着片子，所以不能再等，想吃点啥就吃点啥吧。

刘小富的姐姐顿时在那里愣住。

从门诊楼出来，刘小富的姐姐想尽量让自己装着轻松一点，但她怎么轻松得起来，她想装着轻松，却更显得紧张，她对眼巴巴等在医院门口的弟弟小富说："问题不大，你放心，是普通囊肿，隔天咱们再到军区医院找专家看看片子。"刘小富的姐夫也想说句什么，张张嘴，却无话可说，忽然望望街对过，说："要不，咱们在一起吃顿饭吧。"这时候，差不多已经快到吃晚饭的时候了，医院对过就是万花西路上最有名的"红宝石饭庄"，土菜做得十分地道。

点菜的时候，平时过日子极是节俭的姐姐乱点了许多好菜，要在平时，刘小富不但饭量大，还必须要喝酒，这一回，他没提酒，刘小富的姐夫开车不能喝，却忽然问了一句："要不，我陪你喝两杯？"刘小富的姐姐马上在一边生气地说："你胡说什么？这么好的菜，你们两个多吃菜！"刘小富的姐夫不再说喝酒，便不停地给小富夹菜。小富想多说几句话，又百般找不出话来，好容易找出一句话，却是：

"活多大年纪也是个活！其实都一样！没什么了不起！"

刘小富这么一说，黄腊梅的眼里猛然汪上了泪水。

"哪能一样，我儿子还没成亲呢！"黄腊梅说。

这顿饭吃得味同嚼蜡，剩下一多半饭菜打了两个包，一包带给刘丰，一包带给刘小富的外甥女小静，小静已经到了预产期，这几天一直住在小富姐姐的家里等动静。

这天夜里,刘小富怎么也睡不着,后来他干脆不睡,悄悄去了儿子刘丰的房间打开电脑查肝癌资料。儿子醒来去厕所,吓一跳,说老爸你干什么?怎么这会儿都没睡?看什么好东西?刘小富怕儿子发现自己查什么,忙把电脑关掉,电脑一关掉,窗子那里却猛地白了一大块,想不到外边已是大亮。

刘小富不想再睡,干脆穿衣服去了菜市场。快要过年了,刘小富决定先买些肉回来。刘小富在心里说:"不管老子活到活不到过年,老子先让老婆儿子好好吃顿红烧肉再说!"出现在菜市场的刘小富两眼红红的,一夜间,人老了许多,买肉的时候,刘小富在卖猪肝的那里愣了老半天。

"吃啥补啥。"回来的时候,刘小富提了一副猪肝。

"对,吃啥补啥!"黄腊梅说。

刘小富把自己的拳头放在猪肝上比了比,说,"难道真有这么大?"

"别瞎想,人肝比猪肝大得多!"黄腊梅说。

"我得马上跟霍光芒把欠咱们的钱要回来。"刘小富说。

"要不我去?我不信他养小秘有钱,给你结账就没钱!"黄腊梅说。

"还是我去!"刘小富说,心里的一句话是:"再不要也许就没机会了!"

"姐姐刚才来了电话,医院那边问了一下,做一次介入手术是一万五。"黄腊梅一边用水龙头冲猪肝一边对刘小富说,这还不算

一粒微尘

给大夫的好处费,"咱们还是从北京请大夫吧。"

刘小富继续说要钱的事,"亏他还叫什么霍光芒,一点都不光芒!叫他妈霍黑暗算了!现在的人怎么这么黑暗!什么意思,想等到老子死了把这笔钱赖掉!"

"你瞎说什么!"黄腊梅说,"你知道不知道生气对肝更不好。"

"老子已经这样!还什么好不好!"刘小富一屁股坐了下来。

"做完介入治疗就好了。"黄腊梅对刘小富说,咱们的好日子长着呢。

"但愿吧。"刘小富苦笑着说,我总不能比我老子早去那个地方吧。

"做完手术再说别的,要钱的事先往后搁搁。"黄腊梅说。

"要是……"刘小富看着黄腊梅,那半句硬是没敢说出来。

3

做完介入手术,休息了一个多星期,刘小富去了霍光芒的家。

风从北边吹来,天上的云给吹得又薄又平,太阳光灰灰的。

刘小富上楼上得好痛苦,每迈一步身上到处都疼。霍光芒住五楼,刘小富一边上楼一边喘气,还没进霍光芒的家刘小富就看到了立在走廊外的那扇白漆门。刘小富认识这扇门,门是霍光芒的,门上有个大窟窿,没有这个窟窿还看不出厚墩墩的一扇门原来只不过是两张薄薄的合成板做的。刘小富奇怪门上怎么会有一个大窟窿,怎么会卸下来立在走廊里。

霍光芒的老婆在家,开门的一刹间竟然没有认出站在门外的是刘小富。

"你找哪个?"霍光芒的老婆说。

刘小富说你怎么连我也认不出来了?

霍光芒的老婆这才"啊呀"一声,忙把门打开。

刘小富坐下来,说外边那是你家的吧?要大兴土木。

霍光芒的老婆马上说,"我这日子没法过了,门是霍光芒这个王八蛋给砸的。"

"他疯了还是钱多撑的?"刘小富说。

"他要跟我离婚!"霍光芒的老婆说霍光芒这个老不要脸的,一点脸都不要,我家老二还没对象,他这样闹,老二还怎么搞对象?

刘小富早就知道霍光芒养小秘的事,但就是养小秘也不至于和自己老婆闹成这样?

"是不是小秘挑唆的?"刘小富说。

"什么小秘?那婊子都四十七八了!"霍光芒的老婆气不打一处来,差点要跳起来,说他霍光芒要是养个十七八、二十多的也算他有本事,一个烂得不能再烂的老烂货,不知给多少人搞过!那婊子说好听点是公共汽车,说不好听的是公共厕所!人人都可以去她那里排泄!

"养了个四十八的?"刘小富吃了一惊,想笑又笑不得。

霍光芒的老婆说我也不怕你笑话,这女的真不知道有过多少男人,你说他霍光芒是不是疯了?还说是为了爱情!一家人现在都不肯跟他说话,他就拿门出气!我倒希望他跳楼!

刘小富想把话引开,说:"你家老二听说在北京打工?"

"你说老二还结婚不结婚,传出去,有这样的公公,哪个姑娘还敢上门?"

"他妈的话他听不听?"刘小富记着霍光芒是个孝子。

"屁!"霍光芒的老婆朝地下唾一口,骂道:"霍光芒已经疯烂了!"

"他妈说话他也不听?"刘小富又问。

"以前还听,现在不听。"霍光芒的老婆叹口气,说他妈也快让他气死了,气得一打嗝就不得停!一个人不要脸就什么都不顾了。霍光芒老婆就又说起去年过年时候的事,说霍光芒连过年都不回家,就待在那个婊子那里点了蜡烛喝红葡萄酒说要找什么情调!两个儿子去找他那婊子还报了警,到后来闹得派出所都批评这老不要脸的。

"真是四十八?"刘小富好像是不太相信。

"差两岁整五十!"霍光芒的老婆说这我还能对你说假话,要是养个二十岁的我也不这么生气,算他有本事!算他流氓流出成果!

刘小富忍不住笑出声,脸色却突然大变,豆大的汗珠马上爆满一脑门。

刘小富的样子让霍光芒的老婆吓了一跳,她暂时收起自己的兴奋,问刘小富:"你是不是病了?你脸色怎么这么不好?"

"不好吧?"刘小富说。

"真不好。"霍光芒的老婆说你应该去医院看看。

"还看什么看。"刘小富说。

"人过中年事最多,你要是有点事黄腊梅怎么办?"霍光芒的老婆说。

"我已经是肝癌晚期了。"说这话,刘小富倒显得出奇平静。

"瞎说!"霍光芒的老婆几乎又要跳起来,"你好好儿一个人,怎么会得肝癌?"

刘小富说没人愿瞎说这个吧?自己确实已经是肝癌晚期,天地再大也没什么想法了,这次来就是想让霍光芒把欠自己的那两万给自己结了,刘小富又说,自己刚刚做了一次介入手术,一次两万,马上要做第二次,还有第三次,明知是死也得做,自己这是害人,把老婆孩子都要害死了,上边还有个可怜的老爸!

霍光芒的老婆瞪大了两只眼,说,"真想不到。"

"我这是害人,我把我老婆和儿子害了。"刘小富又说。

"害人的是霍光芒!霍光芒,王八蛋!"霍光芒的老婆又骂起来,一边骂一边在屋子里转来转去,忽然站住,"也许是查错了,医院里现在经常出错。"

"错不错我自己还不知道?"刘小富说,"所以光芒不能再把我那两万拖下去了。"

"我打电话他肯定不接,要不,你给他打一个?他总不能连你的电话都不接!"

刘小富说我打他也不会接,上次我用街上的公用电话打给他他才接了一下。

"这个王八蛋!"霍光芒的老婆又骂道,骂归骂,霍光芒的老婆也没办法,她忽然对刘小富说:"要不,我带你去,他这会儿不在单位就肯定在那个婊子家。"

刘小富摆摆手,头上的汗又下来,"今天我是不行了,你告诉他一声,就说我也没几天了,那两万他已经欠了我三年,我就是花不上，到时候也要把它交给我老婆我儿子，我儿子到现在都没找到正式工作，是我害了他们，得这种病就是害人，害人！其实我也是受害者，谁让那几年天天都要陪着农机厂的客人喝酒，别人搞业务是弄钱，我搞业务是给自己弄病，这会儿想找个说话的地方都没有，听说农机的地都卖了，好在我老子的那几个可怜工资还能开到手。"

霍光芒的老婆张着嘴，看着刘小富，眼里突然也有了泪水，泪水马上就要流下来了，她突然进了另一间屋子，出来的时候手里拿了几张人民币：

"家里也就这么些。"

刘小富说："不不不，什么是什么。"

"你拿去买些营养品。"霍光芒的老婆说这跟那个王八蛋没一点点关系。

刘小富不拿，霍光芒的老婆硬要把钱塞给刘小富，刘小富浑身发软，又一屁股坐下，自从检查出肝里长东西，刘小富觉得自己是一下子就垮了，从身体内部一下子就垮了。他把钱放在茶几上，倒气喘吁吁反过来劝霍光芒老婆，"夫妻还是原配的好，让他疯够了他就不疯了，不过，霍光芒这人真是太自私，他欠我的钱且不说，他都不肯为他两个儿子想一想，他知道不知道到老他靠谁？"

"靠谁？"霍光芒的老婆说就让他靠那个婊子好了！

刘小富离开霍光芒家的时候，霍光芒的老婆又从家里追出来，把手里的钱硬又塞到刘小富的口袋里，刘小富这次不再推推让让，他只觉得自己连一点点力气都没有。从院子里走出来，回头看看，霍光芒的老婆还站在那里呆呆地看着自己，刘小富就又往前走了几

寻死无门　99

步，直走到谁也看不见谁，刘小富才找个地方坐下来。刘小富突然笑了一下，想不到霍光芒居然搞了个四十八岁的，多少天来，这倒是一件非常让人开心的事，想一想，刘小富忽然又伤心起来，就是五十八的，自己也没那个机会了。刘小富把霍光芒老婆塞给他的钱取出来数了数，一共三百块。停一会儿，他又把那钱数了一下。"十万、二十万、三十万。"刘小富苦笑着对自己说："要是三十万还差不多。""三十万？三十万又能做什么？"另一个声音马上在刘小富的心里说，"又要买房子，又要给你儿子找工作，又要给你儿子娶媳妇，三十万能做什么？"这么想着，一个念头突然从刘小富心里窜了出来，刘小富从心里抖了一下，忽然明白自己现在最最当紧的是想办法给老婆和孩子留一笔钱！这也许是自己最后能想到的事情了！这也许是自己最后要办的最最重要的事了！母亲当年从得病到去世让刘小富太明白这种病是怎么回事。坐在那里的刘小富忽然摸摸自己这里，再摸摸自己那里，摸摸胸，摸摸腰，那天在医院碰到的那个卖血的人的那张脸又出现在他的脑子里，一个想法，突然从刘小富的心里跳了出来。为了自己的新想法，刘小富的两只眼里忽然有了亮光。

"反正也是个死！大不了就是个死！最终也是个死！"刘小富在心里说。

4

从小到大，天气再冷刘小富也没戴过帽子，而现在刘小富不得不戴着帽子出门。

刘小富这天去了矿总局医院。矿总局医院离市区好远,在万花南路最西边,再过去,都快要到梅洛水库了,梅洛水库周围现在盖满了商品房,已经成了很大的一个小区了,人们都奇怪,水库里的水去了什么地方?不少人担心,要是水库里再有了水,那些房子还不被淹掉?

刘小富满脸的疲惫,坐在了自己的小学同学姚海泉的面前。

姚海泉是矿总局医院药剂科主任,日子过得肥得很,手下养了一大批跑药的,中秋节那次同学聚会请客,姚海泉只打了一个电话,马上就有人把五桌饭菜订好,原来说好的同学们每人出二百,结果让姚海泉一下子给解决了。姚海泉年轻的时候长得可真是讨人喜欢,想不到一到这个岁数人的模样会起这样大的变化,人胖不说,又早早谢了顶,还是一脸的毛糙胡子,怎么看都一点不可爱。

"刘小富,怎么会是你?"刘小富的样子让姚海泉吓一跳,几乎要跳起来。

"妈的,怎么就不会是我?"刘小富说。

"你怎么想起来这地方?"姚海泉说你怎么这么憔悴?是不是女人搞多了?

"没事吧?"刘小富摸摸自己的脸,说自己是想替朋友来问一件事。

姚海泉马上就皱起了眉头,说这几年的药不好做,库里的新药堆积如山都出不去,上边又查得紧,整天苍蝇一样叮在这里。

"我又不跑药。"刘小富说你他妈别害怕。

"那我还能为你做什么?"姚海泉说你是不是想要美国伟哥?可以白送你一盒玩玩儿。

寻死无门

"不是不是，都不是。"刘小富说伟哥和我无关，是有人想问问可不可以卖肾？

"卖肾？"姚海泉大吃一惊，说自己从来没碰过这种犯法的事情。

刘小富说自己只是替朋友打听打听。

"还有打听这的？"姚海泉说自己在医院都没听过有人打听这的。

刘小富说这又不是什么稀罕事，那东西每个人身上都有两个，留一个自己用就行，卖一个得二三十万还可以派大用场。

"说得轻松，可不是这么轻松的事！"姚海泉说那是人体器官。

刘小富看着姚海泉，忽然又说："还有，角膜？"

姚海泉就又笑了起来，说刘小富你这家伙是不是入了黑社会，要什么有什么！有没有鸡巴！是不是要搞批发？你知道不知道这东西是人体器官，是犯法的，是黑社会！

"你说现在什么事情不犯法？大家都在犯法！"刘小富说。

姚海泉说你说得也是，越是当官的越犯法，带头犯法。

"犯法才能过得好些。"刘小富说。

"也是。"姚海泉说规规矩矩的老实人从来都没好日子过！

"有没有先付钱，到时候再把东西拿走？比如角膜。"刘小富说。

姚海泉一张嘴笑得好大，说到时候？到什么时候，到这人死了再把角膜和肾拿走？

"对。"刘小富说。

"那谁能知道自己什么时候死？"姚海泉说。

"我就知道。"刘小富的手慢慢抬了起来,猛地一下子把自己的帽子摘了下来。

姚海泉张了一下嘴,当即愣在那里,凭着职业敏感马上明白刘小富可能是得了什么病,并且马上就明白刘小富经过化疗了,要不他的头发不会像现在这样稀稀落落难看得要死。

"你看看我这样子。"刘小富说好看不好看?

姚海泉也不再笑,小声说:"病了?什么病?"

刘小富忽然觉得自己竟然能这样平静地把话一下子说了出来:"肝癌晚期了。"

姚海泉又吃一惊,明白刘小富刚才是在说自己,姚海泉想说些什么,但他不知道自己应该说些什么?面对一个已经被判了死刑的老同学,你说什么都不合适。姚海泉想想,立起身把身后的铁皮柜子打开,从里边取出一小沓钱来。

"你什么意思?"刘小富一下子站起来。

"就当我去家里看你,想吃什么你买点什么?"姚海泉想开个玩笑,说,"要是没胃口干脆去找个小姐玩玩儿,好好儿打几炮!"

"不是这个意思!"刘小富说。

"同学一场什么意思不意思。"姚海泉把钱硬往刘小富手里塞,说你别嫌少,你快拿起来,待会儿来人还以为你是跑药的,我是受贿的,两下子都不好。把钱塞到刘小富手里,姚海泉转身又从铁皮柜子里取出一盒儿茶叶,"青岛朋友送的日照茶,你拿回去喝。"

"我现在不能喝茶。"刘小富说。

"客人总是要喝的。"姚海泉把刘小富的手按住,刘小富的手冰凉冰凉没一点温度。

寻死无门

刘小富想再说几句话就走,便又说到角膜和肾。"我他妈也想开了,一是不能把自己的东西浪费了,二是自己要尽可能给老婆和孩子留些钱,反正也没几天了。"

姚海泉说这种事几乎没有可能,除非你是需要换肾的那个病人的亲戚,角膜的事也不可能,"那是要摘眼珠子的事。"

刘小富摸了一下自己的脸,感觉中已经是骨头一把。

"你这真是下下策。"姚海泉说癌症也没什么了不起,也有好的,不可悲观。

"哪有那种可能,要是长在胃和肺那地方还差不多。"刘小富说自己早就上网查遍了。

"好好儿养着,也许一下子就好了,现在许多事情都说不清,你可不能在咱们同学中开这个头儿。"姚海泉说。

刘小富心里忽然好一阵子说不出的酸楚。

姚海泉忽然又对刘小富说,"要是你真那么想,你不妨到网上留一下言,现在什么宣传都没网络厉害,再不你就试着贴些小广告,把电话留在上边,让人们跟你直接联系,不过,你是不是开玩笑……"

刘小富又苦笑了一下:

"我是自己把自己给耽误了,我一直以为自己是胆结石,一直没当回事,岂知儿子和老子并不一样!我也算是让我老子给耽误了。"

和姚海泉分了手,刘小富去"骨里香鸡店"买了些老爸最爱吃的凤爪,他准备去看看老爸,快过年了,他想去老爸家看看都有些什么要做?老爸已经七十三了,有些活儿不能让他再做,比如收拾家，擦玻璃，这都是很危险的活儿，从前这些活儿都是自己和黄腊梅做，今年可以让小丰来做，小丰快放假了。刘小富已经想过了，怎么对老爸交代自己的事是个大事，在那一天到来之前自己必须要向老爸有个交代，这需要一个过渡，刘小富想好了，就对老爸说自己有可能要去很远很远的地方做事，能远到什么地方呢？这么一想刘小富就十分痛恨农机厂，怎么就让自己早早下了岗，要是自己现在还有工作，自己就可以对老爸说自己要出国，去国外搞施工，也许三年，也许五年，也许十年！以老爸现在的岁数，也许活不过十年了。自己怎么就得了这病，倒让白发人到时候送他这个黑发人？

刘小富忽然蹲了下来，两手一下子捂住了脸，脸上热热的东西流下来。

很快，有人走了过来，对刘小富说：

"哎哎哎，怎么蹲这地方？这不是蹲的地方。"

刘小富把脸上的眼泪擦掉，这才发现自己是蹲在路上，身旁已经堵了一溜车，停在最前边的司机正探出头怒冲冲看着自己，不等刘小富站起来，已经慢慢慢慢把车开动了。

刘小富一下子火儿了，跳起来说：

"轧啊，轧啊，有本事从我头上轧过去。"

刘小富一喊，那车就又停了下来。

"你把老子轧死老子倒有办法了！"

刘小富朝那车走两步，把帽子一摘，又大声说。

那司机果然被吓住，把车停了。

"开呀！你开呀！"

刘小富的脸上都是泪水，头上所剩无几的头发被寒风吹起落

寻死无门　　105

下，落下吹起。

5

刘小富去贴广告，马上就要过年了，对联和灯笼还有炮竹已经摆到了街上。

刘小富的棉大衣口袋里，一边是广告，一边是胶水，他一边走一边贴，走走贴贴，也不管周围有人没有人，心里还说"看什么看，老子现在死都不怕还怕你们看我贴广告？"为贴这广告，刘小富一直走到了这个城市的最西边，再往西就是万花路大货场，他计划在西边贴完再到南边。刘小富倒是很怕熟人看到自己，后来他又进了几个小区，把广告直接贴到楼门上。广告上的那几句话倒直截了当："因为生活所迫，我决定出售自己的肾脏、角膜，本人健康无病，有需要的可与1354603×××联系，价钱面议。"

刘小富贴广告的时候，忽然有个人在他背后说：

"这种广告最好贴在医院门口，贴在这里没用。"

是个胖胖的中年人，手里也拿了一沓子小广告在到处贴。

刘小富想想也是，便又去了几家医院，口袋里的小广告快贴完的时候，刘小富还特意悄悄去了一下霍光芒那里，在他的单元门上贴了一张，又去了一下霍光芒的单位，在霍光芒单位的楼门口也贴了一张。霍光芒的工作单位也就是刘小富当年的工作单位，以前单位外边的法国梧桐都给砍了，现在盖了不少门面房出租，都是温州人在那里卖塑料制品，离老远都能闻见那股子难闻的塑料海绵的味道。

贴完广告，刘小富直接去了老爸家。

刘小富的老爸以前是农机厂的车间主任，说话办事都特别有一套，但自从刘小富的母亲去世后，刘小富的老爸好像是一下子就老了。刘小富一年也难得去几次老爸家，他不愿听老爸总是在那里教训自己，所以去了总是和老爸顶嘴，自从查出肝癌后，刘小富现在是一有时间就去，去了和老爸坐坐，或者就在老爸那里躺一下，刘小富的老爸还住在万花南路的老房子里，刘小富在这栋老房子里长大，结婚后生下小丰才搬开。刘小富对老爸说趁现在还没出国跟您多坐坐，一旦出国去打工说不定多长时间才会回来。"出国？"刘小富的老爸说，"现在这么轻轻易易就让你这样的人出国？要是跑了呢？跑出去再不回来呢？"刘小富笑了一下，不想和老爸讨论这些事，老爸的话是老掉牙，是另一个时代的声音，刘小富说就我，又没搞房地产的老子，就是跑出去也顶多是个要饭的叫花子，还不如不跑出去的好。

"你那头发是怎么回事？"小富的老爸瞪瞪眼，问小富。

小富说可能是游泳池里不干净，可自己又舍不得扔掉那份工作。

小富的老爸说你从小又不傻，自己把头发弄成这样真是白痴。

"还不是像你。"刘小富说明知一个人过日子连个说话的都没有怎么就不雇个保姆？

"我这么大岁数还要什么保姆？"刘小富老爸说我一辈子自在惯了。

"笑话！岁数大了才要保姆。"刘小富说爸你是不是老糊涂了，说话这样颠三倒四！

"我又不是不能动了。"刘小富的老爸说。

刘小富说你那工资一个人又花不了，我们又不花你的，你就是留下我和我姐也不会要你一分，你还是趁早花了，雇个保姆我和我姐也放心。

"雇了保姆你们不来怎么办？"刘小富的老爸说这我还不知道。

一句话说得刘小富无语，老爸不安电话也是这个道理，说安了电话你们就更不来了。

刘小富说我懒得跟你斗这个嘴，一来了就斗嘴也没什么意思，花盆干成这样都不懂得浇一浇。

刘小富的老爸忽然想起刘小富说的过些时候要出国的事，说现在打工的都能出国，要在以前出一趟差都得开证明换全国粮票，没有全国粮票吃饭都成问题。刘小富的老爸又说起旧事，说那年去河南把粮票丢了，整整两天天天吃胡萝卜，吃得直吐酸水。

刘小富的手机就是这时候响起来的，刘小富放下塑料喷壶看了一下号码，想不起会是谁给自己打过来的。接了电话，那边的人马上说：

"你是不是就是那个要卖肾的人？"

刘小富吓了一跳，一下子跳起来，怎么会这么快？才把小广告贴出去，电话就打过来了。

刘小富马上去了厨房，关了厨房门，小声问电话里的人，"你什么意思？"

"我问你是不是就是那个想卖肾的人？"电话里的人又说了一句。

刘小富觉得电话里的口音有些耳熟，便问："你是哪个？"

电话里的人说你别管我是谁？我问你是不是刘小富？

刘小富的耳朵里就"嗡"的一声，怎么这个人连自己的名字都知道了，自己分明没有在那小广告上留名字。正迟疑着，电话里的人又说了话,"你怎么连我都听不出来了?"

刘小富的头这才不那么蒙了,他忽然想,这个口音会不会是霍光芒?

"你是霍光芒?"刘小富说。

"算你耳朵好。"电话里的人果然是霍光芒,霍光芒说想不到我那老婆没有说谎,我老婆告诉我说你那天去我家了,说你有病了,而且是正经病。我刚才一去办公室就看到了小广告,我看小广告上的电话像是你的电话,霍光芒在电话里说想不到你真会得这病?你别以为我不急,我这就去想想办法,看看去什么地方把钱挪一下。霍光芒说你倒好,昨天我老婆跑来把我骂个臭死,霍光芒又说,我不是躲你,那些钱我千不该万不该拿去让白家骏这王八蛋去开什么铁粉矿,弄得我人不人鬼不鬼,你放心,你出了这事,我说什么也得让他先把你那两万挪一下先给你。

"就是给不到我手里,到时候你记着也要把这两万给我老婆孩子。"刘小富说。

"看你说的!"霍光芒说我岂是那种人?我要是那种人还会给你主动打电话?

刘小富想想也是,从小一起长大,霍光芒就是想坏也坏不到哪里。

霍光芒又在电话里说了话:"你是不是专门在我的办公室外边贴了一张?"

"那又怎样?"刘小富说你门口又不是国务院门口,贴不得?

霍光芒说你是个傻×是不是?你怎么留你自己的手机号在上面,认识你的人一下子就都知道是谁了,1354603×××。

"那又怎样?"刘小富说。

霍光芒说你就不怕别人知道？

"我都这样了，还怕什么？"刘小富说知道的人越多越好。

霍光芒忽然没了话，停好一会儿才说这事要是让你老爸知道了呢？

刘小富忽然紧张了起来，小声说我现在正在老爷子家。刘小富侧耳听听外边，老爷子像是还在看电视，只有电视在响。

霍光芒继续在电话里说，"想想也是，要是换了我我也许也会想到这主意，一个人一辈子不给老婆孩子留点怎么也说不过去，要是有人买你那肾也是好事，你敢这么做就是英雄，就是真正的男子汉！我的麻烦事是千不该万不该不该把钱借给白家骏这个王八蛋！"

刘小富在心里说你未必就不是王八蛋，你明明知道那两万不是你的钱你怎么还要借给那个白家骏？拿别人的钱风光算什么本事？这么一想，刘小富的心就硬了起来，他对电话里的霍光芒说我也这样了，连自己的肾都敢卖了，那两万希望你尽快给我，那是救命钱，利息我就不说了，那两万，你要是不还，我就是到了那个世界都不会忘记。

霍光芒在电话里忽然没了话，好一阵子，才说："看样子你不是编了故事给我听，我也不能对不起你，看情况吧，要是有可能连利息一并还你。"

刘小富差点叫了起来，"我要是会编故事就好了，那两万就不会让你拖到如今。"

霍光芒在电话里说他会想办法的，说到编故事，霍光芒说我老婆王小琴最会编故事。霍光芒说自己根本就不是乱搞，现在的女朋友是自己以前的女朋友，"十七八岁那会儿就认识了，当时感情好得不得了,还不是因为王小琴的老爸是总工我们当时才没走到一起,既然那时候走不到一起,这时候再走在一起有何不可?"

刘小富说走到一起走不到一起是你的事。

"我现在对这些事一点点兴趣都没有,我只关心我那两万块钱。"

霍光芒说你得这病,你以为我不难过?人活着谁都不知道谁会得什么病,会什么时候去死,所以我更得和那恶婆娘离婚,我和她离了婚法律会给我做主,看看她还能不能把我的工资卡死死攥在手心。

"你的钱她拿来花未必有什么不对。"刘小富说。

"你不知道我那恶婆娘有多恶!"霍光芒说。

刘小富想劝一句霍光芒,"再恶她也是你儿子的妈!"

"哪个女人做不了我儿子的妈?就现在,我保证一炮一个准。"霍光芒说。

刘小富悄悄把门开了一道小缝朝外看,老爸坐在那里,面对电视,一动不动。刘小富正要把门关上,老爸忽然开了口:"打电话跑到厨房干什么?好事不背人,背人没好事!你儿子也不小了,不给别人看也要给他看着对头才是。"

刘小富说那天买的凤爪怎么还没吃完,就会唠里唠叨,懂不懂再放就要坏了。

6

这天晚上,刘小富刚刚吃过饭,肚子忽然又不行了,介入手术做完以后他总是拉肚子。他这边刚蹲下,放在屋里的手机突然响了起来。刘小富提着裤子从厕所里冲出来,一把把手机拿到手中,然

寻死无门　111

后又回到厕所里,刘小富按一下键子,手机里边马上就传出一声惊呼:"通了!通了!"这个人有点结巴,这个结巴说:

"请问你是不是就是想卖肾的那个人?"

刘小富皱了一下眉头,忙把卫生间的门往紧里推了推,用最小的声音说,"你说吧!"

结巴说,"是是是是就好,那你是什么血型?"

刘小富说,"A,A型。"

结巴几乎是叫了起来,说,"怎么会会会这么巧?"

结巴好像是和刘小富这边说一句话就要和电话那边的人商量一下,停一下,结巴又说了,说,"你今今今今年多大了?"

自从查出肝里的病以来,刘小富脾气一直都不太好,特别容易急躁又特别容易发火。

"四十八!怎么样?"刘小富说。

"四四四四十几?"电话里的结巴说。

"差两个月四十八。"刘小富心里说妈的个×,老子往小了说一百岁你未必能知道!

"好好好,好好好。"结巴在电话里又说:你没没没病吧?

"你说我有什么病?"刘小富说。

"好好好,好好好。"结巴说你怎么想起卖肾?

刘小富忽然答不上来了,为什么?还能为什么?有一股热气好像一下子从下边冲了上来,一直冲到了刘小富的脑门那里,刘小富的声音不觉大起来:

"为哪个!为了钱!"

"那那那,那好。"电话里的结巴说那你准备卖多少钱?

刘小富已经想好了，自己的这个肾绝不能卖少了："三十万。"

电话里的结巴好像不会说别的话，只会说："那好那好。"

"那好，那好。"结巴在电话里说咱们马上见见面好不好？

刘小富迟疑了一下，说，"好与不好我现在还不知道，你们等我的电话就是。"

电话里的结巴说："为什么要等。"

刘小富说我不得想想卖给哪个？今天已经有四五个人都来过电话了。

电话里的人不那么结巴了，说，"咱们先见见面好不好？"

"我得想想。"刘小富又说。

"还，还想什么？"结巴说。

"那是我的肾脏，老子现在要把它割出来卖掉，我不得想想！"刘小富说。

"我老子，我老子再等恐怕就来不及了。"结巴说这是救命的事。

刘小富不再说话。

结巴忽然又说，"可以再给你加些钱，只要你快，咱们明天见见面好不好？"

刘小富刚才的那一点点便意忽然没了，刘小富坐在马桶上，用手摸肾脏那地方，肾脏是不会跳动的，但此刻刘小富觉得那颗肾在"突突突突"跳。刘小富心想明天已经和医院约好了要去做检查，因为马上又要做第二次介入手术。

"明天可以不可以？喂喂喂。"电话里的结巴问。

寻死无门

"行吧。"刘小富说。

"你怎么在卫生间里打这么长时间电话？"黄腊梅这时在外边说了话，你臭不臭？

"我自己拉屎给自己闻，我愿意臭自己。"刘小富说。

"好好好，你变成臭豆腐才好。"黄腊梅在外面说。

"那我就偏偏不再臭，我这就出来。"刘小富说。

"你给谁打电话？"黄腊梅又说。

刘小富脱口说："姚海泉。"

"水热了，你洗吧。"黄腊梅说洗完用不用我帮你把皮备了，别到时候护士给你弄你又不好意思。

7

第二天，刘小富刚刚醒来，结巴就又把电话打了过来。

"刘师傅，刘师傅，今天有没有时间？"

刘小富怕厨房里的黄腊梅听到，小声说你这电话打得真是早，你说去什么地方？

结巴约刘小富去万花宾馆见面，"那地方有茶水。"

刘小富在心里说妈个×！老子未必就没喝过茶！

刘小富出门前都要去一下厕所，最近，刘小富不但总是不停地去厕所，头发掉得也更加厉害，总是一把一把地掉。昨天晚上洗澡，刘小富又禁不住"啊"了一声，手里是一大绺头发。冲头发的时候刘小富又"啊"了一声，手里又是一大绺。"黄腊梅！"刘小富叫了一声。黄腊梅赶过来，站在刘小富身后，也忍不住"呀"了一声，但她只能故作轻松，说刘小富你干脆把头发推光算了，现在街上留光头的人不少，还最最新潮，再说你脑瓜圆圆的又不难看。刘小富照照洗脸池子上的镜子，嘴上说，"哪个说脑瓜圆就好看，好看难看无所谓，你不嫌难看就行。"嘴上这么说，心里却说这也许是最后长在头上的东西了，怎么舍得推光？以后可能连这几根头发也许都不会长了。想到此，刘小富突然心里一酸，人一屁股在马桶上坐了下来。以后？自己还会不会有以后？如果有，以后又会怎样？刘小富不敢想以后，刘小富只能想以前，以前的事驳杂纷乱没什么可以值得一提。这么多年来，刘小富辛辛苦苦却没挣到多少钱，更不用提有多少积蓄。刘小富一想起这些就忍不住要埋怨自己的老爸，怎么给自己取这样的名字？还当什么屁车间主任，给儿子取个什么名字！什么狗屁小富！还不如索性叫个"没富"！一个"小"字，一下子就把人给小死了，到现在刘小富不但没有小富可言，银行里连一点存款都没有。昨天晚上，刘小富又给霍光芒打了几次电话，每次打电话霍光芒总是大骂白家骏，大骂白家骏之后，他也急得没一点点办法。霍光芒那里的两万连一分也讨不到，所以，刘小富想看病还得借钱。

"手术一共花了多少？"蹲在厕所里，刘小富又问黄腊梅，这话他已经问了多次。

黄腊梅现在的耐性十分好："一共是两万，给北京专家的好处费是五千，加起来是两万。"

刘小富在心里算了一下，说下次干脆就让彭大夫做吧，"还能省下五千。"

黄腊梅马上说："也是，其实都一样，都是在电脑监控下看

寻死无门　115

着做。"

话还是忍不住从刘小富的嘴里说了出来，让黄腊梅听了鼻子好一阵子发酸。

"哪能一样！北京专家这样手术一天要做五十多，咱们这里的专家一年也做不了五个！"

黄腊梅说不出话来，她是没话找话，把吃剩下的早餐收拾好，站在厕所外边又问晚上小富想吃什么？要不要下去买只土鸡熬汤？

小富在厕所里说什么也不想吃，"没胃口。"

"想不想吃羊肚儿？"黄腊梅知道刘小富最爱吃清水羊肚儿。

刘小富却突然想起儿子小丰，"我这事千万不要让小丰知道。"

"你放心。"黄腊梅说没人告诉他他怎么知道？你好好儿吃你的饭，吃好了身体才会有抵抗力。黄腊梅这几天总是想着办法想让刘小富吃得好一些，好像是，只要吃得好，那肝里的病就会好，她想再去给小富买一副猪肝。穷人也只好这样，相信吃什么补什么，其实连黄腊梅自己也知道偏方未必管用。刘小富现在是看见猪肝就想吐。

"吃不吃西瓜？要不，买半颗瓜？"黄腊梅又说。

"不吃！"刘小富忽然火了起来。

"好好好。"黄腊梅说我现在什么都听你的还不行。

刘小富想让自己笑一下，但笑不出来。

"要不，弄个箱子去单位请大家捐助一下？"刘小富又在厕所里说。

"要捐款也得过了年。"黄腊梅说眼下人们哪顾得上这些？今天先把检查做完了，有什么事以后再说，也许肝里什么也没有了呢？

这时有人在外边"笃笃笃笃、笃笃笃笃"地敲门，黄腊梅从猫眼里朝外看看，是刘小富的姐姐和姐夫，后边还站着刘小富的外甥女小静。这些天，刘小富的姐姐再忙也要天天过来陪弟弟坐一会儿，她过来还不行，还要把小富的姐夫也拉上，这就让人心里更加难受。黄腊梅忙把门打开，小静挺着个大肚子提着两只烧鸡先进来。刘小富的姐姐随后，手里也提了两个塑料袋，一个袋里是灵芝，刘小富的姐姐不知听谁说灵芝可能对小富的病有疗效。一个塑料袋里是香烟。

"想抽就让他抽吧。"刘小富的姐姐小声对黄腊梅说。

黄腊梅的眼圈马上就一红，她这句话已不知说过多少次："我儿子小丰离不开他！就是阎王也不会让他死！"

黄腊梅的话刘小富在厕所里听到了，刘小富说我身上的零件哪一件比别人差？哪一件都不比别人差，都是叮叮当当的好货！黄腊梅你放心，我不会给命运先卖了废铁，我不等命运卖它我就先把它处理了。刘小富不想再继续蹲下去，他从厕所里一边提裤子一边出来，对他姐说有事要先出去一下，然后自己直接去医院，"我已经和人约好了。"

"让你姐夫送一送你。"小富的姐姐说。

刘小富不让送，说自己活这么大才知道走路原来也是一种享受，就怕哪天连这种享受自己都无法享受了。

"到时候我天天送你。"刘小富的姐夫想把话岔开。

"到时候，就怕你去不了那种地方。"刘小富苦笑着说。

"舅舅你瞎说什么！"小富的外甥女小静说。

"这算瞎说？那地方人人都得去，只不过有迟有早。"刘小富

寻死无门　　117

对外甥女小静说。

"你有什么事,不是说好了先去医院做检查。"黄腊梅问刘小富。

"用不了多长时间,办完事我直接去医院。"刘小富说这件事关系着你和小丰今后的日子,是件大得不能再大的事!

黄腊梅看着刘小富,满眼都是疑问。

"放心,我总不会去杀人放火抢银行。"刘小富说。

刘小富的姐姐说小富你到底要去办什么事?

刘小富说我这身体也干不了非法的事,"你们都放心。"

8

刘小富步行去了万花路的万花宾馆,想不到那些人早已经到了。

房间一进门的地方放了好大一盆鲜艳无比的假花,香得几乎要呛死人。

刘小富想不到那个结巴是个年轻人,长得蛮清瘦漂亮,刘小富一出现,早早等在那里的人都往起站了一下,而且都好像是吃了一惊,在他们的想象中,这个要把自己肾脏卖掉的人肯定是个身体特别壮的人,想不到站在他们面前的人这么瘦,面色也不好,穿着一件普通的大衣,还戴着一顶棉帽子。但他们顾不上多想,他们请刘小富坐下来,倒了茶水。结巴先说客气话,说无论事情怎么样他们都先表示感谢,总算有希望了:

"现在找个肾脏不太容易,所以你是我们的希望。"

结巴说我老爸的一条命也许就在你身上了。

"谁也都有老爸。"刘小富说。

"说得好，我们全家人的希望都在你身上。"结巴说。

"你们先别这样说，我还不敢先答应你们。"刘小富说。

"那怎么可以，你是我们的希希希希希望。"结巴又急了。

"好。"刘小富说你说吧，我也有老爸。

"那我就把话简短一点说。"结巴说这件事要有许多手续要办。

事情真是没有刘小富想象的那么简单，直到现在刘小富才知道只有亲属之间才可以用对方的器官，如不是亲戚关系，就只能用死体，也就是已经死亡了的人的器官，在死者死亡后二十四小时内把器官移植给需要器官的人。如果不是亲戚关系，活人的器官移植是绝对禁止的，即使是亲戚，也要捐献器官的这一方写一份儿自愿捐献书，并且，还要医院方面的伦理专家开会论证通过。结巴说这些对他们来说都不成问题，只要花钱就办得到，结巴说为救他老爸一命，花一百万不算什么！"你这里我们准备花三四十万，医院那边我们准备花三四十万，这事只求快。"结巴说只要医院那边配型一成功，他们就会先付刘小富二十万，到移植手术做完他们会马上把另外那十万再付给刘小富。

结巴说话的时候刘小富一直不说话，只是两只眼忽然亮了起来。

"现在主要看刘师傅你了。"结巴对刘小富说咱们第一步首先要把关系变成亲戚关系。

刘小富不知道怎么把关系变过来。"需要什么证明？"

"那好说，只不过是给派出所花钱的事。"结巴说，只要你同意别的就都好办。

"大约需要多长时间?"刘小富说自己也想尽快把这件事办了。

"你是不是急等钱用?"结巴说。

刘小富忽然撒了一个谎,说自己的母亲现在在医院里等着钱做手术。

"钱我们这面不成问题。"结巴说更何况你是为了你母亲。

"我真是急需钱。"刘小富说。

"我就喜欢刘师傅你这样的人。"结巴说那咱们就尽量把事情进行得快一些。

"那好。"刘小富说。

"我先在街道找人开个证明。"结巴说。

刘小富说不是开下岗证明吧?这证明我有。

结巴笑了一下,说这和下岗又没什么关系。

"证明我是你们的亲戚?"刘小富忽然明白了。

"对。"结巴说这事也不太好办。

"什么样的关系?"刘小富说。

结巴说刘师傅以您的岁数最好说是我老爸的兄弟,最好说当年您是我老爸家给出去的,您的血型是A型,跟我老爸一样,不会有人怀疑的,就是怀疑也不怕,反正是要花钱。您看好不好,就说你是我老爸的兄弟?

"这没什么。"刘小富说生在这个世上大家原本都是兄弟。

"说得好,刘师傅你是个好人!"结巴说这也许只是个开头,以后你有什么事我一定会帮忙,一定帮忙,看得出刘师傅你是个孝子,是个孝子。

"我这面呢?"刘小富说需要我做什么?

结巴说你这边就写一个自愿把肾脏捐给我老爸的申请。

"申请?向谁申请?"刘小富说。

"向军区医院。"结巴说医院那边的伦理专家还要讨论通过一下。

刘小富说自己还从来没写过这种申请,不知道该怎么写。

结巴说这事好办,反正都是要打印,到时候刘师傅你签个字就可以,就让我们这边的人来写好了。结巴说中午饭已经安排好了,叫你的家人也过来一起吃个饭?如果肾脏移植成功,咱们就是亲戚,你想想,你的肾在我老爸的身体内工作,还有什么比这更有意义的事情。

"中午不行,这事不能让我的家人知道。"刘小富看看表,站了起来,黄腊梅在医院那边也许已经等急了。

结巴说中午真不方便过来吃饭?"那我下午给你打电话好不好?"

刘小富说可以,说话的时候刘小富肝那地方忽然又痛了起来,痛得他脸色都变了,好在他已经走到门口,门口那地方暗,出了门,进了电梯,刘小富痛得一下子蹲了下来,直到电梯停在最下面一层,电梯门开了,有人进来,刘小富才慢慢站起来。

刘小富去了人民医院,等在人民医院门口的却只有黄腊梅一个人。

黄腊梅迎上来,告诉刘小富他外甥女小静马上要生了,"在咱们家里正说着话就突然见了红,姐姐和姐夫现在也都去了那边的妇女儿童医院，所以这边只有我自己。"刘小富说你怎么不跟去那边照应照应，这边我自己也行，还不就是拍片做B超。刘小富说现在自己已经和医院几个科室的人都混熟了，是熟门熟路。黄腊梅说我还是跟着你交个费取个药拿个结果什么的，省得你上上下下乱跑。自从刘小富检查出肝癌以来，黄腊梅的身体倒好像比从前一下子好了许多，上楼下楼也不再喘气，她陪着刘小富先去放射科拍了片，然后去做B超，两项检查很快就完。黄腊梅让刘小富在门诊大厅等着，她自己去取结果。刘小富在外边等了很长时间，坐在那里没事，刘小富就一遍一遍看自己手机里的旧信息，刘小富的手机里存了许多过去的信息，现在看来，每一条都很有意思，每一条都好像离自己越来越远。快一个小时黄腊梅才从里边出来，两手却空空的什么都没拿。黄腊梅对刘小富说放射科的机器不知怎么回事出了故障，片子可能明天才拿得到手。

"片子出来你姐的熟人会给咱们打电话。"黄腊梅说。

出了医院的大门，往北走，经过体育馆的时候，刘小富忽然想起给他老爸买一根拐，说老头儿到时候上楼下楼拄一下也就顶儿子在那里扶他一把。

9

一大早，刘小富被老爸那边打过来的一个电话吓个半死。

电话打过来的时候刘小富正准备和黄腊梅一道出门去医院。

打电话的人是老爸的邻居，岁数虽然和刘小富差不多大，但刘小富还是叫他刘叔。

刘小富的心已经猛烈地跳了起来，要是没事，这个刘叔肯定不会给自己打电话，事情果然一如刘小富所想，是老爸那边出了事。刘叔在电话里说小富你赶快过来一下，你老爸这一下子摔得不轻。一句话说得刘小富要跳起来，忙问大清早老头怎么就会摔了？人再老，走平地未必也会摔跤？刘叔说他那么大岁数自己踩着凳子擦玻璃，人这会儿躺在床上动都动不了，你考虑一下是否送医院。刘小富说，"我老爸开什么玩笑！一大早擦什么玻璃！简直是开玩笑！我老子可真是我老子！——我马上去！"

黄腊梅在一边说："那你自己还去不去医院？要不……"

刘小富说："要不哪个！他既是我老子，我能不去？"

黄腊梅自然无话可说，穿起衣服随小富便走，临出门没忘了把昨天买的那根手杖带上。

黄腊梅随刘小富打出租赶去了万花南路，偏偏路上又堵车，前边有个骑摩托的被撞了，路上都是血，两只鞋子东一只西一只在路上扔着，出租司机说出了这种事，被撞的人只要两只鞋子都不在脚上，这人恐怕就不行了。因为堵车，平时十分钟的路此时却走了二十多分钟，车钱多了一倍也没得话说。刘小富的老爸住三层，上楼的时候，刘小富直痛出一头的汗。黄腊梅在旁边搀着他，要他不要急，把气喘匀了再上。刘小富扶着楼梯只有苦笑，说可能这一辈子都不会把气喘匀了，"我老子这是要我的命，不过我的命既是他给的，要就要吧。"又说他老爸和他妈当初怎么不多生几个。

"怎么就只生我和我姐两个！想不到这个苦！"

黄腊梅说要不让小丰过来和他爷爷一起住？

"我倒想和老爸住一阵子。"刘小富说这是我心里话，也许都

寻死无门　　123

不会有这个机会了。

"那你还不天天和你老爸抬杠斗嘴?"黄腊梅想把话岔开。

"能抬杠斗嘴也是一件好事,就是不知道我还能和我老爸抬到几时。"

黄腊梅把刘小富一路从一层扶到三层,刘小富掏钥匙开门的时候,门却从里边一下子打开了,是刘叔。

"我爸好点没?"刘小富忙问。

刘叔还没说话,刘小富就听见自己老爸在屋里开了口。

"你放心,你老子还一下子死不了。"

刘小富的火气一下子就冲了上来,"你七老八十也不看看自己,你擦的是什么玻璃,告诉你腊梅过天就来擦玻璃打扫家,哪个要你自己动手!"

"你也别跟我吼。"刘小富的老爸说我窗帘挂钩坏了我未必就非要等你来。

"总之你要是我亲老子你就最好给我不要爬高。"刘小富说世界上真还再找不出你这样的老子,给你安电话你说怕安了电话我和我姐不来,要你找个保姆你又说有保姆在家里你不自在。

"我要喝水。"刘小富的老爸突然说你少说一句话先给我倒一下水。

刘小富奔去厨房找来暖瓶,暖瓶提在手里倒不知是要给自己老爸倒水还是给刘叔倒。

"我要喝糖水。"刘小富的老爸又在屋里说。

"刚才真把我吓了一跳,'嘭'的一声。"刘叔跟过来站在厨房门口对刘小富说好在你家老爷子的门总是不插,要是从里边插死了外边的人又进不去多危险。刘叔说人上了年纪没个伴儿真不是一回事。

刘小富倒了两玻璃杯水,一杯茶水端给刘叔,一杯糖水端过去放在老爸的床头。

"坐起来喝口水?"刘小富问老爸摔在什么地方?什么地方痛?什么地方动弹不得,他想要黄腊梅帮个忙扶老爸坐起来。

"不行不行不行!"刘小富的老爸一连气叫起来。

"不行就去医院。"刘小富说黄腊梅你马上去叫出租车。

刘小富的老爸说我自己的事我自己知道,"骨头不会有事,叫什么出租车。"

刘小富的老爸当车间主任多年,有什么事从来都自己说了算,说先躺一夜看看再说。又说起在农机那年工伤的事,要换了别人还不吓死,血都流了够几百毫升,还不是躺了两天就好了,那时候连营养都没有,还不是喝了两天红糖水,红糖水说来真是好东西,最最补血。

刘小富想起老爸最爱吃冰糖的事,便对刘叔说我这个老子硬是与众不同,现在人人都怕得糖尿病,偏我老子天天都要嘴里含块冰糖才睡得着觉。

刘叔说老年人还是少吃甜东西好,"糖不是什么好东西。"

"谁说不是好东西,我们那时候得了病还不是全靠喝糖水?"刘小富的老爸说其实千好万好都不如糖水好,说我这牙疼,都疼多少年了,吃什么药都不好,喝下两碗糖水,一下子就不疼了。

"这也是因人而异。"刘叔说,有人牙疼,只要一抽烟就好。

刘小富的老爸继续说他的:"我在农机那时候,谁得了肝病,卫生所开证明就可以供应他二斤白糖，喝了白糖水人就好，你说糖不好，糖连肝病都能治。"

刘叔说这倒没听说过，"糖居然对肝有好处。"

黄腊梅马上拉了一下刘小富，要他跟她到厨房说话。

关上厨房门，黄腊梅对刘小富说你喝喝白糖水看看？我也好像听老人们说过这事，说肝病见糖就好，说着就给刘小富冲了一碗白糖水要刘小富喝。刘小富端起那碗糖水，说糖水要是能治了我的病普天下的医生还不都气死！又说我老爸摔这一下就是骨头没事，筋骨也不会轻松，你赶快去买些排骨炖排骨汤给我老爸补一补。刘小富说医院你上午就不必去了，去了也就是挂吊瓶，待会儿我自己去，挂完吊瓶我自己会回来，干脆中午饭就在我老爸这里吃，我也好久没喝你炖的排骨汤了。

黄腊梅说炖排骨汤还不是一会儿的事，我先陪你去医院，我看你老爸好像没事。

"有事没事你先陪他一上午。"刘小富说要想让我心安你就这么做。

黄腊梅说事情怎么都凑到了一起，还不知道你外甥女那边生了没有？

刘小富说自己力不从心管不了那许多，"我老子既然没事我就不多想了，我现在能多想想的就是怎么才能给你和小丰留下些钱，我爸这边我倒不多想了，他那点退休金也够他了，看病还有公费医疗。"

从厨房出来，刘小富又问老爸好点没？

"你给我擦擦碘酒。"刘小富的老爸说你小时候踢球把脚脖子崴那粗，擦擦碘酒就好。

给老爸擦完碘酒,刘小富去了医院。

10

刘小富是顺着万花路走,穿过万花南路的十字路口,风一下子大了起来。结巴的电话也就是这个时候打了过来,结巴说他那边把该办的手续都办得差不多了,说现在这个世界说复杂也复杂,说简单也简单,只要花钱就可以把一切事都办了。结巴说了一句玩笑话,说他们现在是在用金钱和死神赛跑,但愿能得到刘师傅的合作一起跑过紧紧跟在他老爸屁股后边穷追不舍的那个死神。听着结巴在电话里说话,刘小富在心里说你们是用金钱和死神赛跑,我可是为了金钱加速走向死亡。结巴又在电话里告诉刘小富,医院的伦理专家今天就有可能把论证弄出来,到时候有可能要刘小富出现一下,回答一下医院伦理专家们的问题,然后,就可以做配型了。

"然后,是不是我就可以拿到钱了?"刘小富说。

结巴在电话里说:"你母亲那边怎么样?"

"正等着钱做手术,我是不是可以先拿到二十万?"刘小富说。

"那没问题,那没问题。"结巴在电话里说二十万是小事情。

刘小富说现在已经有人要出到四十万了。

结巴在电话里忽然没了话,停了好一会儿,小声说:"不可能吧?"

刘小富没说话,心怦怦怦怦跳起来。

"这样吧,如果配型成功的话可以再给你加五万。"结巴在电话里说,"我知道你也是为了你母亲,我这边是为了我老爸。"

刘小富长出了一口气,"那就三十五万?"

"对。"结巴在电话里说虽说是这样,但对外边最好说一分钱也没拿,是捐献,"因为咱们对外是亲戚,你是我老爸的兄弟。"

"要是我把两个肾都给了你们呢?"刘小富忽然说。

结巴在电话里大吃了一惊,连说那不可能那不可能,要是那样你可能连命都会没了,医院也不会答应!除非你长有三个肾,长三个肾的人在这个世界上是太少了,太少了。

"不是可能不可能,我他妈马上就要没命了!"刘小富在心里说。

刘小富忽然站了下来,他面前是医院旁边的那家花店,店里满坑满谷都是鲜花,还有用黄色菊花扎好的大花圈,又不知是什么人死了。刘小富的鼻子忽然酸了起来,结巴在电话里还在说什么,他连一句都没有听进去。

电话再次响起来的时候已经过去了好一会儿,这次是黄腊梅打过来的,黄腊梅对刘小富说,"你外甥女小静生了,生下个男孩儿,是剖腹产,八斤九两,你姐说一定要你给他取个名字。"

刘小富说我又不是什么取名专家,要我取的是什么?

"也算是个纪念。"黄腊梅这话一出口马上就在心里后悔。

"有什么好纪念。"刘小富说我又不是什么大人物。

"你当舅姥爷了。"黄腊梅在电话里又说。

刘小富的脑子里忽然一片空白,他听见自己在对电话里的黄腊梅说:"那不重要,重要的是我可能给你和小丰挣到三十五万。"

黄腊梅在电话里给吓了一跳,"你说什么?你在什么地方?"

"我在花店跟前。"刘小富说。

"花店?哪个花店?什么三十五万?"

"人民医院跟前的花店。"刘小富说,

"你说什么三十五万?"黄腊梅再次说。

"我可能给你和小丰挣到三十五万!"刘小富又说。

黄腊梅忽然不再作声,她想问,又不便当着小富的老爸问,刘小富的老爸就在她身边。

刘小富听见自己老爸在电话里说了一句:"还没出国就说自己挣到三十五万,这小子是在做美梦!告诉他早早回来喝他的排骨汤!我还要他给我擦碘酒。"

11

许多年了,刘小富和黄腊梅很少回到他老爸这边老房子住,就是过年过节,刘小富总是吃了饭拍屁股就走,最多陪老爸打一下五角钱的小麻将,再晚也不会超过晚上十二点。黄腊梅按照刘小富的吩咐炖了排骨汤,在里边放了一些牛蒡,把火开到最小让它炖着,腾出手来把自己和刘小富住了八九年的那间北面的房子收拾了一下。这个家黄腊梅是最熟悉不过,被子和褥子都放在那个立柜里边,现在一一取出来。黄腊梅想好了,离过年也没多长时间了,从现在开始她就要和刘小富住在这里,也算了结刘小富一桩心愿。她和小富睡北边屋,让小丰和他爷爷住爷爷那屋,那屋里的大沙发看上去土头土脑,打开来睡人却又宽畅又舒服。黄腊梅在这边收拾,刘小富的老爸在另间屋说了话,说腊梅你做什么?黄腊梅说爸你这大岁数摔一跤真是吓人!我和小富在这里睡几天侍候您几天也算是

寻死无门 129

孝敬，省得您再摔一跤我给您吓死。晚上我打电话让我姐也过来一块儿吃个晚饭。

"她不在医院里陪小静？"刘小富的老爸说。

"医院现在不让任何亲属陪床。"

"那小丰是不是也不走？"刘小富的老爸说。

"他是你孙子，你以为他是哪个！"黄腊梅说正好我那边暖气这几天没一点点温度。

刘小富的老爸"噢"了一声，说其实暖气费蛮贵，下边的话没再说。

黄腊梅像是已经知道了刘小富老爸肚子里是什么话，说，"明年干脆我那边就不交暖气费，住到这边过一冬还会省下两千多。"

"好啊，懂得节约就好。"刘小富的老爸说厨房里是不是你的手机在响？

厨房里黄腊梅的手机果然在响，是刘小富的姐姐打过来的，小富的姐姐声音有些不对头，她问黄腊梅是不是在家里？小富在不在旁边？身边有谁？

黄腊梅说自己现在正在老爸这边，小富不在，身边没人。

小富姐姐说人民医院那边打过电话了，结果出来了。

黄腊梅忽然有一种不祥之感，心怦怦乱跳起来。

"怎么样？"

"小富那上边又长了一个，有栗子那么大。"小富的姐姐在电话里把话说了出来。

"这么快？转移这快？"黄腊梅说。

"这还不能叫转移。"刘小富的姐姐说。

黄腊梅说小富知道怎么办？我是不是要告诉他一时取不上片子。

"那就先别告诉他。"刘小富的姐姐想说什么，但什么也说不出来了。

"他要看片子怎么办？"黄腊梅说。

刘小富的姐姐也想不出办法，只说一句："你先别让他知道。"

"怎么办？"黄腊梅说。

刘小富的姐姐又能怎么办。

两个人都在电话里静了好一阵子。

和刘小富的姐姐通完话，黄腊梅的身上一下子软得像是连一点点力气都没了，她呆呆地站了好一会儿，忽然想起来灌水，水已经开了好一会儿了，水壶已经疯狂地叫了好一阵子了。

"小富怎么回事？"刘小富的老爸这时突然在屋里说了话。

黄腊梅回过神来，忙说还不到出国时间，听说过了年就差不多了。

"我的儿子我知道。"小富的老爸说你看看他的头发都掉成个什么样，游泳池又不是镪水池，还能把头发弄成那样？我知道他有事，他有事不跟我说我也不问。他说他出国，我又不是白痴，我怎么说当年也是车间主任，我现在还能看电视，他出国？他出国做什么？他凭什么技术？他又没力气，他几时这样关心过我，又来看我又给我买手杖？

刘小富的老爸不再说话，却把放在床边的手杖拿起来看了又看，黄腊梅自然也不敢说话，拎着个空壶在厨房的凳子上坐下来。炖排骨的味道很香，但这一刻却好像连一点点味道都没有了。刘小

寻死无门　131

富的老爸忽然在屋里又说了一句：

"小富不会挣钱，但他人不坏。"

黄腊梅心想，除此之外，自己还能要求小富什么呢？

中午的时候，刘小富和他姐姐都回他老爸这里吃饭，医院那边有小静的婆婆守着。

腊梅的排骨汤炖得很香，她先给小静那边盛过了一饭盒，然后把一碗端给躺在床上的刘小富老爸。刘小富喝得也像是很香，连说像这样的好排骨汤只有我老婆黄腊梅才炖得来。"富人喝燕窝汤，穷人喝排骨汤，要说养人还是排骨汤。"刘小富说喝得起排骨汤的不能说是穷人吧？生病以来，刘小富难得像现在这样开心过，但开心也只是瞬间的事，一顿饭没有吃完，刘小富又捂上肚子去了厕所，吐完即拉，人坐在马桶上满头是汗已经是百般站不起来。刘小富在厕所里的时候又有电话打了进来，黄腊梅把手机拿到厕所里让刘小富接，电话是结巴打过来的，说明天上午要刘小富去军区医院那边做一下配型前的检查。

"军区医院这边都安排好了。"结巴说检查没事就可以马上做配型了。

"如果配型可以，是不是先把那二十万付一下？"刘小富说。

结巴在电话里说这个你只管放心，"没问题，但也要有一个合同。"

"只要我一上手术台，不管成功不成功那十五万必须给我。"刘小富又说。

"这个也不会有问题。"结巴在电话里说配型成功先给你二十万,上手术台再给你十五万,分两次打清。

"那咱们明天一早见。"刘小富说。

结巴说我去接你,我自己开车。

刘小富想想,说那咱们在木棉花宾馆门口见面好不好?

木棉花宾馆就在刘小富家门南边。

刘小富虽然身上难受,但心里忽然好像舒畅起来,他已经想好,给老爸留五万,三十万给黄腊梅,再加上霍光芒欠的那两万,黄腊梅手里就有三十二万,房子小丰结婚就住自己现在那一套,老爸的这一套迟早还不是黄腊梅的?就是自己过到那个世界去重新投胎,也算是一个交代了。

"你没事吧?"黄腊梅在厕所外边小声问了一句。

刘小富的老爸说了句什么,黄腊梅忙说小富不知吃什么坏了肚子,吃点药就好。

12

第二天一大早,结巴把刘小富接到了军区医院。

结巴对刘小富说真是对不起,让你早饭也没得吃。

少吃一顿也饿不坏。刘小富说,做这种检查谁敢吃饭。

结巴说那中午刘师傅咱们一起去吃饭好不好?"我请你,吃什么都可以,鱼翅都行。"

刘小富说吃饭就不必了,自己还有事。

"刘师傅你真是天底下最最大的孝子。"结巴又说。

刘小富这几天精神有些恍惚,加上昨夜一夜没睡,一时想不起说什么了。

"像刘师傅这样卖肾给母亲治病真应该报道一下。"结巴说只可惜此事不能报道。

刘小富忽然想起问结巴他父亲住在哪个医院？

结巴说他老子在北京，这边检查好，送北京去做，"这边做不好。"

"军区医院条件总算可以了吧？"刘小富说。

"差远了，只是让他们检查检查，正经手术还是要去北京做。"结巴说现在只有没办法的人才会在军区医院做手术，有办法的人都去北京。

刘小富忽然没话，紧闭了嘴看车子外边。

在刘小富的记忆里，军区医院是市里最好的医院，那些年一般人都很难在军区医院挂号看病。医院在万花路的西边，那一带风景如画，既可以看到北边的山峦，西边的梅洛水库正好挨着医院的疗养区，有人说那个水库当年就是为军区医院修的，为的是让军区首长在里边游泳。还有一种传说，说是梅洛水库下边有一条战备暗道一直通着北京。当年每年八一的时候刘小富都会与厂里的人到梅洛水库来游一次泳，霍光芒有一次还差点给淹死。但现在一切都变了，随随便便哪个人都可以到这个医院里来看病，在这里看病也好像是对病人的一种安慰，不管怎么说，军区医院还是市里最好的医院。医院的大门在刘小富的记忆里像是永远有两个军人在那里守卫着，但现在守卫大门的军人永远不见了，那大门也像是一下子变小了。刘小富还记着老农机的书记当年为了来这里住院还特批给军区医院两辆当时买也买不到的小四轮。现在真是世界大变天翻地覆，小四轮没人要了，工人下岗了，农机也早已塌台，更加让刘小富想不到的是自己要在这里把自己的肾活生生卖掉！

"刘师傅，你母亲要是想在这边找人你跟我说。"结巴对刘小富说。

"不必了。"刘小富说。

"不用客气。"结巴说。

"谢谢。"刘小富又说。

结巴已经在军区医院这边安排好，一到医院，刘小富就开始做检查，过B超、拍×片、验血、查尿，还有大便，这种检查到哪里都是一样。刘小富此刻变得木头木脑，脑袋仿佛一下子没了知觉，仿佛身子和脑子已经分了家，好像将要和身体分开的不仅仅是那个肾，而是刘小富生命的全部！刘小富生活的全部！

13

快到中午的时候，刘小富才慢慢慢慢从军区医院大门出来。

从军区医院里出来的刘小富双目无神，捂着胸口靠着医院的门柱站了好一会儿。

刘小富觉得自己已经实在没有力气上对面的过街天桥，但要到马路对过他又别无选择。刘小富慢慢慢慢上了天桥，此刻正是下班时间，桥下车很多，车上人也很多，刘小富呆呆站在天桥上，朝下看了好一会儿，恨不能当着桥上来来往往的人即刻就一头从上边栽下去，从小他老爸就常常对他说人不能光想好事，光想好事到最后就只有难受，但刘小富觉得自己不是在想好事，而是在用自己的生命做最后的努力，想不到事情却朝着相反的方向发展。刘小富只想是检查肾脏，想不到做彩超的时候，那个李主任忽然吃惊地叫起来，说"小黄你来小黄你来。"直到此刻，刘小富才知道那个结巴姓黄，他的父亲就是人人皆知的煤运的黄局，就这个结巴，和医院里的人上上下下都混得很熟。那个做彩超的李主任马上拉结巴到外边去说话，他们都说了什么刘小富不知道，直到结巴又带他去拍了一下×片，拍完片子，结巴要刘小富在走廊里等着，他和那个做彩超的李主任在肿瘤科的柴主任的诊室里边说了老半天话。后来，刘小富给那个柴主任叫到了门诊室里，肿瘤科柴主任眉毛特别浓，让刘小富好想一笑，因为这个柴主任让他想起以前看过的苏联勃列日涅夫照片，但这个柴主任待人和气，请他坐下，关心地问了一些刘小富身体方面这里那里的事，还问刘小富身上都什么地方不舒服？后来对刘小富说明天让你家人陪着你来一下好不好？我给你再做个检查好不好？你一定来，你的身体好像有些问题。军区医院的柴主任这么一说，刘小富马上明白自己的病情已经被彩超给超出来了，想隐瞒也隐瞒不住了。柴主任对刘小富说话的时候，站在一边的那个结巴却是一句话都说不出来，脸上的表情说不上是失望还是惊恐，只是一动不动看着刘小富，钱已经花出多少且不说，打通各个关节费了多大劲且不说，令他吃惊的是眼前的这个刘师傅竟然肝上长了两大块恶性肿瘤。柴主任悄悄对结巴说这个病人已经活不了多少天了，怎么还敢做肾脏移植？现在应该做的是，他应该安排他自己的后事了。

虽然结巴对刘小富说"刘师傅等一下我送你。"但刘小富哪还能让人家再送。

刘小富好不容易从军区医院出来，好不容易爬到了过街天桥上，此刻他再也走不动，即使是想从天桥上一下子跳下去，恐怕也攀不上天桥上的那道栏杆。

这时旁边突然有人开口说，"咦，刘小富？"

说话的是蹲在旁边卖光盘的那个人。

刘小富掉过脸去，马上认出是老农机的武青，武青的个子又高又大，却长了一张刻薄嘴，嘴刻薄心地也不宽厚，再加上娶的又是乡下老婆，日子过得十分清苦，刻薄之外又加上了无边无际的怨气。他还有个坏毛病，常把车间里的东西偷偷摸摸弄出去卖掉，有一次拿了车间的一段铜料受了处分，恰好那时刘小富的父亲是那个车间的主任。

"你来这儿干什么？"武青说。

"看病。"刘小富说。

"你还会有病？"武青像是开玩笑，说你和你父亲要得也只能是心病。

一句话说得刘小富想抬腿马上走开，腿上却没得一点点力气。

"厂子被你们吃没了，不得心病也怪。"武青又说。

一股火忽然从刘小富心里直冲出来，"武师傅，你说哪个错！"

武青说当然错总是在我们这边，你们不会有错。

"我再正确还不是照样下岗！"刘小富说。

"我以为你永远不会下！"武青说。

刘小富不再说话，浑身的难受让他把脸掉向了另一边。

寻死无门

农机的武青又开了口,"你想什么呢?"

"想死!"刘小富突然说。

武青吃了一惊,但马上笑了,他以为刘小富是在开玩笑:

"真想死?真想死怎么不从这里跳下去?"

刘小富突然有了一种冲动,他看看天桥下边,在心里问自己,"如果一下子跳下去呢?"

"看来你还是不想死。"武青笑着说。

"我是没力气去死。"刘小富说。

武青说:"笑话,死还要力气?没听说过!"

"哈,你帮我一把看看!"刘小富说。

"我再爱助人为乐也不会帮助别人去死。"武青说。

刘小富说武师傅我确实没见过你助人为乐过。

"那是因为别人都比我活得快乐!"武青说。刘小富忽然在心里同情起面前的这个武青来,武青说得对,那时候好像是农机里的人们都比他活得快活,几乎是,什么快活事都轮不到他,只有倒霉的事跟他有份儿。

刘小富说你怎么不问问我为什么去医院?

"为什么?"武青说。

"我也让你高兴一下,这一下子,我永远不如你了!"刘小富说为什么我不如你,因为我已经是肝癌晚期了,肝癌!

"你是取笑我?"武青说在农机那会儿你还没拿我开过心,你是不是现在想补上,武青忽然停下来不再说话,因为刘小富已经慢慢慢慢把戴在头上的帽子脱了下来。刘小富的头发更加稀少了,化疗之后的脱发和正常脱发不同的地方是头发脱落得完全没有章法,那种杂乱无章让人心打寒战,是一派死亡气息。

"你问我去医院做什么?"刘小富说我是想去把我的肾脏卖掉给孩子和老婆留些钱。说话的时候,刘小富的眼泪流了下来。"你说我取笑你,我是在取笑我自己!我想把自己的肾脏卖掉,但我的肾脏这会儿恐怕喂狗狗都不会吃,当垃圾都不是好垃圾!扒出来白给人家人家都不要!"说话的时候,刘小富又把帽子戴了起来。"你说别人都比你活得快乐,这一下,武师傅,至少你是比我快乐了。"刘小富指指下边:

"我真想跳下去,我真想死。"

"你这样死还不是白死!"武青说。

是武青的这句话突然让刘小富打了个大寒战。

"就是死也不能白死!"武青又说。

"不能白死?"刘小富说。

"拿两盘碟回去看,算我送你,万事想开点。"武青说。

"我还看什么碟?"刘小富说你留给别人看吧。

"我扶你。"武青说。

"不用了,我要谢谢你,你说得对,我不能白死!"刘小富又说。

从天桥上下来,刘小富忽然觉得有些后怕,自己刚才要是一冲动从上边一下子跳下来怎么办?那自己岂不是真正落一个白死。刘小富现在明白了,就是死也不能白死!死也要死得有用,死也要给黄腊梅和儿子弄一笔钱,从这一刻起,刘小富不再是等死,而是为了钱自寻死路了。

寻死无门　139

这一夜，刘小富吃了两颗药才睡着，睡到后半夜两点又疼醒来，再吃两颗，又睡到凌晨四点，睡着后却不停地做梦，梦中都是南来北往急驶的汽车，梦做到后来，也不知自己是在梦里还是醒着。最后一次醒来，刘小富不再睡，又吃止痛药，吃过止痛药，他眼睁睁躺在那里把自己所熟悉的每一条路都想了一个遍，刘小富现在想明白了，要想弄到一笔钱，跳楼不行，吃药不行，跳河也不行，触电也不行，只有让汽车撞自己，撞死就是三十万！对自己来说，寻死也要抓紧时间，要是像自己老妈那样一旦肝昏迷再有什么想法也办不到了。刘小富选定了一条寻死之路，那就是万花路，这条路上车最多，而且人也多，如果选择一条没多少人的路，司机撞完自己开车跑掉怎么办？

刘小富想好了，就去万花路寻死！

14

很长时间刘小富都没去过公共澡堂洗澡了，这天吃过早饭刘小富拖着虚弱的身子去公共澡堂洗了澡，他对黄腊梅说，马上又要做介入，洗个澡干干净净别让人们讨厌。刘小富这次洗澡用了一个多小时，回到家，忽然对他老爸说您的脚也该洗一洗了吧，从那天摔跤到今天都三天了，这么大人三天没洗脚了，你不臭别人也臭。不由老爸分说，取了洗脚盆倒了水便过来给老爸洗脚。刘小富这是第一次给老爸洗脚，洗完脚，又替老爸把指甲剪了一下。

"小时候我带你洗澡你还记得不记得？"小富老爸说你那时候一见水就哇哇哭，一点也不像个男孩子，从小就没什么大出息。

刘小富说洗澡倒不记得了，只记得有一次我踢球回来你说我脏，把我没头没脑按在盆里就给我洗，说实话老爸你那时候有几分像希特勒！

"我带你去公园打滑梯你总记得吧，你总是说再打一次，再打一次，我休息一天倒要陪你打半天滑梯。"刘小富老爸说你打滑梯打累了倒要骑在我脖子上回家。

"那就对了，你是我老子我不骑你脖子还能骑哪个！"刘小富说，"说起这一辈子我最最不满意的就是您给我取了个'小富'的名字，到现在我是既无大富也无小富。"

"你有儿子，还不到说没富的时候。"刘小富老爸说。

"你孙子至今连个工作都没有，我不知道他的富在什么地方？"刘小富说。

"你向我学习，活到七十三熬到儿子给洗脚就是富！"刘小富的老爸说。

刘小富的眼里突然有了泪花，他低下头装作给老爸剪最后一个指甲，嘴上却说，你以为我想给你洗啊，还不因为你是我老爸，我是没办法。

"那就对，你没办法就好，谁让我是你爸。"

刘小富的老爸说我这一跤还是摔得好，要不你一出国，谁来给我洗这个脚。

刘小富给老爸剪完脚指甲，然后又去给儿子小丰打了一个电话，告诉儿子有一件东西在花瓶下边的那个抽屉里，是下边那个抽屉，儿子小丰说老爸你打电话就是为了告诉我这个事？什么要紧的东西？

"你看了就知道了。"刘小富说晚上要早睡,别盯着电视一看就是后半夜。

儿子小丰说我又不是七岁八岁,你和我妈在那边好好照顾老爷子就是,老爷子没事吧?没等刘小富回答,儿子那边电话已经放下,电话里已是一片忙音,刘小富张张嘴,眼泪已经顶了上来。

刘小富上了路。刘小富知道自己不能对黄腊梅多说什么,话一多,黄腊梅就会察觉,再说,一辈子跟她也说得太多了,要是说,再说十年二十年也说不完,索性不说。从老爸那里出来,刘小富在商店门口破天荒打了辆出租,出租车司机黑不溜秋,很胖,不太爱说话的样子。刘小富却忽然非常想跟他说说话,说今年天气不冷?出租车司机好一会儿才开口答话,说是不太冷。刘小富说快过年了,过年的时候你们能挣个好钱。出租车司机又停了好一会儿才说:"不下雪还好,下雪车跑不开,也不好挣。"刘小富说下雪容易出事,一到下雪天,医院里的病号就多,不是断胳膊就是断腿。出租车司机说最怕那种不会骑车的女人,左拐右拐右拐左拐往往就摔到车轮子下边。

"轧死怎么办?"刘小富说。

"怎么办,倒霉的还不是那骑车的人,司机怕什么,有保险公司。"

"轧死一个人现在是多少钱?"刘小富说。

"三十万。"出租车司机说要是轧不死就说不定多少钱了。

"三十万也不算多!"刘小富又说。

"轧死是三十万,没轧死就无法说,如果再碰上一个赖在医院不肯出院的话。"出租车司机说到时候倒霉的就是他们司机。

"三十万不多。"刘小富说那是一条命！就是五十万他也花不到一分！

"好在现在有保险公司，要是没保险公司三十万还不要了司机全家的命！"出租车司机说你怎么还说三十万不多？

"就是不多！那是命换来的！"刘小富说。

"多！"出租车司机说。

"不多！"刘小富说。

"你这个师傅像是很有钱，要不不会这么说话！"出租车司机说。

"就是不多，那是一条命！"刘小富忽然生了气，要求下车，万花路也到了。

"我要下车！"刘小富说，下了车，刘小富又对出租车司机说："告诉你，就是一百万也不多，那是一条命！一条命！"

"我也告诉你，出租车司机又不是富人！"出租车司机也跳下车大声对刘小富说。

刘小富忽然不再说话，这个司机说得对，出租车司机也不是富人！

15

刘小富双脚站在了万花路上。

万花路路两边是一盆盆的塑料假花，红红绿绿也不难看。

刘小富上中学的时候就来过这里修路，当时这条路是万花公园后边的一条土路，北边是一家生产轴承的厂子，现在厂子不见了，

寻死无门 143

商店大宾馆倒是一家连着一家，最高那个楼是希尔顿，比它矮一些的是凯宾斯基，都是住一晚要大几千的地方。刘小富小时候还好，对富人就那样，你富你的，我不富也照样在太阳下该吃饭吃饭该拉屎拉屎！你奈何不了我那一泡屎！可现在刘小富不知怎么突然仇恨起富人来，好像他们口袋里的钱都是他身上的脂肉膏肝！刘小富慢慢走到了希尔顿宾馆的门口，他昨天晚上已经想好了，要死就在这里死，因为在这里出出进进的都是些富人，寻死是一件晦气得不能再晦气的事，这晦气应该留给富人！既然他们活得那么滋润，既然他们活得那么得意，既然他们想要什么有什么！那就让他们晦气一下！希尔顿宾馆门口出门朝西就是万花南路，是一个坡，一个转弯，车从宾馆里开出来必须要猛转一个弯，如果有人在转弯的坡下猛地出现车还真不知能否刹得住。

　　刘小富站在了那里，人一站在那里，眼泪就禁不住开始哗哗哗哗、哗哗哗哗往下淌，身子也跟着一阵紧似一阵地发抖，抖得刘小富只好蹲了下来。这时候有车从宾馆里边开了出来，这是辆刘小富叫不上牌子的好车，车身特别长，车从离刘小富不到两三米的地方开过的时候把地上的枯叶一下子卷了起来。在那一刹间，刘小富只要往起一跳，把身子往那边一冲一切就都解决了，但刘小富抖得更厉害，死是让人恐惧的，死永远不可能让人欢欣鼓舞。长这么大，刘小富只亲眼看到过一次车祸，那天早上他去菜场，过十字路口的时候猛地听到"嘭！"的一声，是声音先过来，然后才看到是一个骑着自行车的老头给一辆出租车撞得飞了起来，然后又落下去，重重落在出租车的挡风玻璃上，那辆车的挡风玻璃当下就碎了。刘小富跑过去的时候看到了血，血从老头儿的鼻子眼睛耳朵里很快流了出来。出租车司机是个年轻人,慌慌张张从车上拿来一卷卫生纸,那一卷纸马上全部被血浸透。

又有一辆车从宾馆里开了出来,刘小富还蹲在那里。

有五六个学生模样的年轻人推着一辆车也朝这边走了过来,刘小富想站起来,但疼痛让他马上又龇牙咧嘴地蹲了下去,一个年轻人朝刘小富紧走几步,问:"师傅你没事吧?"

刘小富说:"没事,谢谢。"

"要不要帮忙?"这个年轻人又说。

刘小富想站起来,疼痛却让他一屁股又坐在了那里。

"你是不是什么地方不舒服?"这个年轻人伸手搀了一下刘小富。

另外那几个年轻人已经把车停在离刘小富不远的地方,他们开始搭一个宣传架子,架子搭好,又把一个小桌子摆在了那里,刘小富看了看宣传架子上的标语,"全球血压日"。

刘小富站起来,把脸慢慢慢慢朝南边掉过去,身子跟着也慢慢慢慢掉了过去,刘小富慢慢慢慢离开了希尔顿宾馆,又朝凯宾斯基那边慢慢走过去,去凯宾斯基要过到街对过去,过街的时候刘小富等了一下从东边过来的车,车从他身边开过去的时候刘小富的脑子忽然清亮了一下?这岂不是个好机会?只要把身子朝那边一斜一切就都结束了。但刘小富还是慢慢走到了街对过,站在了凯宾斯基大饭店的门口。当年他还在老农机的时候,厂里在凯宾斯基饭店开过订货会,当时凯宾斯基还叫东方红宾馆,这家宾馆是英国人盖的老宾馆,刘小富记得饭店的大门往左是两丛树丛,但让他失望的是当年那两丛大树丛现在不见了,大树丛那地方现在是广告牌。凯宾斯

寻死无门　　145

基对过是民航售票处，再旁边是金税宾馆，过去，是卫校。这时候街上人正多，刘小富看看两边，前边不远的地方有人正朝这边看，可能是茶馆的服务生，还在招手，是在招呼一辆车，在帮顾客泊车。刘小富站在了广告牌子的后边，他想好了，只要一听到汽车的响动就从广告牌子后边闭着眼睛冲出去。只有这样，自己才不会白死，只有这样，自己才能用自己最后的努力给黄腊梅和儿子小丰弄到三十万！也就在这时候刘小富听到了汽车的声音，汽车正从自己左边开过来。

车快开过来的时候，刘小富把一只脚猛地迈了出去，但他没敢迈第二只脚，却再次脸色煞白地蹲了下来，冷汗顿时出了一脑门，在这个世界上，没人不怕死！死是令人恐惧的，不可能有人会欢欣鼓舞地面对死！好一阵心跳过后，刘小富慢慢慢慢从大衣口袋里取出了那瓶白酒。这瓶酒刘小富昨天就已经准备好了。

刘小富已经很长时间没有喝酒了，从小到大，他从来都没有喜欢过酒，过去他喝酒都是为了讨别人喜欢，或者是，为了农机厂的生意，现在没有人再需要他为了生意喝酒，他也不必要为了别人高兴而把酒灌到肚子里，这一次，他是为了自己，为了黄腊梅，为了小丰。

没人看见刘小富在那里把酒瓶的盖子咬开，也没人看到刘小富把瓶子举起来，也没人看到刘小富举着酒瓶大口大口地喝酒，喝到后来酒呛得他咳嗽起来，刘小富在那里咳嗽了好一阵，然后举起瓶子继续喝，一瓶酒很快就让刘小富喝下去了一大半儿。很快，刘小富就天旋地转起来，刘小富扶了一下广告牌，想吐，却吐不出来，早上吃的止疼药还在那里起作用。在天旋地转中，刘小富的耳边响起了汽车开过来的沙沙声，听声音是辆小车，这辆车开得很快，也许是刘小富的动作太慢了，他还没往那边冲，这辆车已经开了过去。

当汽车声音再次响起来的时候，刘小富看清了，是一辆黑色小车，从凯宾斯基大饭店里开了出来，刘小富看清了开车的是个中年人，刘小富还看清，这辆车的挡风玻璃上挂着一个什么亮晶晶的东西在一晃一晃。酒让刘小富的胆子忽然变大了，车开到刘小富的面前时，他一下子松开了抓着广告牌的手，身子猛地一荡，人跌跌撞撞朝路上一下子冲了出去，万花路的路面在去年刚刚修过，是既平整又好，脚踩上去真是舒服。松开手的刘小富一下子没了可依持的东西，他本可以一下子冲到那辆开过来的汽车的前边，但跌跌撞撞的刘小富由于跌跌撞撞却一下子失去了方向感，车上的司机发现了从路边突然冲出来的人，猛地把车往路那边打了一下，车猛地往那边打方向盘的时候，恰恰躲过了冲过来的刘小富，但汽车的后屁股却把刘小富猛地带了一下，刘小富只觉被猛地一拽，人一下子变得轻盈起来，一下子飞了起来，没有一点点痛苦，也没有一点点难受，人一下子就飞了起来，但这个飞翔极其短暂，然后是落下去，一下子落在万花路路边的常青树矮墙上，冬天的常青树，灰不溜秋没一点绿色。

刘小富落下去的时候听到了一声尖叫，那声尖叫才是怕人，这辆车为了躲刘小富，却撞到了另一个骑自行车的人。

16

刘小富还是在人民医院里又苏醒了过来，黄腊梅坐在病床旁边。

"我怎么没死?"刘小富问黄腊梅,声音低得不能再低。

刘小富的声音太低了,黄腊梅没有听到,黄腊梅坐在那里睡着了。

"我要去万花路。"刘小富又说,他用了最大的力气。

这一次黄腊梅听到了,刘小富那边像是有了动静,她睁开了眼。

刘小富的嘴唇在一动一动:"我、要、去、万、花、路——"

"你说什么?"黄腊梅说。

"我、要、去、万、花、路——"

"你说什么?"黄腊梅又说。

刘小富的嘴唇在一动一动,他用了最大的力量:

"我、要、去、万、花、路——"

黄腊梅顿时泪流满面,她忽然一下子把脸贴在了刘小富的脸上,她不知道那湿漉漉的东西是自己的泪水还是刘小富的泪水,但她明白此刻苏醒过来的刘小富根本就不知道他现在除了面对死亡,还要面对那辆车,面对那个人,面对更多更麻烦的事!但再多的麻烦事加在一起都要比死亡小,只要活着,哪怕活一天,就会有希望!

只要刘小富活着,黄腊梅就不会觉得自己的生活空空荡荡。

音乐

　　小陶忽然醒了过来，推了推几米，说有什么动静，你听有什么动静？几米很累，翻了一个身又睡着了。几米现在很累，这天晚上就更累。他们过些日子就要结婚了，实际上他们同居了很长时间了。他们现在是睡在他们的新房子里，他们的新房在最高层，说是新房子，其实已经有十年了，所以他们才买得起。是复式的，虽然没有电梯，但他们也很满意了。房子是又重新装了一下。把该换的电器也都换了。几米现在热心于搞他的小乐队，他是乐队里的鼓手，他们能经常接到一些活儿，也就是有一些小型的演出会找上门来，每演一次，他们多多少少总能分到一些红，虽然不多，但零花够了，几米现在留了一点点小胡子，在下巴那地方，这样一来，几米看上去老成了许多，在他没结婚之前，他的这套房子就几乎是他们小乐队的排练场，他们经常在这里排练和聚会。以至邻居们对几米的音乐都提出了意见，有时候他们搞得动静太大了，邻居们还会上来敲门，要是天气暖和，他们可以到阳台上去练，但现在是冬天，也快要过年了，是一年最冷的时候，所以他们只能在屋子里练练。这天他们的聚会够热闹的。晚上的演出是在八点之后，是在一个酒吧，他们要一直演到后半夜两点多。所以几米这时候很困，他这一觉一般都要睡到第二天的上午十一点。睡醒后要是没有别的事，他一般要和小陶做一次，那种事对他们来说不是新鲜而是让他们入迷。这一次是小陶先醒了一下,她听到了什么动静,几米说没事,这是最高层,这么冷的天,小偷绝对不会上来,除非他是天底下最大的傻瓜。小陶把手放在了几米的身上,几米说明天醒来再说吧,我太累了。小陶就没再说什么,也很快就睡着了。

下午的时候,几米的父亲又过来了,他过来帮几米把新买的淋浴器安装一下,几米的父亲以前是工厂的技术员,干这种活是小菜。几米的父亲做事是很讲究,比如穿衣服,从来都不会马马虎虎,即使是在几米这里干点小活儿他也要换一下衣服,把身上的干净衣服换下来,其实就是把外边的衣服脱了,只穿里边的内衣内裤,他这么做已经习惯了。再说室内的暖气很好,屋子里的温度总是26度或27度的样子。几米的父亲对几米说请工人做还不如我来做,一是省下一笔钱,二是方方面面我都会,别人做我也不放心。几米的父亲一般都是白天来,晚上他一般不来,他早就知道小陶已经和几米同居,但他也不愿意在晚上的时间碰到小陶。几米的父亲还不算太老,虽然他已经退了休,所以总是有很多的时间在几米这边的房子里收拾收拾这里,收拾收拾那里。有时候他还会在这里睡一觉,或者冲一个澡,当然是在几米和小陶绝对不会出现的时间里。就是那次冲澡的时候他发现原来的老淋浴器不行了,好像有跑电的迹象,所以才坚持把淋浴器给换了。其实淋浴器一送来就可以让商店那边派来的人安装好,但是几米的父亲对什么都不放心,这因为他心太细了,也因为他对自己的儿子几米爱得太深了,所以什么事都非得要自己做了才放心。他换了衣服,把换下来的衣服卷了卷,放在楼下的椅子上。他在上边安装热水器的时候,几米他们从外边进来了,五六个年轻人。他们一是要来喝喝茶,二是要说说他们的新歌《雪花》,这是一首应景的新歌,因为新年马上就要来了。他们都不知道几米的父亲在上边,但几米知道,几米一眼就看到了父亲的衣服在那里,几米上去看了一下,把食指放在嘴边,小声对他父亲说,"您别下来,他们坐坐就走,他们只不过想喝点茶,我也不会带他们上来。"几米知道父亲从不愿意别人看到自己这个样子,几米的父亲从来都不会穿着内衣在别人的面前出现。即使在自己的家里,也从来很少只穿着内衣走来走去。

几米又下去和他的朋友说《雪花》的事,一边喝加了糖的红茶。

几米的父亲继续在上边做他的事,但动作和声音都小了很多,是轻手轻脚。几米的父亲能听到下边的声音,拉椅子,说话,哼旋律。儿子几米哼旋律的时候总喜欢"嘣嘣嘣、嘣嘣嘣、嘣嘣嘣嘣、嘣嘣嘣",谁让他是鼓手。几米的父亲也挺喜欢架子鼓,他现在也知道了,架子鼓是整个乐队的灵魂,气氛都是从架子鼓那里打出来的。这句话是儿子几米说的,他现在记住了。几米的父亲一直很想找时间偷偷去看一下儿子他们的演出,他只是想,一直没去过。几米的父亲做着事,尽量不发出声响,后来他去了一下阳台。为了安全,几米的父亲坚持把通向阳台的那道门也换了,换了金属防盗门,小偷就是上了阳台,也休想从外边进来,但让几米父亲担心的是新安的防盗门很容易一下子就从外边反关上,几米被关了一次,他去阳台上取东西,防盗门"砰"一下子关上了,好在家里有人,但几米还是大喊大叫了老半天。小陶也让关了一次,连楼下的人都听到了她的大喊大叫。她那次吓坏了,其实也没什么,但人一到了那时候就是害怕,有一次是几米给关在了电梯里,在饭店里,电梯走着走着就不走了,电梯里只几米一个人,几米吓坏了,马上大喊大叫。

几米的父亲轻手轻脚打开了防盗门去了阳台,这个阳台可真够大,但几米的父亲坚持不把它包成阳台房,几米的父亲准备在春天到来的时候在阳台上种些既能看又能吃的蔬菜,现在的菜价可真够贵的。几米原来的意见还想把阳台包起来,他的想法是可以在上边晒晒日光浴,但不包也可以晒啊。小陶说。几米都已经想过了,和小陶两个人躺在阳台上晒日光浴,到时候什么都不穿,他还想像自己和小陶在上边一边晒太阳一边做事,因为对面没建筑,所以不用担心被什么人看到。每一次去阳台,几米都会想这档子事,他很希望夏天赶快到来,为了这,他还希望有一把够结实的躺椅,两个人在上边动来动去都不会有什么事的躺椅。

阳台上很冷,几米的父亲到阳台上去取一小块儿木板,只一小块儿就行。他找木板的时候,防盗门在他身后"嘭"地响了一声,他愣了一下,抢了一步,但防盗门确确实实已经关上了。防盗门是新安的,所发出的声音很小。几米的父亲愣在了那里。十二月的天气,阳台上十分冷,几米的父亲往头顶上方看了一下,星星,是猎户星座,还有仙后,他在几米还小的时候教过几米,天上的星座很多,几米现在就只认识这两个星座。

几米的父亲把耳朵贴在冰凉的防盗门上,想听听屋里的动静,想想该怎么办?但他什么都听不到,根本就听不到屋里下边的声音,几米父亲想只有用力敲门下边才有可能听到,但几米的父亲没有敲门,他想等几米的那些朋友离开后再敲。他抱着自己的肩膀又到了阳台那边,那边能看到旁边楼阳台的侧面,从这里,无论是谁,根本就别想从阳台爬到窗子那里然后再爬进屋子,他朝下又看了看,下边停了几辆小车。几米的父亲感到了冷。对面的一个窗子里的灯这时突然关掉了。这家人睡得也太早了吧?几米父亲心里想。几米父亲又想到了放在楼下衣服里的手机,他想手机这时候要是能响起来就好了,儿子几米就会把手机悄悄送上来,就会发现自己在什么地方了。但下边的手机可能没响。几米的父亲看了看戴在手腕上的表,已经是九点多了。现在许多人都不戴手表了,但几米的父亲习惯了。

不知过了多长时间,几米的父亲听到了一声从下边传上来的关门声。他知道几米的那些朋友可能是走了,他们照例会在晚上演出之前各自回去准备一下。几米就要上来了。几米的父亲把耳朵又贴在冰凉的防盗门上,几米的父亲觉得自己的耳朵此刻已经长了出去,一直长到了楼下,在捕捉着一切能捕捉到的声音。但他不可能知道几米和他的朋友们一道出去了。他们要庆祝一下《雪花》这支歌,他们的庆祝也只不过是去大排档点点儿什么吃的。

几米的父亲一直听着,却听不到任何一点点声音。

几米的父亲又看了一下手腕上的表。

几米的父亲突然想起老朋友前不久送给自己的一对镀银烛台,是从国外带回来的。几米的父亲想好了,那对烛台就摆在楼下一进门的桌子上,一切好东西都是几米的。几米的父亲轻轻拍了一下门,又拍了一下。但他还是被自己的拍门声吓了一跳,但他又拍了一下,这一下重一些——"啪!"几米的父亲往那边看看,阳台上要是有通向屋里的窗户就好了,就可以打破玻璃进去了。几米的父亲又愣了一下,儿子几米,要是哪天也被关在阳台上该怎么办?几

音乐　153

几米的父亲想，应该在阳台上放一把开防盗门的钥匙，放在只有他和几米还有小陶才知道的地方，到时候就不会出这种事了，但几米的父亲不知道应该把钥匙放在什么地方？他看到了那两个蒙着小棉被的花盆，花盆里种的是薄荷，前几天几米的父亲怕薄荷被冻死，就找了一条几米小时候用过的小棉被给它盖上，想不到这会儿小棉被有了用处。几米的父亲把小棉被披在了身上。他想好了，到时候就把钥匙放在这两个花盆下边，谁也不会发现。几米的父亲紧靠着防盗门蹲下来，缩起来，这样会稍微暖和一些。也有可能听到下边的声音。被子太小，几米的父亲把脚往回缩，把身子蜷起来，阳台上真冷。刺骨的寒流从背后升起来。几米的父亲忽然又跳起来，他想自己是不是应该喊一下，喊一喊下边的人，让下边的人给几米马上打个电话。几米的父亲披着小棉被到了阳台边上，因为几米住的这栋楼前边没有任何建筑，下面只是一个大操场，所以这个时间根本就不可能有人出现。几米的父亲甚至想到了自己应该怎么喊，当然不能喊"救命"，也不能喊"老张""老王"，只能"喂喂喂喂"地喊。一个大男人，在这种时候，在这种地方，"喂喂喂喂"地喊？几米的父亲马上打消了这个念头。再说就是喊，也未必会有人听到。

几米的父亲又看了看手表。时间一点一点地过去。

从外边回来的时候，几米一下子就看到了父亲放在那里的衣服，他对小陶说"小点儿声小点儿声，我老爸"。几米用手指指楼上，"别惊醒他。"小陶没想到几米的父亲会没走，她小声对几米说"要不我走？"几米说这都什么时候了，再说我父亲早就知道咱们的事了，睡吧睡吧。那一次，几米把和小陶用过的安全套打了一个结忘在床头柜上，还是父亲替他收拾了起来，几米的父亲说那种东西怎么可以放在床头柜上？几米当时还说"什么东西？能有什么东西？"但他的脸一下子就红了起来。几米和小陶晚上一般都不洗澡，他们回来得太晚了，他们也从不在晚上洗脸，他们也习惯了，他们一回来就会倒头就睡。这是过他们这种夜生活的人的通病，他们不能像正常人那样有条有理地生活，他们只能这样。演出的时候，他们的神经绷得实在是太紧了，说紧也像是不对，是音乐的节奏让他们每一根神经都活蹦乱跳。有时候，几米觉得自己的心跳都会随着架子鼓的节奏来，"嘣嘣嘣、嘣嘣嘣、嘣嘣嘣嘣、嘣嘣嘣"，不但是心，几米的两条腿都会那样，几米的每根神经都会那样。几米对小陶说你摸摸我这地方，你看看我的心跳。那天小陶摸了几米，除了摸那地方还摸了一下别的地方，那时候他们已经爱上了。一般来说，每次演完他们的摇滚，他们都会坐下来喝点什么，让自己静静。到时候会有人给他们点酒，点歌的人不单单只会把献来献去的花给他们再献一次，到他们一歇下来，还会给他们点酒。乐队和歌手都有他们自己的粉丝，他们不愁没酒喝，他们会陪上给他们点歌点酒的朋友喝上那么一杯。他们总是，演完，喝点什么，让自己静下来，等待着疲倦的到来，然后再回去睡觉。几米和小陶这岁数，一旦躺下，马上就会睡着。几米的父亲很少会留在这里，也很少会睡在上边。小陶在的时候几米的父亲就更不会留下来。所以，睡之前，几米又对小陶说，"声音小点儿，别说话，去卫生间声音也小点儿。"他又用手朝上边指指。

几米这么说的时候小陶其实差不多都要睡着了。

音乐　　155

"别忘了我老爸在上边。"几米又说。

几米说这话的时候小陶忽然清醒了一下,但她马上又睡着了。

几米觉得自己现在是不是什么地方出了什么毛病,睡着后,脑子里还是"嘣嘣嘣、嘣嘣嘣、嘣嘣嘣嘣、嘣嘣嘣",只有一觉醒来后,这种声音才会消失。有时候,即使是和小陶做事,耳朵里也会"嘣嘣嘣、嘣嘣嘣、嘣嘣嘣嘣、嘣嘣嘣",每逢这种时候几米和小陶都会笑起来。有时候几米和小陶一起出去,去大排档吃些什么,或喝红茶,几米的手都会不自觉地在桌上"嘣嘣嘣、嘣嘣嘣、嘣嘣嘣嘣、嘣嘣嘣",有时候,坐在那里,几米的两条腿会在那里一弹一弹,也会踩在这个点儿上。

几米的父亲听到了开门的声音,他脑子亮了一下,他看了一下手表,是后半夜三点多了。几米的父亲觉得自己是不是已经给冻住了,为了把身体缩得更小,他把两条腿盘起来压在自己的身下,就像和尚那样,然后把身子朝前缩起来。这样好像是好了一些,那个小棉被确实是起了一定作用,把后背几乎包住了。几米的父亲用了好大的劲才把身子舒展,他把耳朵贴在了冰凉的防盗门上,屋子里忽然又连一点点声音都没了,他希望听见儿子几米上楼的声音,他希望听见儿子走过来的声音,他希望儿子几米的脚步声一直上来,一下子停在防盗门这里,但屋里没有任何声音。几米的父亲分明刚才听到了下边的开门声,下边的防盗门是原来的老门,几米的父亲也想过把它换一个新的,但工人们说要想把防盗门连门框都弄下来非得把墙拆掉一部分才可以,所以几米的父亲才打消了换门的念头。下边的这个老防盗门一开一关总是会发出很大的声音。

156 一粒微尘

下边没有一点点声音，几米的父亲想自己是不是应该敲敲门，不是敲，而是拍，用力拍。但他马上又打消了这个念头，在这个时间，在这个地点。他又看了看手表。又在刚才的地方盘腿坐下来，那地方刚才已经被自己坐得不那么冰凉了，但现在又是冰凉一片。几米的父亲坐下来，再次把自己缩起来。阳台上的风很大，几米的父亲尽量往那个角落里缩。但他的耳朵，已经无限地伸长到很远，伸长到屋里，伸长到楼下，捕捉着哪怕一点点从屋里传来的声音。有两次，几米的父亲实在是冷得再也受不住，站起来，在阳台上一圈儿一圈儿地疾走。他希望自己走动的声音能够引起人们的注意，但他就是不敢拍门，在这个时候，在这种地方。这时候的人们都在睡觉。

　　几米的父亲忽然听到了什么，一下子屏住了气，但他什么也没听到。

　　"要是几米被关到阳台上怎么办，像自己现在一样。"

　　几米的父亲想明天就把钥匙放在阳台上。就放在花盆下边。

　　几米和小陶也只睡了四个多小时，睡梦中的几米听见小陶在自己耳边说："我该走了，别让你爸爸碰上。"小陶一说话，几米一下子就醒了，他差点忘了这事，要不是小陶醒来，他一定会睡到十一点。外边已经亮了，下边有汽车的声音传了上来。几米和小陶都把衣服穿得飞快。几米打消了再睡下去的念头，他想好了，他要和小陶先去"永和快餐"吃一份儿面，还要再来一颗鸡蛋和一杯牛奶。出门的时候，他和小陶尽量不发出任何声音，几米开门开得很轻，他用力把着门把手，再轻轻一送，这样一来，门会轻轻一磕，

音乐

声音会很小。几米穿着他那件剪羊绒小皮衣，下边是一条黑牛仔裤。已经很多年了，几米总是喜欢戴墨镜，那种圆圆的小墨镜，其实是近视镜。

几米和小陶坐下来吃面的时候，几米的两条腿又动了起来，那节奏应该是"嘣嘣嘣、嘣嘣嘣、嘣嘣嘣嘣、嘣嘣嘣"，他和小陶都想好了，吃完早饭再去"那儿酒吧"找地方再睡一会儿，"那儿酒吧"就在离几米家不远的地方。有时候，他们太晚了就会睡在那里。"那儿酒吧"地下室有八间屋子，还有床，整整一上午，不会有人打搅他们的，酒吧的服务生和他们关系都很好，老板和他们的关系也都挺好。再说也没有人会在上午去酒吧，几米和小陶可以去那地方睡个安稳觉，甚至，也许，到时候，睡好了，他们也许还可以"嘣嘣嘣、嘣嘣嘣、嘣嘣嘣嘣、嘣嘣嘣"。

接近中午的时候，几米的手机响了。有人看到几米发了疯一样往家里跑。

那之后，很长时间邻居们都没有听到几米屋子里的音乐，几米的音乐凝固了。

积木

怎么说呢，她们当年都是毛纺厂的女工。为了生活，她们从这个城市迁徙到了另一个城市，她们能做什么呢？也只能做做保姆，或者去当钟点工，或者去小饭店帮着洗碗择菜。她们就像是某种鸟类，什么鸟呢，还不太好说，对啦，她们应该是那种羽毛一点点都不鲜艳的候鸟，总是飞啊飞啊不停地飞，追逐着可以让她生存下去的必需和温暖，所以她们不少人都纷纷飞到这个城市里来了，而她们之间的这个或那个，忽然某一天在街头相遇了，尖叫一声，抱在一起，把旁边的行人吓一跳，先是两个，然后是三个，然后是许多人。一个人的伤感碰到人多的时候那伤感就会被分割了，变成了零零碎碎的一小块儿一小块儿，或者是，怎么说呢，那伤感有时候竟然会变成了快乐。所以她们也经常聚会，只要时间上有这个可能。三个，五个，或者是两个，如果恰巧她们都有时间，或者是可以把时间挪兑一下。她们可以找一个最最便宜的街边小店，每人来一碗面，或者再外加一个夹肉馍，这种小店一般都供应免费小菜，巴掌大的碟子夹一碟放在那里，齁咸。吃在这种时候是次要的，主要的是说话。她们大多都居无定所，现在的商品房都在天上，在高不可及的云端，她们只能仰起脸看，也许她们连看的资格都没有。她们这些姐妹，或者就四个人合租一间地下室，那种八百元一个月的地下室，每人摊二百，既没窗子，又没通风，夏天那个热啊，但她们也习惯了。反正也只不过是睡一觉，或者她们会去买一个铁皮桶改做的那种蜂窝煤炉，既可以烧水，又可以做简单的饭，住地下室的人和她们都差不多，谁也不会说谁。这样的地下室是污浊的，光线是暗淡的，墙面上都是经年的油污，地下是水，烂菜叶子，乱七八糟的垃圾，踩瘪的塑料饭盒，烂塑料袋子，一下楼梯拐角的那面墙上更乱，写满了各种的电话号码，既包括通下水的联系电话又有按摩小姐的联系方式，还有发牢骚的话，最简单的那一句写得最大：我操你妈北京！或者是画了一个很大的女性生殖器，旁边又是一行字，我很穷但我很猛！这一切，地下室里的人们好像都视而不见，夏天来的时候，地下室实在是太热，她们有时候晚上连门都不关，小偷根本就不会来这种地方作业，他们瞧不起这种地方，也许会有流氓，但不知为什么他们也未曾光临过这地方。但这地方有小姐，说是小姐，但岁数已经不小了，衣着朴素，少言寡语，也在这地方租了房，有时候还会有模样暗淡神情兴奋的男人过来，关了门，即刻就有动静会从里边传出来。大家都知道那个女人是小姐，但也都居然不小瞧她，这个做小姐的女人为人特别好，会帮着别人做各种事，再脏再累也不怕，人们倒觉得奇怪了，不少人都在心里想：小姐原来是这样啊。王娜就住在这种地方，和另外三个人合租了地下室的一间，王娜现在给一家很富有的人家做保姆。这家人也只五口人，年轻的夫妇和他们的才五岁的小孩儿还有爷爷奶奶。而现在，只有老头一个人在偌大的屋子里待着，做奶奶的已经随儿子一家三口去了国外的一个遥远的城市，他们的孙子需要人照看。而老头又不能离开这个家，这个家也需要有个人。老头的岁数也大了，王娜就留下来了。

"没有别的意思,"王娜对电话那边的女工友兴奋地说:"就是想大家一起玩玩。"电话另一边的工友马上就兴奋了起来,说这可是从来都没有过的事,"在家里聚餐?"工友在电话里停了停,好像是不太相信王娜刚才的那句话,"晚了还可以睡在你那里?""跟你说没问题。"王娜说这边的房子要多大有多大,"不会是挤在一张床上吧?"王娜过去的工友在电话里说,王娜说这里有四间卧室,楼上一间,楼下三间。"够了,我们可以好好玩儿一晚上。"接下来,王娜就和她过去的工友们合计吃什么?怎么出钱,一种方式是每人带一个菜过来,一种是每人出一百元然后由王娜来安排,大家都知道王娜的饭菜做得好,王娜来北京后还专门上过月嫂培训班,也许是做月嫂的缘故,王娜现在很胖。王娜是一家一家做过来,做到这家的时候,这家人就死活不让王娜走了,在她的工资之外又加了五百让她留下来。王娜的汤煲得好,一个猪蹄汤要煲整整两天,其他菜做得也好,是鸡有鸡味鱼有鱼味。老头前几天去了外地,去参加一个聚会,过些日子才能回来,这样一来好了,屋子空了下来,王娜可以让工友们过来在这家人的家里搞一次聚餐,可以好好儿说说话吃吃东西,她们一直没有机会好好聚一下,她们没地方可以聚会,也没机会好好吃点什么东西。王娜在心里算计好了,要香喷喷炖一锅肉,再炖两只鸡。再弄几个凉菜,还要弄一个青椒酿肉,因为王娜比较爱吃这个菜,又辣又香。她爱做的另外一个菜是南瓜镶肉,是又甜又好吃。王娜还要买两颗西瓜,还要买一些别的水果,比如桃子,这几天桃子也便宜了。

"过来吧过来吧,晚上都过来。"王娜和女工友们说好了。

"老头不在,这可是个难得的机会。"王娜又说。

积木

"会不会突然回来？那老头？"女工友们说。

"哪会！"王娜说。

怎么说呢，到了晚上，过去的女工友们都纷纷应邀而至，因为她们白天都有事做，只好晚上来，天很热，她们之中的几个人还去把头发弄了一下或者去洗了一下澡。她们到了王娜做事的这家人的家里，无一不为这家人家房子的阔大而惊叹。因为主人不在，她们就可以自由自在地到处看看，从楼下看到楼上，再从楼上看到楼下。楼下那个厅子很大，一边墙全是书架，她们从来都没见过有这样多的书。从厅子左边进去是三间屋和两间卫生间。厨房在楼梯那边，楼梯下边放着小孩儿玩的车子，还有各种玩具，还有一颗黄色的球，想必是孩子的心爱之物，曾被孩子在屋子里踢来踢去，现在是静静地待在那里。那个占满一面墙的大书架，下边的两层架子上都是小孩儿玩的各种小汽车，红色的，黄色的，黑色的，电动的，各种各样的车。王娜的工友，那个名字叫小梅的，忽然"呀"了一声，她想随手拿起那辆橘黄色的小汽车看看，这辆玩具车让她想起了自己的孩子，但她"呀"了一声，她发现那辆车怎么也拿不起来，被牢牢地黏在架子上，她又去拿另一辆，她又"呀"了一声，那辆车居然，怎么说，也被牢牢黏在书架上。怎么会把玩具车黏在书架上？小梅回头朝餐厅的方向看了看，没人注意她这边的事，人们都挤在餐厅里，帮着王娜做饭，其实也没什么做的，肉和鸡已经差不多炖好了，香味早就充满了这个房间。她们其实是在说话，说以前单位里的事，说谁谁谁去了什么地方，说谁谁谁的孩子找到了好工作，说谁谁谁得了什么病，谁谁谁天天在公园里唱歌。谁谁谁的房子给拆了，没地方住，只好又和婆婆住在了一起，这下好，少不了拌嘴生气。王娜说话了，"那也是一种福气，一家子能待在一起就好。"王娜这么一说，别人就都不说话了，你看我我看你，想起自己远在天边的家了。王娜又说，"就比如说这家的老头，什么都不缺，但他其实什么都没有，吃他不稀罕，喝他又不能喝，但他整天也只能想想儿子和孙子，靠想人过日子。"王娜说这家老头是个怪人，家里的东西这个不许人动，那个不许人动，要多怪就有多怪。忽然，王娜又换了话题，说一个人要是想让自己自由，最好是不要养宠物和养花，到时候想去什么地方都走不开。王娜说这家人光猫就养了三只。王娜忽然想让工友们看看这家人的猫，王娜连叫了几声，那三只猫就依次出现了，一只是黑颜色的，一只是那种斑纹很好看的美国虎斑猫，还有一只泰国猫，这只泰国猫可真是胖。王娜说这是只老公猫，让这家人给动了手术，给去势了，所以现在是越来越胖，吃饱了就睡，别的什么也不再想，再这样下去，它上楼下楼都会成问题了。王娜说自己在这家老头出门的期间其实是在照顾这三只猫，喂食，收拾猫砂，给猫洗澡。还有就是照顾阳台上的那些花，浇浇水，别让它们干死，这几天可真够热，天天都得浇水。说着话，王娜又请自己过去的这几个女工友跟她上楼去看花，大家就都跟着她上楼，她打开了南边的大阳台，阳台上果然是有许多的花，还有一株石榴，已经结了果，半红不绿，有小孩儿拳头那么大。王娜又说她知道酒放在什么地方，"这家人的酒随便喝。"王娜说这家人有不少酒，但这家人从来都不喝酒，这家老头让她随便拿，王娜说她要去取一下酒，别的人又都下楼去了，去餐厅里说话。王娜打开通往北边阳台的门，阳台上还有一个储藏室，里边除了酒还放了一些杂七乱八的东西。小梅跟在她后边。

"喝不喝紫酒？"王娜说。

小梅说她还没喝过紫酒，"紫酒是什么酒？"

王娜说，"桑葚你知道不知道？"

王娜这么一说小梅就清楚了。取了酒，接下来，她们就下去吃饭了。这时候饭菜都已经摆上了桌，还很丰盛，桌子都给摆满了。这是一个长形的餐桌。大家都坐下来，大家的食欲忽然都给饭菜的香气煽动了起来。有多长时间了，她们已经没这样坐在一起聚会过了，有多长时间了，她们都没好好找一个像样的地方这样一起吃过饭了，不知谁说了一声"多长时间没在一起聚了！"只这一声感叹，大家都静了一下。你看我我看你，心里满满都是感慨。

"别愣待着。"王娜说："这酒没度数。"

王娜已经给每个人的杯子里都倒上了酒。小梅第一个，她是喜欢酒的，她已经把杯里的酒喝了，这会儿她又给自己倒了一小杯，"这酒不错。"小梅说，说自己老公最喜欢喝红酒了，但他可能没喝过紫酒，也不知道他现在在家里做什么？

"问题是他想不想你现在在做什么？"王娜说这才是最重要的事。

"这么大的房子，"小梅说，"你这几天一个人住会不会害怕？"

王娜说，"有什么可怕，把门都关好了，鬼都进不来。"

小梅说，"这家的老头平时是不是就一个人？"

王娜说，"那还用说，没人陪他，他家人都在外边，我是上班来下班走，有一次下大雨走不了，我睡上边的那间屋，老头在下边，怪怪的。"王娜又说这家的年轻主人说过很多次了，让她就住在这里，还省了租房子的钱，"但我怎么会！"王娜说，"老头再老也是男人。"

"人老了，那事就不会再想了吧？"不知谁在一边说。

这话其实不好笑，但大家都笑了起来。

小梅对说话的那个工友说，"你不妨来试试？也许老头更厉害。"

大家又笑，说可真有这种老头，只要来一片伟哥，到时候比年轻人都坏。人们是一边吃一边说，忽然又说到厂里，说厂房去年都拆掉了，地皮也卖了，但卖地皮的钱谁都不知道去了什么地方。这时有人去了一下卫生间，洗了一下手，又回来，说，"好家伙，光下边就两个卫生间，不知该进哪一个。"便有人笑，说何不挂两个牌子，一个牌子是"女厕所"，一个牌子是"男厕所"。王娜说，"上边的那个呢？上边还有一个卫生间呢。"忽然又有人说："这家人这么多书，怎么就不开个书店？"王娜说这家老头是个教授，肚子里都是墨水。小梅说楼下的书加上楼上的书我看快上千了吧？能看这么多书的人肚子里当然都是墨水！

王娜这时去切西瓜了，"嘭"的一声。

"好瓜！"王娜说，把瓜端了过来。

有人拿了一块瓜一边吃一边看那些书去了。

王娜说："小心地板。"

去看书的人马上叫了起来，说："车怎么黏在书架上了？什么意思。"

"老头孙子玩过的车一律不让别人动，原来在什么地方，就放

积木　165

在什么地方。"王娜说。

"神经病吧?"小梅说。

"教授。"王娜说,"肚子里只有墨水!"

王娜站了起来,把餐桌上的鸡骨头鸡头放在地板上的报纸上,"喵喵喵喵"喊了几声,那三只猫即刻都跑了过来,一只已经叼了鸡头就往屋里跑。王娜用脚拦了一下,这只猫便又跑进了厨房。另一只叼了骨头跳上了窗台,马上又跳下去,钻到了椅子下边。

"它们平时不吃这个,它们吃猫粮。"王娜说现在的地沟油都做了猫粮了,狗粮也是用地沟油做的。王娜说这家的老头过去在大学工作,什么都懂,他一看猫粮就知道是用地沟油做的,但他就是不懂跟上家人去外边生活。王娜说就这套房子要是现在卖能卖三百多万。

"再给我来点儿。"小梅说。

王娜把酒瓶递了一下,"喝不醉吧?"

"我嘴唇没黑吧?"小梅说。

"又不是吃桑葚。"王娜说。

"老头会不会突然回来?"小梅说。"你是不是想试试?"王娜笑了起来。

这样的聚会,其实也没什么可说的,吃一点,喝一点,说说过去的事,因为第二天大家都有事做,然后就该休息了。不想休息的开了电视再去看一会儿电视,这时已经过了半夜。王娜和小梅说好了睡在一张床上。

"这是老头的床。"王娜对小梅说。

"老头的床？没墨水吧？"小梅用手摸摸。

"你放心枕巾已经换过了，被子是从楼上拿下来的。"王娜说。

"没皮肤病吧？人老了皮肤都不好。"小梅又说。

"你嘴里都是酒味儿。"王娜说。

"再来点儿茶吧？"小梅回头看了一下，说，"不对吧，这哪是老头的床？"

王娜也回头看了一下，笑了，说，"你动动。"

小梅回过身，抬起手，"呀"了一声。床头上一排溜放了十几个小孩儿玩的那种很小很小的玩具车，但那些车不知给什么都固定在了床头上。

"这是老头孙子玩儿过的，走的时候是这样，现在还是这样，只不过被胶黏死了，都是老头搞的。"

王娜说。

小梅没说话，看着王娜，"是不是神经病？"

"你跟我来。"王娜想了一下，小声对小梅说。

紧挨着卫生间的那间屋一直关着，现在给王娜轻轻打开了。这是间朝北的房间，王娜把灯打开了。

这间屋里放着更多的小孩儿玩具，沙发对面的墙上是电视，电视下边是一个长形的柜子，柜子上都是玩具，柜子两边的塑料筐里也都是玩具。沙发和电视之间的地上是积木，很高很大一堆的积木，已经垒成了一个城堡，很高的城堡，还有围墙，没垒好的那一半也静静待在那里。因为地上有积木，想要过去开窗关窗就得小心不要碰着地上的积木，别把垒好的积木碰倒。

积木

小梅不知道王娜让自己进到这间屋里看什么？她看着王娜。

"你用手动动。"王娜说。

小梅不知道王娜让自己动什么。

"你动动积木。"王娜说。

小梅蹲下来，马上就"呀"了一声，积木都给固定在地板上，垒好的，还有没有垒好的，每一块都给死死固定在地板上，也就是说，每一块都给牢牢黏在了地板上，每一块都给黏得牢牢的。

"老头搞的。"王娜说，"你说怪不怪？"

"这房子还收拾不收拾？"小梅说，"还住不住人？"

"老头不管这个。"王娜说，"老头一个人有时候在这里看看电视。"

"死了？是不是？"小梅忽然小声说，"老头的这个孙子？"

"谁说的？"王娜说，"好好儿的。"

"外边有没有学前班？"小梅说。

王娜说，"谁知道。"

小梅又摸摸那些积木，被牢牢黏死在地板上的积木。

"我想再喝点。"小梅说，"我心里不好受。"

"你快成酒鬼了。"王娜说。

王娜和小梅从那间屋里轻手轻脚出来，王娜把门又轻轻锁好。

王娜又去了厨房，酒瓶里还有一点点酒。

"你快成酒鬼了。"王娜又小声对小梅说。

"这老头挺可怜。"小梅说。

再后来，王娜的工友们都睡了，她们明天还都有事做，她们还都要早起。小梅睡在床的另一边，王娜睡在床的这一边，小梅迷迷糊糊地觉着王娜的一只手抬起来，往后探了一下，放在了床头上的小孩儿的玩具车上，那些玩具车都给黏死了，王娜的手就那么一直抬着。这时有人去卫生间了，开灯的声音，放水的声音。再后来，门开了一下，有什么进来，跳上了床，是那只猫，接着，又来了一只。另外一只却不知去了什么地方。王娜的眼睛得很大，她忽然觉得自己很伤心，是床头那些小孩儿的玩具车让她很伤心。一只猫从床上跳下去，出去了。再后来，王娜把手放下来。

王娜想不起来自己的孩子都玩过什么玩具了，好像是也有过车，但她想不起来儿子有没有过积木？她想不起来了。让王娜奇怪的是她忽然想到了那个和自己一样住在地下室的小姐，还有那个小姐的孩子，有时候会来找他的母亲，有一次，那个孩子手里拿着一个塑料的水枪往墙上射水。一边射一边开心地笑。但那个孩子不知道玩没玩过积木？会不会用积木垒很高的房子？

天很快亮了，走路声，咳嗽声，说话声，还有车的声音从下边传了上来。紧接着，屋子里也有了声音。

惊梦

　　王查理的朋友里面，喜欢坐飞机的几乎没有，王查理对飞机的态度是能不坐就不坐，如果有高铁的话。从北京到海口这一趟航班，王查理自己也不知道曾经飞过有多少次，几乎每次都是陪着母亲。王查理的女儿是母亲一手拉扯大的，后来女儿大学毕业就留在海口做电视编辑，所以，王查理总是陪着母亲飞到海口去看她的孙女。最糟糕的是，从北京飞海口的飞机总是晚点或延误，王查理也说不清在这个机场误过多少次飞机了，每次王查理都在心里默默说"这次可不要误机，这次可不要误机"。虽然误机的好处是可以吃到那种质量比较好的免费盒饭，但谁又会为了吃一个盒饭而在机场待上七八个小时或更长？

　　外边这时候又开始下雨了，候机大厅的玻璃"哗哗啦啦"一片响，王查理抬起头，天空是那种铁灰色，许多小说家特别喜欢用"铁灰色"来描写大雨将至的天空，候机大厅的玻璃要多大有多大，几乎可以看到整个天空，这时的天色变化很快，已经是接近黑或者是越来越黑了，这样的天气飞机注定是不能起飞了，那么就希望这场雨赶快过去，希望它快来快走。

　　王查理慢慢吃着手里的盒饭，一边吃一边看着天，一边还会用手指按按那颗牙，王查理前边那颗牙不行了，前不久打篮球给磕了一下，所以他现在吃饭总是很小心，很怕吃快了会不小心把那颗牙齿给碰下来，他希望那颗牙齿自己会慢慢再长住，大夫说有这种可能，有时候一颗牙齿被碰了一下，摇动了，看样子就要掉了，但过些时候又奇迹般地长住了。

王查理不想吃了，他看看手里的盘子，盘子分了几个格，一个格子里是米饭，一个格子里是红红的叉烧肉，也只是几小块儿，另一个格子里是一大块鱼，然后还有蔬菜，王查理把肉和鱼都吃了，菜却剩下。王查理说自己是肉食动物，从小就不太喜欢绿色蔬菜，所以只吃了两口。王查理决定不再吃，他看看两边，然后拖着行李箱去了后边，后边那排椅子旁的垃圾箱都快满了。然后，王查理又坐回到原处，多少年来，飞海口的登机口总是在10号，几乎从没变过。

王查理从口袋里取出了那本书，他喜欢这种银灰色封面的小开本，他想静静地看一会儿书，这是一本专业书，讲心理的，王查理是心理医生，所以他一直很留意这方面，但王查理没看几行，眼睛就有点睁不开了，他觉得很困，很想迷糊一会儿，这几天他总是休息不好，因为他总是半夜爬起来看世界杯足球赛，一边看一边还会吃些东西，也不过是一杯红茶或是一小块儿那种叫作荞酥的甜点心。王查理把书放下，想闭着眼稍微歇会儿，也就是这时候他左边什么地方猛地响了一声，这响动把王查理吓了一跳，他睁开眼，有好几个人都朝那边冲了过去，像是出了什么事，王查理朝那边望了望，决定过去看看是不是有人晕倒了？或者是什么人犯了病需要急救？

王查理站起来了。王查理上医科大的时候根本就没想过自己要去当一个心理医生。也没想到心理医生居然要有十分好的口才，而且，因为工作的关系还会时不时深入到某个病人的私生活里边去。王查理觉得自己也许再过若干年会去当一个作家，把自己的病人放在一

惊梦　171

起写成小说。王查理站起来,朝那边走过去,把挡在他前面的人轻轻推了推请他们给自己让开一下,这么一来,王查理就站到了前边。因为王查理站到了前边,所以他很容易就看到了那个年轻人,正背对着自己,年轻人的头发有一部分给染成了黄色,这个年轻人这时猛地抬起了腿,"嘭"的一声,年轻人的脚一下子就踹在了一个人的身上,被踹的那个人猛地朝前一扑。王查理虽然站在年轻人的后面,但还是能看到被年轻人一脚踹倒在地的是个老太太。"啪"的一声,这时候那个年轻人又举起了手,手落下来的时候,王查理才明白是那个年轻人在打老太太耳光。怎么回事,怎么回事,又是"啪啪啪啪"接连几下,王查理要喘不过气来了,这可是件让人气愤不过的事,这么一个年轻人在打那么老的一个老太太,也只是停了片刻,那个年轻人再次对着老太太扬起手来的时候,王查理听到了自己的尖叫,可怕的尖叫,这尖叫实在是太可怕了。那个被踹倒在地并被年轻人频频扇耳光的老太太竟然是王查理的母亲。

王查理一下子坐了起来,满脸都是汗,身上就更不用说。王查理刚才的尖叫实在是太可怕了,坐在他周围的人都被他的尖叫声吓了一跳,大家都很吃惊地看着他,王查理这才明白自己其实只是做了一个梦,一个让他很吃惊的梦。王查理的母亲去世已经快一年了,在此期间,他很少梦到母亲,而让他想不到的是自己居然会在候机厅里梦到母亲。怎么回事?到底怎么回事?王查理站了起来,因为站得太猛,他身子歪了一下,把正在充电的手机碰掉摔在地上。王查理的脸色在那一刹间真是难看,他朝那边看过去,刚才那几个人就是朝那边跑,也就是在那个地方,现在安安静静坐着几个人，那几个人谁都不跟谁说话，都在看自己的手机。就在那个地方，就在刚才，那个头发被染黄了一部分的年轻人一脚把母亲踹倒在地。怎么回事？这可太不像是梦了，梦不会这么真切，究竟发生了什么事？为什么会有这样的梦？那个年轻人去了哪里？即使是梦，那个年轻人也不能让人饶恕。

"杀了他。"王查理说。

旁边的女孩儿，正在看手机，马上到一边去了。

"我要杀了他。"王查理又说。

又有两个人挪了一下，坐到离王查理远一点的地方去了。

王查理又坐下来，他能感觉到自己在抖，手在抖。

王查理看看左右，觉得自己最好是能找个人说说话，否则，也许自己会被憋坏，这个梦太刺激人，太让人受不了，王查理看看左右，擦了擦汗，或者是，马上再睡，继续睡，继续做那个梦，在梦里找到那个年轻人把他杀了。"杀了他，杀了他，杀了他。"王查理听见自己在心里说。王查理把矿泉水瓶子拿过来，用力攥了一下，手还是有些抖，他喝了两口，又站起来，又朝那边看，怎么回事？怎么回事？怎么会做这样的梦？那边现在安安静静，坐在那边的人都在安安静静看手机，在这个世界上，人们像是最关心的就是手机，最爱的也是手机，如果手机可以和人做爱，人们几乎都可以不再结婚。接着，王查理又坐下来，开始打电话，给他的爱人，一个海鸥研究中心的研究员，王查理对爱人说这个可怕的梦，说梦中的情景。王查理很激动，有点语无伦次，又说外面的雨，说航班延误，说自己也许马上要再睡一下，既然飞机一时半刻根本就不会起飞，自己要在梦里找到那个年轻人。

惊梦　　173

"杀了他！"王查理对着手机说。

"不过是个梦。"手机里，王查理的爱人笑起来。

"我要杀了他！我要在梦里杀他一回。"王查理说。

王查理旁边的那个老年人，看着王查理，把报纸对折了一下。

王查理开始翻自己的包，里边有洗漱用具，有一双拖鞋，还有一个小袋子，袋子里面全都是药片，王查理出门总是带着睡觉药，他睡眠不是很好。王查理想好了，就再睡一觉，如果睡着，也许会把那个梦给连续起来，也许这样自己真可以在梦里找到那个年轻人，有可能，一定要把他给杀了。王查理把手里的那两粒白色药片吃了下去，吃过药，王查理闭上了眼睛，他让自己不要想别的事，只想刚才做的那个梦，王查理是学心理学的，他知道这样有助于自己回到刚才的梦里去。

还是今年五月，那天，王查理的母亲要去广场，她们老年合唱团有个演出要在五角星广场进行，所以那几天她们天天都要去那边练一下，和她一起去的还有另外两个老太太，她们简直是已经无聊到非要唱歌不可，她们的歌声已经严重影响到广场一带人们的正常生活秩序，但她们不唱不行，一旦有人出面干涉，她们就唱得更来劲也更卖力。王查理的母亲，还有另外两个老女人，她们从小区北边那个大门出来就朝东边拐了过去，朝东拐，走不远，她们再朝北拐，过了那条马路，对面就是超市，从超市的后边去广场是个捷径。就在往东拐的时候，王查理的母亲忽然倒了下来，是一辆总是在人行道上乱窜的蹦蹦车把她撞了一下，王查理的母亲是朝右侧猛地倒下去，头部正好在花池的边沿上碰了一下，她"唉"了一声，然后几乎整个身子一下子就都扑到了花丛中，旁边的人只能看见她的腿在动，但她又奇迹般地从花丛里爬了出来。那个开蹦蹦车的年轻人，头发的一部分被染成了黄色，后来，据现场的人们努力回忆，也只能记起这一点。那个年轻人看王查理的母亲像是没什么事就走了。结果晚上就出了事，虽然接下来王查理的母亲还是去了广场，但她一句也没唱，她一直觉得头晕恶心，后来就突然一下子倒在了地上。再后来她就被直接送到了医院。

在王查理母亲住院的时候，王查理的女儿从海口急匆匆赶回来了，她一进病房就问王查理，"奶奶怎么还没醒来，不是说没事吗？"说话的时候，包还在她肩上背着，一个包两个包三个包，一个包里是摄像机，那种小型的，一个包里是录音机，那种大型的，另一个包里全部是化妆品，各种化妆品。王查理对女儿说，"都检查了，不会有什么事。"那几天，王查理的同事也不停地对王查理说"应该不会有什么事，只不过是轻微的脑震荡，明天就应该能醒来了，只不过醒来后头部会很疼"。

但一个星期很快就过去了，医院又给王查理的母亲做了一次头部CT，但王查理的母亲还没有醒来。

"不应该总是这么昏睡啊？"王查理对神经科的孟大夫说。他们是好朋友。

"会醒的，也许马上就会醒来了，不会有什么事的。"孟大夫甚至劝王查理他们都先回家去休息，"有什么事就给你们打电话。"

那天晚上，王查理还真回了家，还好好洗了一个澡，用了些浴盐，浴盐的味道很好闻，但就是让眼睛有点受不了。

王查理洗澡的时候手机响了，是女儿从医院打过来的。

惊梦

"是不是醒过来了？"王查理马上问。

"问题是怎么还不醒？"女儿小声在电话那边说她担心会出什么事。

"神经科的大夫都很有经验，他们说没事就会没事，也许马上就要醒了。"王查理对女儿说，"只不过轻轻磕了一下。"

王查理和女儿说话的时候能觉得自己心里很慌，但他也只好这么对女儿说，那几天，王查理还准备去岳阳开一个会，那边的机票都已经给他订好了，王查理喜欢坐在靠走道的座位上，他想好了要早去机场一会儿，要选一个靠走道的座位。但王查理没有去成岳阳，虽然为此他还查了不少有关岳阳的资料。

"也许马上就会醒来了，也许马上就会醒了。"王查理对女儿说。

就在第二天，王查理的母亲却突然去世了，去世之前，王查理的母亲突然睁开了眼，但围在她旁边的人都知道她其实什么都看不到，或者她在看别人看不见的什么东西，那种眼神让王查理永生难忘，王查理抱着母亲，看着她又慢慢闭上了眼睛，紧接着是长吁了一口气，这口气出得很长，那情景，不是长吁一口气，倒像是一个盛有气体的袋子突然破了，袋里的气就都不停地跑了出去，人就一下子瘪了。

"想不到，想不到，从片子上看，真是一点点事情都没有。"孟大夫搂住王查理的肩膀要他不要过分悲伤，连连说真是对不起，片子上真是一点点事都没有。他还又和王查理握了一下手，很用力地握了一下，然后就从病房走了出去。剩下的事就是护士们的事了，她们很熟练地把那些吊在床头的瓶子和其他东西都取了下来，当然还没有忘了把氧气开关也关上。

其间,王查理就一直坐在那里,一动不动,那一刻只有耳朵还是他的,有人从病房走廊跑过去了,又有人走过来,脚步很轻快,又有人跑过去了,还尖叫了一声,王查理就那么一直静静坐着,好像是在等着母亲醒来。

"我能为你做点什么事吗?"

后来,那个孟大夫又出现了,已经到了交班的时候,他把什么东西塞到王查理的手里,他们是多年的同事又是好朋友。王查理此刻好像已经变成了木头人,坐在那里一动不动,孟大夫只待了一下就又离开了,这种情况他见多了,孟大夫离开的时候王查理才动了动,有什么从王查理的手里掉了下来,是孟大夫刚才塞到他手里那一沓钱。也就是在那一刻,王查理觉得自己很饿,忽然很想吃东西,那么想吃,他已经有好几天没有吃过东西了,但王查理觉得这不是吃东西的地方,也不是吃东西的时候,他就依旧那么坐着,病房外边,依旧是有人过来,有人过去,又有人过来,又有人过去,好像这个世界上什么事都没有发生过一样。后来王查理忽然跳了起来,他觉得自己非吃点什么不可了,医院对面有几家饭店,后来王查理就坐在一家饭店里狼吞虎咽,满脸是泪,一口接一口地往嘴里塞东西,有几次他被噎着了,但他还是往嘴里不停地塞。那个饭店里的人认识他,破例给他上了一盘免费的果盘,果盘里是几片哈密瓜,几片橙子,还有两片西瓜,接着,服务员又给他倒了一杯水。

"我要杀了他。"王查理突然说。

旁边正有人朝这边看,马上把目光错开。

"蹦蹦车就不该上人行道,我要杀了他。"王查理又说。

惊梦

有人站起来,看看王查理,离开了。

饭店里的人都盯着王查理,他们都很不安,他们很少能看到这种场面,一个人一边吃饭一边流泪。这种事毕竟太少了。一个人伤心的时候是不应该吃饭的,在这种时候吃饭是会得病的。人们都不知道发生了什么事。

候机厅外面的雨还在下着,而且越下越大,王查理坐在候机厅里可以看到停在外面的飞机机身上的雨雾,整个飞机像是在冒白烟,像是在燃烧,王查理想不让自己看那架飞机都不行,王查理吃过了药,但睡意一时半会儿还没有降临,但王查理又很难让自己把眼睛闭严实,王查理明白那片睡觉药的药效还没有正式发作,所以自己暂时还睡不着。但王查理想让自己觉得自己其实已经睡着了,所以那架飞机在他的眼里才冒着滚滚白烟,这情景也只能在梦里看到。一只比较大的鸟,红色的喙,黑色的羽毛,落在了候机厅外边的钢架子上,它正在梳理羽毛,一般来说机场很少能够见到鸟,但这只鸟就落在了玻璃外边的钢架子上,雨实在是太大了,它没处去,它也许给淋湿了,湿透了,所以在那里不停地梳理着。王查理希望自己赶快睡着,睡、睡、睡、睡,王查理在心里命令自己,让自己的脑海里努力去想那个头发被染黄了一部分的年轻人,这时候,离刚才的那个梦还没过多长时间,就好像一个人走路,停了一下,马上紧走几步也许还能赶上。而与走路不同的是,王查理是要赶到刚才的那个梦里去,梦是什么,梦就像是一间屋子,如果说它不像是一间屋子,那起码它应该像是一道门,只有进了那道门,你才可以看到一些你根本就想不到的东西和场景。但一般人很难找到这扇门，睡觉或者是做梦是很难由人控制的，你想睡，未必就能睡着，但你不想睡，却偏偏马上就会睡着，梦更是如此，没有人能够规划自己的梦，你想做什么梦，那个梦却偏偏不会出现，你不想做什么梦，这个梦却偏偏会一下子就出现在你的面前。

王查理吃了睡觉药，想马上就睡着，其实他自己也明白这不是想睡着而是想去追赶，追赶梦里的那个头发被染黄了一部分的年轻人，要是追上，王查理觉得自己要一刀就直刺过去，然后再说别的。虽然吃过药，虽然想让自己睡着，但王查理却偏偏又睡不着了，虽然王查理半闭着眼睛，虽然王查理自己在给自己下命令，但脑子却越来越清醒，这就让王查理很恼火。王查理又坐起来，他把放在自己身边的瓶子拿过来又喝了一口，水忽然变得很难喝。王查理觉得自己正一点一点把自己弄得火儿起来，如果这时候有谁说句什么，或有谁给自己一个不太好的眼神，王查理很有可能就会一下子发作起来。

王查理看看周围，人们都很安静，大部分都在看自己的手机。

王查理忽然很想找个人说说话，王查理觉得那个梦快要把自己给憋死了，王查理往左边看看，是一个年轻人，也正在看手机。王查理又往右看看，是一对情侣，靠得很紧，是在看同一个手机，好像看到什么有趣的东西了，两个人同时笑了一下。王查理觉得自己真应该找个人说说话，直到自己能够睡着，王查理很想说话，但显然没人会听他说话也没人愿意和他说话，人们对自己的手机更感兴趣，或者可以说对他们自己更感兴趣。王查理觉得自己很愤怒，很生气，他又朝那边看看，看看那个梦中之地，那个把头发染黄了一部分的年轻人就在那地方把母亲一下子踹倒随后又连连扇母亲耳光。

惊梦　179

王查理站起来，朝那边看看，长吁一口气。

"我要杀了他！"这句话从王查理的齿缝间被说了出来。

王查理要让自己睡着，既然想要把刚才的那个梦接住，既然想要在梦里找到那个年轻人。临躺下的时候王查理又看了看候机厅外边的天，天色可真黑，雨下得还很大，这样的雨，任何飞机都没办法往天上飞。但无论是左边的人还是右边的人都没有和他说话的意思。王查理又把自己的那个小包取出来，打开，又从药瓶里取了两小粒睡觉药，这是他吃的第四粒睡觉药。

然后，王查理闭上了眼睛。

"这下子应该能睡着了吧。"

王查理对自己说此刻还不迟，离那个梦还不远。

救护车把王查理从飞机场拉出来的时候天上的雨已经停了，王查理还没有醒来，因为去海口的乘客们都已经登了机，因为广播里一次又一次地宣布飞往海口的飞机马上就要关舱门，人们这才发现了躺在候机厅椅子上的王查理，但无论人们怎么推怎么喊都弄不醒他，所以救护车很快就到了，王查理一直在沉睡，他在睡眠之中什么都没有看到，而当他睁开眼醒来却已经是第二天晚上的事。

"吓死我了。"

王查理听到的第一句话是他爱人的一声尖叫。

一粒微尘

——人不过只是一粒微尘

1

已是半夜时分,李书琴和王重生翻来翻去还是怎么也睡不着。

王重生对李书琴说:"要不就再吃一颗?"

李书琴说:"总吃睡觉药不是个事,离吧,你带孩子回重庆。"

王重生虽是胆小,但脾气却很倔:"你别这么说,婚我反正是不离。"

王重生又说了一句:"也许……"

李书琴说:"也许什么?你不看都贴在了门上了。"

李书琴的声音有点不对头了,鼻子像是有些堵:"我绝对不能拖累你,更不能拖累孩子,只有离婚才是最好的出路。"

王重生说:"先睡,我说不离就是不离,天又塌不下来。"

王重生不看他的那本小字典了,这天晚上他已经认了几个生字,差不多记住了,他把字典放在枕头边,把灯关了,屋子里即刻暗下来,窗子那边却亮出一大块。李书琴和王重生他们住学校里分的小平房,是一间半,里边这间大一些,外边那间小一些,外边那间平时做厨房,但还是放了一张床在北窗下,床的旁边还放着李书琴的蜜蜂牌缝纫机,李书琴不仅会做小孩的衣服,她自己的衣服和王重生的衣服都是她自己来做，她还会裁旗袍和西式裤。床和灶台之间又拉了一幅淡绿的碎花布帘子，四川老家的亲戚们来了就挤在这里。王重生和李书琴带着两个孩子在里边，老大今年六岁了，老二才三岁，都是男孩儿。四个人睡在一张很大的床上，有时候两口子在床上做事，动作稍大一些床板就会"吱呀"乱响。

李书琴会说："轻点，轻点，同同睡觉轻，小心被他听到。"

王重生说："他就是看到也不会知道咱们是在做什么？他还那么小。"

王重生话不多，胆子又小，但做起那事却猛得很，每次都是大汗淋漓。

王重生对李书琴说："我现在也只有这一点点乐趣了，到外边唯恐说错话，那天学校让我带头喊口号，吓死我了，差点赶上你们学校的白老师。"

李书琴静着，老半天没说话，就那个白老师，现在还不知在什么地方受罪。过了好一会儿，王重生以为李书琴睡着了，却听她一声长叹。

"你怎么还没睡？"王重生说。

"当时悔不该听我姨，这时候倒连累你说红不红说黑不黑。"李书琴说。

"别说连累，什么连累不连累。"王重生说我这个人就是不怕连累。停停又说："我们是一家人，告诉你，就是死，我也不会跟你离婚。"

"我恨他们。"李书琴说。

"恨也无法子，天底下谁也没本事给自己挑选父母。"王重生说父母总归是父母,只有孝敬他们的份儿,没有说他们不是的份儿。

"那我也想不明白。"李书琴说。

"睡吧,睡着就什么都不用想了。"王重生说。

两人不再说话,有什么"吧嗒"一声掉在地下,是王重生的那本小字典。又过了好一阵子,墙上的挂钟连敲了三下,王重生和李书琴仍在被窝里大睁着眼睡不着,天花板上有什么在跑,是老鼠,又静下来,"嗦嗦嗦嗦"在啃什么。外面的风一阵一阵,把房檐下边的什么东西吹得"嗦啦嗦啦"响。

不知过了多长时间,王重生迷糊着了,为了让自己睡着,他在默背字典上的字,第几页,第几行,什么字,怎么写,发几声。王重生背字典已经有好长时间了,他几乎天天都要从字典上找几个生字来背,并且把它记下来,他发誓要做市里最好的语文教员,发誓要和别的教员不一样,那就是要把字典上的字全都背下来,所以他天天没事就要看字典,背字典。而背字典的另一个好处就是还可以催眠,背着背着,人就迷糊了。这一次也不例外,他背着字典,都快要睡着了,忽然又被拉门声弄醒,伸手摸摸,李书琴又不在了,王重生也马上翻身下了地。

外屋有些冷,李书琴披着件毛衣在灯下翻看什么。

王重生过去,站在李书琴身后。

李书琴在看一张合影照,这张照片背后写着:

左起:二姨,二姨父,大姨,大姨父,姥姥,姥爷。右起:妈妈,爸爸,大姑父,姑姑,神父。

一粒微尘　　183

"不早了,快睡吧。"王重生说,他怕李书琴冷,从后边把李书琴搂住。

"这些照片都不能留了,烧了了事。"李书琴把那沓子照片拿在手中,回头对王重生说。

李书琴的母亲去世很早,留下的也就这些照片。照片上的人都穿得很阔气,有一张照片,是李书琴母亲和李书琴姨姨的合影,两个人拉手的样子还真是不好学,四条胳膊交叉着,很好看,每看到这张照片,王重生就忍不住"哈哈哈哈"笑,说这是怎么拉的,说完还和李书琴对着镜子比试一下。那时候他们刚刚结婚,镜子里的人和镜子外的人一样年轻。

"这些照片都得烧掉,一张也不能留。"李书琴把照片收在一起,不看了。

两个人就又站在了里屋的火炉子旁,炉子里的火被灰埋着,到明天早上一捅就会着起来,所以上边的那把壶里的水就总是热的,刷牙洗脸正好用,北方的冬天,再冷,也要比南方好,起码还有个火炉子。

"留下吧,烧了就没了。"王重生伸手拦了一下,但照片已经被李书琴投到了炉子里。外面风又大了起来,两个人又上了床,才躺下,李书琴突然又下了地。她很快从外边屋子里把什么又拿了过来,是那包东西,日本西阵织的包袱皮,这包袱皮很讲究,也是李书琴母亲留下来的。她想好了,即使是再值钱再珍贵的东西她也不能留了,现在到处都在抄家,一旦被抄出来,全家到时候就会更倒霉。

"这些东西留下来都是罪。"

李书琴把那包东西打开,里边全是李书琴母亲的遗物,玻璃丝手套和袜子，蕾丝手帕，玉蝴蝶的胸针，一对玉镯子，又两个镶红蓝宝石的金戒指，绣花的护手，还有别的一些零碎东西，还有一个日本漆盒，上面绘着芦苇草。

"不要了，不要了，都不能要了。"李书琴打开炉盖要把那包东西塞到炉子里。

王重生忙把那两个镶红蓝宝石的金戒指一把抢过来："怎么这东西也烧？"

"谁现在还戴这种东西，卖又卖不了几个钱，戴出去还找麻烦。"李书琴说。

王重生不听她的，去床下边摸了个罐头瓶，出去了，过一会儿回来，小声对李书琴说："我把它埋在院里那棵树下了，没人会知道，再说金子也烧不掉。"

李书琴已经把那包东西一股脑塞到了火炉里。"早知道，那件旗袍也烧了就好了。"李书琴说。那包东西塞到炉子里，火炉子即刻"轰"的一声旺起来，水壶也紧跟着"吱吱吱吱"叫。

"咱们还是分开的好。"李书琴又说。

王重生这次没有答话，用了力，拉她上床，又重新躺下。

"为了孩子，就当我求你。"李书琴侧过身，看着王重生。

王重生在暗里突然抓紧了李书琴的手。

"听说旗袍要拿去搞展览。"李书琴又说。

王重生不说话，只是紧紧抓着李书琴的手。

李书琴只好长叹一口气，不再说话。

为了能让自己赶快睡着，王重生又开始背他的字典，他已经背到了字典的第109页："籪，duàn，插在水里捕鱼用的竹栅栏。"

一粒微尘　　185

"duàn，duàn，duàn。"王重生在心里不停地默念。

李书琴还是睡不着,翻过来,翻过去。

老鼠在顶棚上跑着,跑过来,跑过去。

2

工宣队王党生的说话声从旁边的教室里传了过来,虽带些当地口音,每句话的后边几乎都带着一个儿字,但不难听,声音也洪亮,因为洪亮,所以就显得底气足,听起来让人感觉是一勃一勃的。

别的学校早就有工宣队进驻了,而李书琴她们学校却迟迟不见上边往下派,而军宣队却早就进来了,一共二十多个人,每个班级都会派到一个。都穿着一色的绿军装,其中那个姓郑的是连长,快四十岁了。他们除了讲政治,还要负责学生的军训,让学生们在操场上跑步或匍匐前进。工宣队因为迟迟没派下来,校长梅有文那天还专门去市革委会请示了一下,随后,工宣队才被派了下来,也是二十多个人,校长梅有文对教员们说咱们学校也不能落后,如果可以的话,咱们还要派人去北京。至于去北京做什么梅校长自己也说不清楚。

欢迎工宣队进驻学校的时候,李书琴也去了,让教员们想不到的是工宣队队长王党生会这么年轻,皮肤虽有点黑,看上去却是那么精神,洗得有点淡的工作服穿在他身上散发出一种说不出来的味道,总之一下子像是连那种短短的粗布工装都变得十分好看了。

"一二、一二、一二、一二,大家听好了,我要讲话了。"

王党生讲话之前总喜欢一边拍巴掌一边说两句,算是开场白。

他经常喜欢说的一句话是,"现在一切都跟以前不一样了,一切都是崭新的,所以我们也要做崭新的人。"

此刻王党生在讲形势课,王党生的声音在教室里回荡,一直回荡到老师们的办公室里来,一直回荡到李书琴的耳朵里来,然后再从耳朵里回荡到心里。

李书琴抬起头来,眼神有些恍惚,或者可以说是迷离,一颗心在"怦怦"直跳,她望着窗外,天很蓝,对面屋顶红瓦片上的初雪已经化没有了,远处的六盘街老教堂,怪怪的,秃秃的,是因为上边的十字架没了,前不久被拆了,那几个老修女也不知现在在做什么?天气阴着,也许会马上再来一场雪,飞飞扬扬的雪,或者就是雨。校园里喜鹊的叫声很刺耳,"嘎嘎嘎嘎,嘎嘎嘎嘎",它们总是从这棵树上跳到那棵树上,再从那棵树上跳到这棵树上。树上有黑乎乎的喜鹊窝。但过不了多久,那个门房老黄总会把喜鹊窝捅下来抱去生火,"都是好柴火,还不用劈。"老黄说。有时候喜鹊的巢里还会有喜鹊蛋,老黄会把它们拿回去炒炒下酒,喜鹊窝里能有几颗蛋?人们都说老黄这是馋疯了,再馋就轮到他自己下面那两颗了。

"现在我们国家总之是形势一片大好。"

王党生还在继续讲他的形势,他的声音一直往李书琴的耳朵里钻,钻,钻,让她一次次想起王党生和军宣队郑连长到自己家里做家访的情景。虽说是家访,但那天她和王党生没接几句话,他们也没在她家待多久,也没喝一口水,与其说是家访,不如说更像是检查,因为那次家访实际上是在做普查,对那些出身不好的家庭做一次普查,所以让人感到心惊胆跳。

"我讲的同学们听懂听不懂?形势大好就说明地富反坏右已经

一粒微尘 187

被我们打倒在地再踏上一万只脚了。"

工宣队王党生还在说，就这个王党生，据说他的媳妇就是纺织厂里的女工任桂花，是市里出了名的学毛著积极分子，口才真好，各单位都争抢着请她去演讲，她又很会结合自己的情况，把演讲搞得特别活特别生动。因为进驻学校，学校给军宣队和工宣队都安排了办公室，郑连长和王党生是单间，其他人是几个人一间。他们的办公室也就是他们的宿舍，白天办公晚上睡觉，王党生的办公室在教学楼一层的东边，紧靠走廊门，军宣队的郑连长也在一层，却靠西，出了那个门，可以看到院子里的花丛，过了花丛就是操场，离得最近的是单杠，有时候人们可以看见王党生带几个学生在那里玩单杠，把身子甩得很圆，直甩得浑身热气腾腾。

旁边的教室里又响起了口号声，这是事先安排的。一般是由班主任带头喊，但自从出了白老师喊错口号的严重事件后，带头喊口号的事都由学生们代替了。那个白老师现在已经不知道被带到了什么地方，因为实在是出人意料，他本该带头喊"打倒×××"，却一张口喊成了打倒另一个人，会场当下就炸了窝。根本就不用他再说什么，马上就有人把这个白老师头朝下按在了那里，人第二天就被带走了，后来又被带回来批斗过。那天，李书琴心惊胆战地隔着几排座位看着站在那里的白老师，头上戴着一顶很尖很高的白纸帽子，上边赫然写着很大的黑字，"现行反革命分子白崇礼"，那天白老师的脸色特别的不好看，神色特别的紧张，身子一直在颤抖，是屁股抖，因为弯着腰。但据说他的出身很好，但他怎么会喊出那样的口号？许多同事们在下边悄悄议论说也许是他神经太紧张了，这话被梅校长听到后马上把各科室的教员都召集到了一起谈了话。从那天之后，喊口号的事都由学生来带头喊,而且梅校长还特意交代了一下,让老师们查一下学生们的出身,要靠得住的学生来带头喊口号。梅校长希望学校不要再出这种事。那天李书琴也被叫到了梅校长的办公室,梅校长对大家说:"主要是出身,要把学生们的出身都查一下,出身不好的千万不要让他们带头喊口号。"

在那一刹那间,李书琴觉得所有的眼睛都在盯着自己看,其实根本就没有人注意她,人们正七嘴八舌地说白老师平时的表现,同事们都想不出白老师有什么不对头的地方。有一个教员说:"出身好的人尚且如此,真是难以看出他们的内心,出身不好的那些人就更加可想而知了。"也不知有意是无意,说话的那个老师姓丁,还朝李书琴这边看了一眼。丁老师是教数学的,湖南人,个子很高,方额大脸,走路总爱背抄着手,年年都要自己动手做一些腊肉,现在的肉都是凭供应号供应,但不知道他从什么地方可以搞到肉,总是要做那么几大块放在那里慢慢吃,有时候还会送同事们一两块。丁老师平时很爱和李书琴开玩笑,但这一次分明不是玩笑。

李书琴忽然把头低下来,看自己的手,李书琴的手很小,手指很细,她看自己的手,好像她这一辈子就没看过自己的手,一直到看不清,是因为她的脸离手太近了,差不多快要挨在了一起。她忽然觉得自己连气都要喘不过来了,隔了不知多长时间,她鼓足了勇气把身子直了起来,才发现梅校长办公室里早已经空了,不知道什么时候,会已经散了,人们都走了,就连梅校长也不知道什么时候出去了,也许是学校里又出了什么事?校长的办公室里就剩下她自己。

"怎么回事?"

李书琴问自己,忙站起来。因为站得急,差点把梅校长的竹皮

一粒微尘　189

暖水瓶碰倒。

李书琴跌跌撞撞从梅校长的办公室出来，旁边是历史教研室，因为停课，里边静悄悄的。教研室对面的那一排榆树墙虽说入冬以后修了一下，但显得乱七八糟，锅炉房的烟囱冒着烟，很浓的黑烟，在天上，像是一个巨大的问号。那天，教日语的张老师就是从锅炉房烟囱上边跳下来的，张老师年轻时候曾经留学日本，课讲得很好，人们谁也没看到他是怎么就爬到了烟囱上边，那几天，学校让他交代在日本都干了些什么，好像还要他交代跟那边的特务组织有什么联系，想不到一星期后就出了这事。当时李书琴还不知道那边出了什么事，她正好从学校礼堂经过，也挤过去看了一下，但让她想不到的是一个人从那么高的烟囱上跳下来竟然没出一点血，趴在那里已经死去的张老师穿着一身黑衣服，人是脸朝下趴在那里，说黄不黄说白不白的那种化学框子眼镜被甩在一边，一只鞋子也不知去向。李书琴忽然有点想吐，她赶紧跟跟跄跄走开。

"活下去，活下去，再怎么也要活下去。"

李书琴听见一个声音在自己心里说，是她自己在对自己说，还有另一个声音也在她心里说，"要活下去就要有靠山，要有靠山。"说这话的却是李书琴的姥姥，李书琴的姥姥去世已经多年了，但直到现在骨灰也没有埋回青岛。

李书琴抱着教案从西往东走，东边就是学校的操场，忽然有人大声在她后边说，"有什么好看，这样的人死一个少一个地球还干净，他是苍蝇碰壁，自绝于人民，畏罪自杀！有什么好看。"说话的是几个学生，他们一边走一边说，快步超过李书琴，只这一句话，让李书琴浑身一软，一屁股坐在了冰凉的水泥花池上。大烟囱那边围的人更多了,公安的人在拍照。

李书琴忙把脸掉过去,她不能让自己再朝那边看。

操场的另一边,学生们正在搞军训,军宣队的郑连长正在做示范,胳膊甩得很高,一条腿笔直地抬起来悬在半空一动不动,他可以把这个动作保持很久,学校里的体育教员曾经和他比试过,直直抬起一条腿站在那里看谁站的时间长,但谁都比不过他。这真是让人佩服,李书琴看着郑连长的背影,因为系着腰带,这个郑连长肩宽,腰细,挺拔,根本就不像快四十岁的人。

下午李书琴还有一堂课。她没有回办公室,而是直接去了教室。

教室外的门两边,贴着长条标语,上边写着"学工学农""备战备荒""深挖洞,广积粮,不称霸"这样的口号。李书琴最近上课总是走神,接下来的这堂课终于出事了,虽然讲的内容都是曾经讲过多次的,但李书琴忽然不知道自己讲到了哪里,只好问下边的同学,下边有几个同学因此忽然"嘘"了起来,这让她自己都感觉到简直是无地自容。她以羞愧的口吻对下边的学生说:"对不起,对不起,老师实在是对不起同学们。"说这话的时候她忽然又把刚才要讲的内容想了起来,按说可以正常地讲下去,她转过身子刚刚往黑板上写了"满江红"这三个字,班里的一个叫黄小卫的学生突然站了起来,大声说:

"你怎么讲课!你这个资本家的臭小姐!"

黄小卫的话让李书琴觉得自己像是被刀子猛地捅了一下,这一下捅得她忍无可忍。

"出身不由自己,路是可以选择的!"

一粒微尘 191

李书琴把身子一下子转了过来，胸口那地方好一阵波澜起伏，然后，她就再也说不出话来。那根粉笔，在她的手里已经被折成数节，她死死握着它，恨不能把它攥成粉末，她一直攥着，浑身在抖，粉末从她的手指间簌簌落下，她猛地把手一甩，跌跌撞撞走出教室。脚下的石子路也好像突然跟她过不去，绊了她一下。而她忽然转过身又马上回到了教室，因为这堂课还没有讲完，还没到下课的时间。

"满江红，是古代诗词的词牌。"李书琴又开始讲，声音有些颤抖。

3

学校里要组织学生们去参观的事很快就被定下来了，每个年级每个班都必须去，都要去接受教育，这个展览是"资产阶级腐朽生活罪行展"，一条大展标横挂在那里，是白布黑字，很是醒目，很是让人胆战心惊。展厅就在一进学校大门正对着的大礼堂。这个礼堂是当年苏联专家设计的，每个门头上都有镰刀斧头和麦穗，因为刚刚被油漆过，红红黄黄十分显眼。礼堂的正门在北边，但现在正门一般不开，人们进出礼堂都从东边这个门，到了冬天，这个门避风。门的北边墙上有一根生了锈的铁管子，是输送暖气的排气管，到了冬天总是滴滴答答地往外喷气流水，说来也奇怪，也可能是朝着东边，北风吹不到，水管周围的草到了冬天居然都是绿的，有时候居然还会开出黄色的小花。学校园工有时候来这里洗拖把，住校的学生洗衣服也会来这里。关于这个展览，学校里有安排，就是学校里的每个人都必须去,李书琴当然不能不去。据说这个展览搞完之后还要展出毛主席送给工人们的杧果,在北方的这个小城,人们根本就没有见过杧果,据说梅校长已经到上边请示过好几回了,强烈要求展出杧果,要求把杧果接到学校里来,展几天,再送回去,到时候要敲锣打鼓列队欢迎。

"什么是杧果?"有人问。

"总之和苹果差不多吧。"有人答。

"一定很大吧。"有人问。

"毛主席送工人同志的,肯定小不了。"有人答。

"什么颜色?"有人问。

"肯定是鲜红的,毛主席送的水果肯定是红彤彤的。"有人答。

人们都等着杧果的到来,但杧果还没到,这个展览却开始了。

看展览的时候,李书琴差点要喘不过气来,礼堂里拉的几条绳子上大大小小挂满了东西。已经是下午,太阳从西边的窗子射到礼堂里来,照在礼堂里人们的脸上,人们都显得十分兴奋,那兴奋毫无来由,所以也就来得无比高涨,他们所能看到的东西也不外是些日用品,比如外国牌子的金笔,还有金表,衣服和帽子。

李书琴从外面进来,她一眼就认出了前几天跳烟囱自杀的张老师的那双日本太阳牌的滑冰鞋,那双鞋子是棕黄色的,据说是张老师从日本带回来的,每年冬天,张老师都要和教历史的杨老师一起去滑冰,人们都知道他们两个人的关系很要好,夏天他们还会在一起游泳。张老师在冰上会把身子猛地一拧就旋转起来,先是把两只手扬过头顶,然后会慢慢慢慢放下来,旋转也就跟着停了下来,真是漂亮。但杨老师就不会旋转,虽然学过许多次,但转着转着总是会摔一个跟头。李书琴不敢离近了看那双鞋,她想起前几天张老师脸朝下趴在地上的模样。人就那么说完就完了,学校那么多人,怎么就没人看到他是怎么爬到了烟囱上边?但人们都知道就是和他关系最好的杨老师检举了他家里藏有一部电台,那部电台其实就是一台收音机,那收音机现在就放在礼堂里,想不到居然是一台可以向敌人发报的电台。

展览上还有一些物品是教员们自动拿出来的,但更多的是上边指名道姓要谁谁谁必须交上来的,李书琴的旗袍就是被点了名特别要交上去的。关于这一点,学校的教员们几乎都知道了。因为李书琴是学校里很扎眼的人物,她的扎眼是因为她漂亮,因为她长得很像电影演员王丹凤。好像是,她穿什么都漂亮,她站到什么地方都会引人注目,其实这很不好,虽然学校里穿旗袍的老师不止李书琴一个,但旗袍穿在李书琴身上就显得比别人好看,是特别的好看。李书琴的这件旗袍是母亲叫裁缝到家里来给做的,李书琴当然不会忘记那个小裁缝,二十多岁,黑皮肤,油光的分头,中等个子,嘴很甜,人长得真是让人喜欢,他先是拿过几种布样让李书琴的母亲看,然后才过来量尺寸,那时候家里做衣服一做就是好几身,母亲的,李书琴的,李书琴姨姨的,还有李书琴妹妹的,那个裁缝会把尺寸一一量好记下,过些天再把搭好片的衣服拿过来请她们试一回,再这里拉拉,那里拢拢,做好记号,用竹夹别一下,用大头针定一下型,李书琴这才知道做一件衣服居然要用那么多大头针。所以当李书琴走到自己的那件旗袍前的时候,忽然就想起了当年那个小裁缝来家做旗袍的事,后来姨姨还对李书琴说,说那个小裁缝现在已经从上海去了北京,那个裁缝店的牌子上照例加了四个字:上海迁京。因为是上海迁京,所以买卖好得不得了。北京人特别迷信上海迁京这种店。连照相片都要去上海迁京的照相馆。

时间已经过去多少年了,但李书琴还是不止一次地想起那个小裁缝,想起那个晚上他把自己带到靠近教堂的地方,先是给自己吃薄荷糖,当然他自己也吃了一颗。"吃过这种糖的嘴巴会特别好闻。"小裁缝还对李书琴这么说,说着说着就把嘴巴凑了过来。然后一下子把李书琴推到墙上,他的身子紧接着也贴到她的身上来,有一个地方还特别尖锐,像枚大钉子,他用他的身子把她往墙上按,就好像要把她按到墙里边去,其实那时候除了疼痛的感觉李书琴真觉得自己已经被小裁缝按到了墙里,到了后来,她是那么渴望被小裁缝往墙上按,那堵墙就在教堂的背后,旁边是修女们的墓地,熟铁的十字架都锈了,上面有鸟屎,白白的一片一片。

那个小裁缝,把李书琴往墙上按了一次又一次,然后就彻底消失了。

李书琴站住了,有点恍惚,她看到自己的旗袍了,银灰色竖道子的杭州绸,挺括顺滑,李书琴的头忽然有些晕,她感觉到那些人都在盯着自己看,那些目光像钉子,一根一根虽然无形却穿透肌肤一直扎到她的心上。想了一夜了,李书琴明白自己的处境,她想好了,要让自己以行动表一下态,这个表态对她来说是特别重要,要表明自己和家庭划清界限,这一划很重要,划好了,自己也许就可以站在这一边,划不好自己就永远只能灰头灰脑地站在家庭那边。但此刻她忽然又犹豫了起来,李书琴定了定神,看看左右,终于还是没有把那把小剪子从衣服口袋里掏出来,是没勇气,鼓足的勇气

一粒微尘　195

不知道怎么一下子就没了。她想快走两步过去，却又好像怎么也迈不开步子。但好在人们忽然又都拥到张老师的那部电台那边去了，因为杨老师正在讲关于那部电台的事。

"看上去是普通收音机，但实际上它可以向敌特发报。"

但无论杨老师怎么说，人们都只觉得那不过是一台很普通的收音机。讲来讲去，杨老师的头上都出了汗。就这个杨老师，才四十多岁，但已是满头白发。

李书琴快走几步，她不想引起别人的注意，但她走错了，忘了北边的门早已封死，她拉了一下门，"哗啦"一声，又拉，又"哗啦"一声，门就是不开。

"李老师，走东边，这门封了。"

不知是谁在李书琴的身后轻声说了一句。

李书琴回过头，是盛慧，人长得很白净。很奇怪的是，每次看到这个名叫盛慧的女学生，李书琴就会想到自己白白净净的外婆，外婆的皮肤真是好，和这个名叫盛慧的女同学的皮肤一样好，外婆去世多年了，她们兴高采烈地做衣服的时候外婆还对她说，"趁着年轻身材好就好好穿旗袍吧，我现在也只能穿袍子。"在那一刹间，李书琴还又记起搬家的事，梳着大分头的父亲和烫着大翻花头发的母亲匆匆提着皮箱出去，车在外面候着，司机在车里抽烟，那天下着雨，"唰啦唰啦"的雨把窗玻璃下得一片迷蒙。外婆却在屋里自己动手捆扎行李，但她哪里做过这种事，外婆一辈子几乎都没有进过厨房，她看见外婆一边扎行李一边流眼泪，刚捆扎好的行李忽然又夯开了，外婆一屁股坐下来，喘着气说："这怎么去得了香港，这怎么去得了香港？这怎么去得了香港。"到后来，外婆真的没有去成香港，但她还是学会了自己做饭，也学会了择菜。外婆对李书琴说：

"怎么也要活下去，再难也要活下去，活着总比死了好。"

外婆出生在很富有的家庭，在青岛有小洋楼，一解放，那么多东西她都放弃了，金银都不在她的眼里，但她却把一大包珍珠粉悄悄留了下来，李书琴总记着外婆慢慢慢慢用水化一点点珍珠粉，用小银勺搅啊搅啊，然后再慢慢慢慢喝下去。外婆对李书琴说珍珠粉是好东西，也许外婆的皮肤那么好真是与珍珠粉分不开。有时候外婆喝珍珠粉也会给李书琴喝一点，珍珠粉什么味道都没有，说咸不咸，说甜不甜，那气味，让人想到新刷的房子，就是那种气味。

李书琴低着头慢慢慢慢从礼堂东边的门走了出去。

虽然是冬天，阳光还是十分刺眼，白晃晃的。

因为学校里搞这样的展览，外面社会上的人也都来了，不少人正在从校门口那边往礼堂这边走，叽叽喳喳，显得都特别兴奋，像过节，又像是过年，或者还可以说是像在梦里，人们只有在梦里才可以这样毫没来由地兴奋和高兴，一切都像是很不真实，但一切又都不容人置疑地真实。从外边照到礼堂里的阳光中，灰尘在飞扬。学校的大礼堂和图书馆里没别的，就是灰尘多。

李书琴站在礼堂门口，一只手放在胸前，那地方"怦怦怦怦"乱跳，"要活下去就不能落在别人的后面，一定不能落在后面。"她听见自己在心里对自己说，但这又好像是王重生的声音，是王重生在对她说，这声音一旦在心里响起，她的身上忽然像是又有了力量，勇气也来了。

李书琴把身子又转了过去，昨晚她已经想好了，她要做给人们看,一定要做给人们看,为了孩子为了家庭。

再次进到礼堂里去的时候,李书琴的心里平静了许多,那个杨老师还在那里讲,额头上都是汗,喋喋不休。只不过是听他讲的人又换了一拨。学校也没请杨老师来给人们讲解,他不知怎么就自己当起讲解员来了,讲那个收音机的事,讲收音机里暗藏了一个电台的事,其实他什么也说不清,他甚至连什么是收音机里的二极管三极管都不知道。

李书琴往那边走,往那边走,一只手始终放在衣服口袋里,此刻她心里已经不那么慌了,镇定了。不但不慌,此刻的李书琴甚至急于想把人们的注意力都吸引到自己身上来,她走到了自己的旗袍前,但忽然又有些站不稳,但还是站稳了。

有几个学校的老师和同学正站在那里议论,也不知道他们正在议论什么?看见李书琴再次走过来他们忽然都停止了说话,都看着她,李书琴的脸色,说白不白说黄不黄,很不好看。

李书琴站住,一只手垂着,另一只手在衣服口袋里揣着,让那几个老师和同学感到吃惊的是她一下子从口袋里掏出一把小剪刀来,那是把英国牌子的手术剪子,也不知用了多少年,还那么锋利,就这把剪子,李书琴的爸爸用它剪过那种结实得不能再结实的钓鱼线,李书琴的哥哥用它剪薄铁片,不知怎么回事,家里的那么多值钱的东西都不见了,偏偏这把剪子还在。

李书琴站在自己的那件旗袍下边了,在那一刹间李书琴的心跳得很快,像是要从胸口跳出来了,就要跳出来了,她伸出一只手,手有点抖,但她还是拉起了旗袍的下摆,绷紧它,用力,再绷紧,再绷紧,另一只手里的剪子猛地朝绷紧的旗袍上一戳,"噗"的一声,又用力朝上一挑,"嗞"的一声,那旗袍的前襟已经被她一剪子划做两半。

"我要和以前告别!"李书琴开口说话了,但声音很小,而且颤抖。

李书琴忽然觉得自己这么说有些不够坚决。

"我要和以前决裂!"李书琴又大声说了一句。

但李书琴周围的人没有一点点反应,他们像是根本就没有听到李书琴在说什么,他们都吃惊地看着李书琴,像是在看什么怪物。

"坚决和以前决裂!"

这次是李书琴喊了起来,像是在带头喊口号,声音尖利却又十分无力,就好像有人把一件什么东西一下子抛起来,抛得很高,但落下来的时候却什么声音也没有,什么也没有,大礼堂静下来,人们都朝这边看。

这时旁边有人说话了,是校外来的人,皮肤很黑,眼睛很亮,这个人冷冷地说:"你们这个展览不算好,机车工厂那边搞得才好,那边有活人展览,二中的那个美术老师,那个资本家臭小姐站在桌子上让人们随便参观,一站就是半天,脖子上还挂着个大黑牌子,那才好看,那才是革命!革命不是请客吃饭!人家工厂可以去学校借一个资本家臭小姐去展览,让她挂个牌子站在那里一站半天,人家那才叫革命!革命不是请客吃饭!要搞活人展览!"这个人鄙视地看了一眼李书琴,转身走开了。

李书琴站在那里,努力不让自己出声,但眼泪却绝对止不住,她看看旁边不远处的那张桌子,再看看旁边的人,她的心里,在不寒而栗,她很怕有人一下子冲上来把她推到那张桌子上,让她弯

一粒微尘 199

下腰，把她当作展览品，拿活人展览的事她已经听人们说过了，现在社会上十分流行，她自己在心里想，如果那样，自己宁肯去死，死！一头从桌子上撞下来，去死。

4

接下来的日子里，李书琴的心情忽然又像是平静了许多，因为出了旗袍的事，她现在穿衣服要多朴素就有多朴素，在心里，她要争取和工农兵一个样。现在的李书琴，下面穿了一条布裤子，是那种到处可见的蓝布裤子，但她在裤子下边稍稍往里收了一下，裤脚也往上提了一点，所以穿出来的效果还是与众不同，这就有悖她的初衷，她用来配这条蓝布裤子的是一件灰色的上衣，这是用一件旧衣服改的，衣服原来的颜色是淡米黄色，染这件上衣的时候连她自己都拿不定主意，但她还是不敢把上衣染成军绿色，这件上衣领子稍稍比一般的领子大了一点，是个大三角，往下垂，再往下垂，这样一来，穿在身上脖子就显得像是比一般人的长，人就显得很挺拔，倒像是搞舞蹈的。这样的衣服穿在李书琴的身上，不但没把她的漂亮打了折扣，反而更突出了她的与众不同。但可以肯定的一点是这样的衣服不会引来什么非议，不会给李书琴带来什么麻烦。而且，李书琴在那次展览上的举动也得到了肯定。军宣队的郑连长在一次讲话中对学校搞的这次展览做了肯定，认为很好很及时，而且还特别提了一句，说"出身不好的教员也当场受到了深刻的教育，敢于和过去决裂，一剪子划到了灵魂深处，希望他们能够继续加强加快对自己的人生观改造，树立新的人生观和世界观，从精神上和肉体上彻底和过去划清界限。用革命的剪刀彻底剪断自己和过去的联系。把存在的问题向组织交代清楚,要看清形势,不要等着别人把问题揭发出来,那就被动,没罪也是有罪了。"郑连长很会讲话,既有肯定又有训诫,一分为二。

郑连长讲话的时候工宣队的王党生连连咳嗽了几声,一只手在掀动茶杯盖子,把它打开,盖上,再打开,再盖上,像是特别的不耐烦,又像是有什么话急着要说,但还是没有说出来。轮到王党生讲话的时候,王党生的一句话又让李书琴浑身发冷,就像是一下子掉到了冰窖里。

"我们不会只看表面,表面文章谁都会做,我们要看谁敢于触及灵魂,在灵魂深处爆发革命。"

王党生这句话说得特别铿锵有力,这句话就好像是专门针对李书琴说的。

李书琴坐在下边,手攥得越来越紧,指甲都要抠到手里去了。

"再进一步,要触及灵魂。"李书琴在心里对自己说。这时旁边的人突然轻轻推了她一下,是音乐老师贺北芳。

"干什么?你掐疼我了。"贺北芳小声说。

李书琴这才知道自己是抓着贺老师的手。

"我也要向组织交代。"李书琴对贺北芳小声说。

"有问题就交代吧,早交代比晚交代好。"贺北芳说。

"我要交代。"李书琴又说。

"小点声。"贺北芳说。

"我一定要交代。"李书琴又说了一句。

在学校里,李书琴和贺北芳的关系最要好,因为李书琴喜欢音

一粒微尘 201

乐，贺老师又是教音乐的，因为教音乐，贺老师的嗓子就总是沙哑的，又因为她是教音乐的，所以学校里的宣传队排节目就总离不开她。贺老师的丈夫在北京工作，她和她丈夫长年过着分居两地的生活。但贺老师的性格特别开朗，学校领导和同学们也都特别欣赏她，有时候学校排节目她会上一个节目，就是自拉自唱，她唱歌的时候也穿着一件旗袍，紫丝绒的，胸前用金黄色的亮片盘着一朵菊花，虽然她也穿旗袍，但就是没人说她穿旗袍的事，李书琴明白，自己是受了出身的连累，自己要是出身好，穿什么都不会有人说三道四。

"有问题就交代，有包袱就甩掉。"贺北芳小声对李书琴说。

"我肯定要向组织交代。"李书琴说这一次已经想好了，也下定了决心，要把藏在心里很久的那件事向组织交代出来。

"大贺。"李书琴小声喊了一声贺北芳。

"什么？"贺北芳说。

李书琴的手又伸过来，抓紧了贺北芳的手。

贺老师掉过脸，李书琴的脸通红通红的，贺北芳不知道李书琴要向组织交代什么问题。但没问。她知道这种事最好是不要问。军宣队的郑连长还在上边继续讲话，但他再讲什么，李书琴都听不进去了，李书琴觉得自己甚至都有一种冲动，浑身在颤抖，她怕自己会控制不住一下子冲到台上去，把自己的事情当着大家面讲出来。她的那件事，如果不讲，谁也不会知道，连王重生也不会知道，但李书琴决定了，要讲出来，一定要讲出来。她要找时间去找郑连长把自己的事情交代出来，只有把那件事讲出来，才可以表明一个人对组织是一片真心。

"是时候了。"李书琴对自己说，她再一次抓住了贺老师的手。

"你的手在抖。"贺老师小声说。

"是时候了。"李书琴再一次在心里对自己说,手抖得更厉害了。

"你到底怎么啦?"贺老师说,推推她。

李书琴浑身都在抖,好在,会这时候散了,人们纷纷站起来,一阵椅子响,不知是谁的茶缸盖子掉在了地上,叮叮当当。

"大贺。"往外走的时候,李书琴忽然又一把拉住了贺北芳。这时候人们差不多快走光了。李书琴对贺北芳说,"我刚才真想一下子冲到台上去,真想,我差点控制不住自己。"

"出身不好的人学校里又不是你一个,出身是出身,表现是表现。"贺北芳小声说,"你刚才手抖得真厉害。"

"我交代出来就好了,我差点控制不住。"李书琴又说。

贺北芳看着李书琴,她有点被李书琴的神情吓着了,不知道她到底要交代什么?贺北芳想象不出李书琴会有什么事。她总不会是美蒋特务吧?还能有什么事呢?

"你除了出身不好还能有什么事?"贺北芳说。

李书琴看了一下贺北芳,眼神忽然亮得有些怕人。

"我还是先向军代表交代吧。"李书琴说。

"也好。"贺北芳说,一转身走开了,把李书琴一个人留在那里。

贺北芳还有事,要去给学生们排节目。最近很流行的一个舞蹈,是西藏舞《北京的金山上》,这个舞蹈,在每一段结束的地方节奏都格外的铿锵有力,加上演员们的甩胳膊跺脚,让人感觉连空气都在一勃一勃。由于大礼堂太冷,宣传队只好在教室里排练,是八男八女,都穿着藏服,亮闪闪的很好看,八个人一起跳,男的一

一粒微尘　203

排，女的一排，或者穿插，或者绕圈，把长袖子整齐划一地甩得很高，每跳到一段快结束的时候，都会传出很亮很整齐的"嗵嗵"声，紧接着是一声"巴扎嘿！"

李书琴站着没动，很快，偌大的礼堂就剩下了她一个人，她站了好一会儿，才慢慢坐下来，她想一个人静静地坐坐，外面是学生们的喧闹声，礼堂里倒很静，但就是冷。天慢慢一点一点黑下来。暗中，李书琴抬起双手捂住了自己的脸，不知过了多长时间，有人来关礼堂的门，发现里边有人，"喂"了一声，又大喊了一声，李书琴这才慌慌张张站了起来，跌跌撞撞从礼堂里走出去。

"是李老师吗？我还以为是哪个学生。"

是门房老黄，因为出身不好，也已经被批斗过了几回。

"请李老师原谅我大呼小叫。"门房老黄又说，但老黄马上又说了一句话，这句话真是顶顶苛毒，让李书琴感觉心里像是被刀猛地扎了一下。

"你的出身比我还坏，我为什么要你原谅！他妈的！"门房老黄说。

李书琴愣在那里，一时说不出话，门房老黄怎么会这样对自己说话。

"他妈的，你比我还要臭！"门房老黄又说。

5

李书琴这天回晚了，街道上的落叶"哗啦哗啦"响。

李书琴的脸色很难看，像是得了什么病。王重生已经给两个孩子吃过了饭,但他自己还没吃,他坐在那里背字典,他等着李书琴回来一起吃。孩子们吃的是白面面条,放一颗鸡蛋在里边,王重生和李书琴吃的是用玉米面和白面蒸的卷子,一层白一层黄,菜是炒山药丝,里边放了不少红红的辣子,还有一个黄黄的腌萝卜条,是秋天的时候李书琴自己腌的,把萝卜用盐揉了再晒,晒了再揉,然后放在拌了盐的糠里捂着,这种萝卜条又脆又好吃。萝卜条里边也是红红的辣子,这两个菜李书琴平时很喜欢吃,但她此刻却没有一点胃口,嘴里是苦的,她喝了杯水,水好像也是苦的。

王重生对李书琴说:"你脸色不太对。"

李书琴没说话,伸出筷子,才吃两口,她就不吃了,她站起来,走到缝纫机旁边,慢慢坐下来,她很难过,她很想哭,连门房老黄都敢那样对自己说话,以后的日子想必会更加难过。但她知道自己不能哭,那样一来王重生会更担心。她已经想好了,自从那件旗袍被拿去展览之后,她决定要把所有的衣服都改一下,也算是与过去决裂,时代变了,一切也都要跟着变。她把要改的衣服都取了出来,其中有一件是灰颜色的半大衣,她想把它改成女军人穿的那种翻领,然后再染一下,不妨就染成军绿的颜色,这件衣服是母亲留给她的,反正也穿不出去了。

因为刚刚吃完饭,两个孩子在屋里跑来跑去。

李书琴开始做她的事,缝纫机"哗啦哗啦"响。

王重生端来一杯水,轻轻放在缝纫机上。王重生端水过来的时候李书琴心里猛地动了一下,她觉得时候是不是到了,她看了一眼王重生,心不由得"怦怦"乱跳起来,她想应该把那件事先对他说一下,那件事,迟早要说的,反正自己就要向军宣队去说了,这件事压在她的心上让她喘不过气来,这件事不是一天两天,都快十年了,李书琴从来都没有想过它,但最近她忽然想起它了,这件事让她心里是那么慌,又是那么兴奋,社会上和学校里边,不知道有多少人在纷纷向党交心,把埋在心里最不可告人的事都像倒垃圾一样讲了出来,那是对党的忠诚,也是改造世界观的表现。

李书琴看着王重生,觉得时候到了,她想对王重生把这件事讲出来。她停下手里的活儿,把身子稍微转了一下,看定了王重生。

"我爸爸可能是癌。"王重生却已经挨着她坐下来,突然小声说。

李书琴吓了一跳,要说的话已经到了嘴边,却不得不改口。

"什么时候?"李书琴问。

"今天来信了。"王重生说。

"还是这地方?"李书琴指了指自己的喉咙。

"是,可能是食道癌。"王重生说。

李书琴张张嘴,想了好久要说的话不得不又咽了回去,王重生的父亲病好久了,一开始总是说嗓子疼,到了后来咽不下东西,最近又厉害了。

"怎么会是癌?"李书琴对王重生说,声音很低,又像是自言自语。

王重生说他已经打听到了一个偏方,是用核桃枝煮鸡蛋,据说可以治癌症,已经托人去找核桃枝了,因为他们这个地方没有核桃树,王重生对李书琴说他带的那个班上一个学生的家长说过几天会从南边把核桃枝送过来。

"过两天我可能要回去一下,我不在的时候有什么事你不要着急,要沉住气。"王重生说。

李书琴把身子挺了一下,长出一口气,用手把脸用力捂了一下,又长出了一口气,整整一下午,她已经想好了,也鼓足了勇气,但此刻她忽然一下子就没了勇气,她端起那杯水大口大口喝了起来。

"慢点喝。"王重生说。

"噎死算了。"李书琴说。

"看你说的。"王重生说。

李书琴想把门房老黄刚才对自己那样说话的事跟王重生说说,但想想还是没说。

"明天我还得去买个温度计。"王重生又说。

李书琴知道,家里的那个温度计早就坏了,是应该买一个了。两个人不再说话,外边远远的有锣鼓声,屋里只是静,这时候灶台那边的水盆里忽然"哗啦"的一声,把李书琴吓了一跳,忙朝那边看了一眼。

"下午侯捍东来了。"王重生说,说侯捍东下午刚从水库那边宣讲回来,这两条鱼是他送的,侯捍东是王重生的大学同学,原来的名字是叫侯福寿,去年刚把名字改了过来,他对几乎是所有的熟人和朋友说原来那个名字是四旧,难听死了,从今往后谁也不许再叫那个名字,谁叫就和谁翻脸,只能叫他侯捍东,但"侯"字和"捍东"两个字加在一起很绕口,所以人们都叫他捍东,新入学的学生弄不清是怎么回事,还又叫他"捍老师"。"百家姓里边有姓捍的吗?妈的。"侯捍东那天对王重生说,说《百家姓》不能算是四旧吧?倒是应该让学生们学学《百家姓》。侯捍东大学毕业后直

一粒微尘 **207**

接被分配到学校里去教书,正好和李书琴在一个学校。

王重生叹了口气,说鱼再大一点就好了,可惜太小,只好熬鱼汤给两个孩子吃。王重生又说了一遍,"鱼太小了,要是大鱼就好了。"

王重生想说什么,李书琴好像已经明白了。

"得了那个病,吃什么恐怕都不香了。"王重生又说。

李书琴一时不知道说什么好,心里更乱了,她一下一下把线头从衣服上揪下去,每一下都很用力,那些线头像是和她有仇,就这样,她改衣服直到深夜,不说话,身子伏在那里,头上的十五瓦灯泡说亮不亮,说不亮又亮。

李书琴有心事,不想多说话,王重生也不再说,他一直坐在李书琴旁边看他那本小字典,专门查生僻字,查一个记一个,也直到深夜,实际上他是记一个马上就忘掉一个,什么也没有看进去,眼睛红红的。再到后来,他不看了,打了盆洗脚水,自己先洗,再打一盆让李书琴洗,然后出去解了个小手,因为天气冷,他把小便撒在门外的一个桶里,桶里的水已经结了冰,声音很响。有什么飞起来又落下,是纷纷的落叶。天上的星星很亮,闪闪烁烁,北斗星的柄子已经快移到东边了。

王重生仰着脸看了一会儿星星,找到了猎户星座。他认识猎户星座还是父亲教的,父亲认识不少星座,父亲说过他年轻的时候很想当一个天文学家,但小门小户人家怎么可能,连一般的小望远镜都买不起。

"家里就剩下三十多块钱了。"从外边回来,王重生忧心忡忡地对李书琴说。

"你先都拿去,马上要开工资了。"李书琴说。

"工厂那边据说会派人陪我爸爸去北京再看一次。"停了一会儿,王重生又叹了口气,说,"怎么也得凑个五十吧,三十元也太少了。"

李书琴仰起脸,看着王重生:"不行我明天先从大贺那边借二十。"

这时外边屋里"哗啦"一声,是盆里的一条鱼跳了出来。

李书琴站起身去了外屋,地上的那条鱼在拼命地蹦,嘴一张一张。李书琴蹲下来,看着那条可怜的鱼,觉得王重生的父亲可能现在就是这个样子了,李书琴心里很难受,癌症就是死刑,人与人的生死分离真是简单,说分就分,王重生的父母对李书琴很好,就像对自己的女儿一个样,他们几乎每年都要过来住几天,总是要带两大瓶他们自己腌的剁椒。剁椒里边的那种小鱼其实最好吃,李书琴总是挑这种小鱼吃,到了后来,王重生几乎不动那小鱼,只吃剁椒,小鱼都留给李书琴。李书琴几乎想不出王重生的父亲穿过别的什么衣服,他总是穿着工作服,那种灰蓝色的布,很粗,但又比帆布薄一些,这种布料洗的时候会变得很硬,几乎都没法子揉搓,有一次王重生的母亲看到李书琴在洗那件工作服,就说他们厂里的工人洗这种衣服都得去厂子外边的河里去,要把衣服用一块大石头压在水里泡老半天,人先去游泳,游完再回来洗衣服,不是洗,是用脚踩,在河边找块大石头,把衣服放在上边不停地踩,只有这样,这种帆布工作服才能洗干净。

"女人是洗不动这种衣服的。"王重生的母亲对李书琴说。

李书琴想好了,明天也许会向大贺多借几十块,一定要给王重生的父亲做件好一点的衣服,她已经想好了,就买那种灰色的的卡

一粒微尘　209

布，现在人们都喜欢穿那种的卡料子的衣服，又朴素，又挺括，还有有机玻璃的扣子。李书琴把那条鱼重新放回到盆里，找了个盖子把盆子盖好，洗了手，然后躺到床上去。

"多在家里陪你爸几天吧。"李书琴把身子侧了过来。

王重生一动不动地躺着，从侧面看，他的鼻梁很高。

"工作调动的事好像那边已经同意了。"王重生说。

李书琴愣了一下，在暗里"嗯"了一声，这事已经有好几年了，王重生的父亲在那边一直忙，东找人西找人，把人几乎都找遍了，他的理由是自己和老伴儿的岁数越来越大，三个儿子都不在身边，"怎么也得有一个在身边啊。"王重生的父亲见人就这么说。其实他心里真正想要做的就是两个孙子怎么也得回到重庆来，儿子回来不回来倒在其次，人老了，心都在孙子身上。李书琴有李书琴的打算，她也已经想好，王重生回家的时候她就去找郑连长，把自己的那件事和盘托出，彻底向组织交代。现在的形势就这样，出身不好的人连猪狗都不如，一出门就被叫作狗崽子，现在不交代，如果这事被那边交代出来再追查到这边麻烦就大了，那边，那边那个人现在在什么地方？这连李书琴自己都不知道，但这块心病让李书琴受不了，只有把它交代出去，自己才可以解脱，她在暗里把手伸过去，将王重生紧紧抱住。

"要来吗？"王重生小声说。

"不。"李书琴把王重生抱得更紧。

"那就睡吧。"王重生说。

"睡吧。"李书琴说。

不一会儿，王重生响起了鼾声，睡着之前，他又背了几个字典上的生僻字，而李书琴还大睁着眼睛，却怎么也睡不着。

6

天一天比一天冷，若按照常规学校也快要放寒假了，但现在学校里讨论的一件事是今年到底要不要放假，许多地方的学校都传出了风，要停课不离校，继续革命不松劲把大好形势推进到一个更好的阶段，虽然有这样的说法，但放不放假还没有定，其实学校的梅校长已经和军宣队、工宣队探讨过这个问题了，但郑连长拿不出什么合适的意见，说等等看，看看别处是怎么搞。梅校长又去和工宣队商量，工宣队王党生对梅校长有什么事总是先去找军宣队很有看法，他坐在那里，不看梅校长，只顾翻报纸，老半天才说你既然找过军宣队，就请他们定好了。停了好一会儿才又说了一句话，这句话就重了，有了分量。

王党生对梅校长说："但请你不要忘了'工农兵'这三个字是怎么排的，工人阶级永远是排在第一位，然后才是贫下中农，最后才是他们当兵的。"

王党生这么一说梅校长就有些下不了台，满脸都是尴尬。

王党生也不愿把事情搞僵，两只手把报纸翻得"哗啦哗啦"响，其实这张报纸他连一个字也没有看进去，好一阵子，才又开了口，说离放假还有一段时间，先等等看吧，反正现在要把破四旧放在具体行动上，年是不能再过了，因为过年过节是最大的四旧，一定要破掉。又说，上边已经决定了，过年一是不能像过去那样贴对联，二是不能放鞭炮，但学生们排练的节目还是要演，而且要搞几次巡回演出，先去工厂，再去农村，去慰问演出，有时间的话还要去一下部队。

"当兵的也很苦，我们也要去慰问一下他们。"王党生说，是领导的口气，是居高临下，这也是王党生的不成熟，要是郑连长，就不会这样说话。

因为工宣队和军宣队都是这个意见，所以这几天贺北芳特别忙，那个杨老师居然会打洋琴，也主动加入到排练中来，贺北芳听人们说杨老师家里还有一架外国钢琴，在以前，杨老师是天天都要弹一个小时的，肖邦和施特劳斯，但现在他不再弹。贺北芳还听人们说过就这个杨老师为这件事还特别请示了军宣队和工宣队，问用不用把那架钢琴也拉到学校来也展览一下，因为那架钢琴确确实实是封资修的东西，是一架瑞士大钢琴，坐船从海那边运过来的，四条腿上的卡锁都是镀金的，18K，原来是教堂的财产，后来不知怎就流落到了旧货市场，再后来又到了杨老师的家。这架钢琴的琴键上都镶着七彩螺钿，真是漂亮，音色也好。杨老师请示怎么处理这架钢琴，是不是也要拉到学校里来，但此事后来也只好作罢，因为要想把那架钢琴运到学校的礼堂必须要有一辆车。

郑连长挥挥手说："那种洋玩意肯定属于封资修，不过只要你不弹它就行，到需要它的时候再说。"

杨老师也做了一个动作，把手举到半空，嘴半张着，"要不我就砸了它？"

郑连长想想，把手摆摆，说："那又何必，古为今用，洋为中用。"

这时候，站在一边的工宣队王党生突然说了话，他看了一眼郑连长，说，"封资修的东西就是封资修的东西，还是彻底砸烂的好，我们中国有我们自己的钢琴，我们要用我们自己的乐器演奏我们时代的最强音。"

王党生这么一说，郑连长就笑笑，但没接这个话茬，郑连长的修养就在这里，从来不急，做什么都要想好了再说再做。而杨老师就不知所措了，看看郑连长，再看看王党生，一时不知该怎么好了，说实在的，他在心里根本就不想把那架钢琴砸坏，但既然是王党生这么说，不砸不好，砸了又让人心疼。但这时候郑连长又说了话，说我们中国有我们自己的造船厂，但我们该向外国买船还是买，我们用外国的船运我们自己的货。郑连长这么一说，王党生就对答不上来了，忽然不知该说什么了，多少有些尴尬。

"先放着，到时候再说，钢琴是乐器，你可以用它弹《东方红》。"郑连长接着又说。到时候？到什么时候？郑连长没说，但这也算是一锤定音，那架钢琴不用砸了。郑连长说话办事总是能把主动权紧紧抓在自己的手里。

郑连长说这话的时候李书琴正站在旁边，她在心里是特别地佩服这个郑连长，有魄力，果断，看人，说话，摆手的样子都很气派。最近，李书琴在心里总是拿郑连长和王重生比，有一个声音在她心里说，要是郑连长是王重生就好了，要是郑连长是王重生就好了。李书琴忽然又在心里觉得有些对不起王重生。

7

郑连长名叫郑铭雄，是河南开封那边的人，一般人都看不出他

一粒微尘　213

是快四十岁的人,他看上去要比他本来的岁数老得多,他原来的性格可不是这样,从小特别爱动,他父亲虽然是乡下人,却读过不少书,但也只不过是《三国演义》《水浒》《三侠五义》这样的书,但这就足够了,这样的书给了他很多想法和智慧。郑连长的父亲对郑连长说:"你看看哪个成大事的人会整天蹦蹦跳跳像个孩子?你要稳重再稳重,你看古来多少人的官运不出在'稳重'二字上。"

郑连长记住了父亲的话,到了后来,他甚至连走路都永远是不快不慢,虽然走得有精神,胳膊甩得开,步子迈得十分坚定,但节奏永远是不慌不忙。说话也是这样,从来都不急,能静静地听别人把话讲完,他有这个本事,会等你一直讲一直讲,把要讲的话都讲完他还不开口,他不开口别人就心慌,就会接着再讲,讲到什么话都没有的时候心里就更没底,有时候会有的也讲没的也讲。也就是在这种时候郑连长才会突然袭击,抓住对方的要害。所以郑连长在部队是出了名的会做思想工作的人。说来也奇怪,人们也愿意跟他交心,因为他总是在那里听,一般不轻易表态,一旦表了态,事情就会按着他的主意办了。因为他肯听,自然让人觉得他是一个可以亲近的人,而实际上不是这样,他的肯听只是在静静地分析对方的弱点和可以一举击破的地方。

郑连长的媳妇刘秋香是乡下人,也是好角色,是村里出了名的摘花能手,摘花就是摘棉花,别人一天摘十斤,那她肯定会摘出十二斤或十三斤,这就怪了,人们看她表演,她那两只手真是让人眼花缭乱。郑连长的父亲就是看中了这一点,一定要把她弄成自家的媳妇,郑连长的父亲虽是乡下人,但做事特别不一样,他是自己去对人家说,赶了一头刚出栏的小花猪,那时候村里还允许人们养猪。郑连长的父亲其实不认识那家人，但他想办法打听到了，这个也好打听，只要一说摘花能手刘秋香，周围村子没人不会不认识。

郑连长的父亲去登门了，他也不拐弯抹角，他还带着郑连长的照片，郑连长的人样可以说长得很好，只要你仔细看，是有棱有角，方额高鼻梁。村里人哪里见过这样的事情，从来都没有家长亲自登门说这个事的，这可见男方的诚意，结果是那头小猪被留了下来，婚事也说成了。郑连长是先结婚后入伍，这种事在那时候不稀奇。

结婚入洞房的那天晚上，郑连长并没有急吼吼地先把那事做了，而是把媳妇的两只手一点一点仔细看过，媳妇的手并不好看，几乎都变了形，摘花摘的，尤其是两个食指，都像一个钩，朝里边弯着，看完手指，然后，郑连长才和媳妇做事，一开始，是郑连长先亲了这两个手指，然后才慢慢深入，他是无师自通，从手指到胸脯再一路下来，然后是，先来了一次，马上就不行了，但几乎是没有停下来，马上又接着来了第二次，这次很成功，紧接着他又来了第三次第四次，那时候他才十七周岁，一直到天亮。

天快亮的时候，郑连长听见父亲在窗外狠狠清了一下嗓子，说："铭雄你也够了，吃多了小心消化不了。"

郑连长是个听话的孩子，他对媳妇小声笑着说："我今天可算是吃饱了。"

到了后来，每逢做那事，他媳妇总是跟他开玩笑，说："你吃饱没吃饱？"

郑连长到了部队后，每次探亲回家，他会别的什么也不做，一进门就先吃，他媳妇自然给他吃，院门关了，屋门关了，窗上却没有窗帘，农村都这样，但谁会来看呢？谁也不会，郑连长也真是饿

一粒微尘　　215

坏了,有时候连衣服都来不及脱就开始吃。

"吃一下,吃一下,快给我吃一下,我可饿坏了。"他这么对媳妇说。

"来,给你吃。"媳妇也是这样说,说你总是说吃吃吃,吃东西要靠嘴,别人的嘴是那个样,你们的嘴倒是这个样,到底是你吃我还是我吃你?

郑连长一想,觉得还是自己媳妇说得对,到后来就改了口,说:"来,摘花能手,你来吃我吧。"

"我当然要吃你,我摘花摘累了,饿了。"郑连长的媳妇说。

"你看看你,你一口就把我全吃进去了。"郑连长说。

"你也刚够我一口。"郑连长的媳妇笑着说。

这话都是郑连长媳妇到部队探亲的时候人们听房听到的,后来战友们总是嘻嘻哈哈跟他们的郑连长开玩笑,说,"嫂子可真能吃,一口就把你吃掉了。"

郑连长很少跟战友们开这种玩笑,脸马上就红了,但他认为这样子可太不庄重,他就很严肃地说:"瞎说什么,你嫂子那天是赶路饿了,是吃炸果子。"

部队里战友之间哪有不开玩笑的,大家伙去洗澡,战友们会对郑连长说,"好家伙,连长的炸果子可真不小,一顿吃不了,两顿差不多。"

郑连长假装没听懂,说,"澡堂里哪有什么炸果子。"

郑连长很认真的这么一说人们就都觉得没趣了,后来人们就很少跟郑连长开这种玩笑了。一般来说,头一次看到郑连长的人都觉得他看上去要比实际岁数大得多,但他那张脸只要细看,看进去,才会让人觉得这个郑连长实际上很有看头,不单单是肩宽,腰细,挺拔,是既有肉又有骨架。

8

李书琴站到了郑连长的办公室门口,心在"怦怦"乱跳。

李书琴把手放在胸前,其实这又有什么用,没一点用,胸是胸,手是手,谁也不会听谁的,胸口还是"怦怦怦怦"乱跳。她的脚步很轻很轻,但她不敢贸然就进去。李书琴想好了,白天人多眼多自己不好来,所以她晚上来了,郑连长的屋里亮着灯,这说明他在,为了证实郑连长是不是一个人在办公室,李书琴先去了一下郑连长办公室对面的那个水泥花池,站在冰凉的花池上可以看到郑连长一个人背着身子在门那边做什么,好像是在洗什么东西,"洗手?还是洗什么?"李书琴在心里想,要是自己能替他洗东西就好了,这个想法说是想法也许不对,也许应该说是一种冲动。

王重生已经带着两个孩子回了重庆,每年过年他们都要回重庆去过,只不过今年早一些,他背着好大一捆核桃枝,简直像个樵夫,那些核桃枝都给折成一样长短的一截一截,李书琴已经把王重生父亲的衣服做好了,让王重生也带了回去。王重生不在,学校晚上人又不多,可以说几乎是没人,李书琴认为这是个机会,这个机会说难得也难得,说不难得也不难得,这个机会,不是时候问题,而是自己的心情问题,李书琴觉得时候到了,自己一旦把那件事交代出来,就等于自己把自己从长期以来的禁闭中解放了出来。李书琴也想过,如果自己不交代,而那个人把事在那边交代了出来,事情便会是另一种性质。

"首先要彻底解放自己才可以跟过去划清界限。"李书琴一次次地在心里对自己说,要自己坚定,要自己不怕。她感觉到自己现在已经变成了两个人,一个在井里,快掉下去了,一个在井外,要把快掉到井里的那个自己拉上来。

走廊里很暗,李书琴脚步很轻,是一步一步挨到了郑连长的办公室门前,因为是晚上,走廊另一头还有两间屋的灯亮着,李书琴站在了郑连长的办公室门外,心"怦怦怦怦"像是要从怀里一下子蹦出来,而且,李书琴忽然又觉得口渴,像是从来都没这么渴过,舌头都好像要粘在口腔上了,她吞咽着,其实她的嘴里什么也没有,她的一只手放在自己的胸口上,手上的一个手指缠着纱布,那天给王重生的父亲做衣服她不小心伤着了手,用剪子挑线,却一下子挑在手上。

走廊那边,忽然有了动静,不知什么人从外面走了进来,说笑着。李书琴吓了一大跳,紧走几步从郑连长的门口走开了,因为郑连长的办公室紧靠着走廊门,她一下就从走廊门走了出去,她在外面待了一小会儿,再次走回来的时候李书琴觉得自己是豁出去了,李书琴让自己不豁出去也得豁出去,李书琴不再犹豫,她走过去,走过去,站在郑连长的门口了。

李书琴抬起手来,她让自己不要慌,要果断,她在郑连长的门上重重敲了两下,一下两下,"啪啪",很响亮。这是她自己给了自己勇气,如果再一犹豫,也许她都不敢再走近这个门。

郑连长办公室的门打开了,光线一下子从屋里扑了出来,白亮亮的一大块。李书琴就站在这白亮亮的一大块里,但她的脸比那一大块还要白。

"是你。"郑连长朝外看了看,以为李老师的后面还会有别人。

"郑连长。"李书琴叫了一声,声音在颤。

"进来吧。"郑连长说,他也习惯了,因为总是有人来找他,不是白天就是晚上,那个前些日子从烟囱跳下来的张老师,在跳烟囱的前一天也找过他。张老师神情十分紧张地对郑连长说自己不是日本特务,自己怎么会是日本特务呢?收音机就是收音机怎么会是发报机呢?那天郑连长没有让张老师进办公室,他很简短地对张老师说,是不是特务你自己清楚,组织也要慢慢调查掌握情况。郑连长不好多说什么,然后就把门当着张老师的面关上了,把张老师一下子给关在门外,在那一瞬间,郑连长看到张老师的那一张惊慌的脸。郑连长只好这么做。想不到第二天就出了跳烟囱的事。

"郑连长。"一进郑连长的办公室,李书琴突然又慌了,她这个慌是心情慌乱,不知道怎么开始说话,不知道从何说起。刚才郑连长是在洗袜子,这被李书琴一下就看在眼里,洗脸盆架子就在门背后,里边是袜子还有别的什么,郑连长正在洗这些东西。

"你坐吧。"郑连长把手擦了一下。

"我是有罪的人。"李书琴找到话了,也激动起来,眼里也有了泪。

"你怎么有罪?"郑连长看着李书琴。

说实在的,李书琴无论从个头到长相都十分出众,虽然三十多了,但还是非常吸引人,人漂亮,气质也好。人们都说李书琴长得像王丹凤,其实王丹凤也未必能比得过她。

"坐吧坐吧。"郑连长又说了一句,因为他自己已经坐了下来,如果李书琴不坐他倒觉得别扭了。

"我真是有罪的人。"李书琴又说,往前靠了一下。

"你只不过是出身不好,出身没办法选择,但走什么路还是可以选择的。"郑连长又指示了一下,"你坐。"

李书琴退了几步,在靠门这边的椅子上坐了下来,心里也不那么慌了,说话也顺了,李书琴说她这是第三次来。

"一连三次了。"

"你说什么一连三次?"郑连长用手摸了一下烟盒,里边还有两三支。

李书琴说她一连来了三天,都只是在门外走来走去不敢进来。

"那怕什么,我又不吃人。"郑连长开了句玩笑。

"我想好久了,"李书琴说自己这也是落后了,学校里其实许多人都已经向组织交心了,说这话时,李书琴的心又"怦怦怦怦"跳了起来,她在心里对自己说:"快说出来快说出来,说出来就没事了,快说。"

李书琴看着郑连长,希望郑连长能把自己的话接下来,希望他问。

郑连长也看着李书琴,却不再说话,像往常一样不说一个字,他严肃起来,看着李书琴,等着她把要说的话或什么事说出来,以他的经验,这些人找组织交心也不过谈些家庭出身的问题,当然还要表态,比如要和家庭决裂,比如要和父母划清界限。这种事,好像已经变成了一种程序。连郑连长都有点听腻了,但郑连长的功夫就在于听腻了也会静静地听。他看着李书琴,以他的习惯,李书琴只要不把话说完说透他是不会开口的。

郑连长的不动声色让李书琴有些慌张,但她一开口,该慌张的就不是她而是郑连长了。李书琴开口讲话的时候郑连长在心里忽然想起一个电影演员,而且他一下子就把这个电影演员的名字也给想起来了,王丹凤,是的,李书琴长得很像王丹凤。

"郑连长,这件事我放在心里有很多年了。"

李书琴觉得自己好像是要哭了,她想让郑连长把话接过去,这样一来话就好往下说了,但她错了,郑连长的秘密武器就是不开口,这样一来对方多多少少就会不安会慌,会在慌乱和不安中把话都老老实实讲出来。

"郑连长,我那时候才十九岁。"李书琴看着郑连长,又说,再次希望他把话接下去,但郑连长看着她,还是没有说出一个字,嘴抿得很严,郑连长的嘴唇可以说得上是性感,也好看,线条很分明,这真是一个猛看会被忽略而越看越有味道的男人。

"郑连长。"李书琴又叫了一声,看着郑连长,这是她第一次挨这么近看着王重生之外的另一个男人,当然还有那个小裁缝。郑连长还是不说话,但他忽然觉得这次谈话也许会有新的内容,这也只是一种直觉,但他这种直觉对了,接下来,李书琴又重复了一下刚才的话,说她那时候才十九岁啊。

"那时候我才十九岁。"李书琴忽然又口渴得很,她舔了一下嘴唇。郑连长动了一下,"是",把烟灰磕了一下。郑连长此刻在心里已经确定这是一次不同于一般的谈话了,这个向组织交心有意思了。因为已经有两道眼泪顺着李书琴的眼睛流了下来,但是,郑连长还是不吭一声,直到李书琴哽咽出声,泪流满面。

一粒微尘　221

"我那时候不懂事,在作风上出了问题,跟一个男人生过一个私孩子。"李书琴觉得自己就要喘不过气来了,就要晕倒了,但她终于还是把要说的话说了出来,此话一出口,奇怪的是,嘴一下子也不干了也不渴了也喘过气来了。

话既说了出来,李书琴看着郑连长。

郑连长大吃了一惊,眼睛大了,嘴也张开了,手也悬在半空,他原来是想伸出手拿那个杯子,他根本就不会想到李书琴会把这种私事谈出来,这种事情,一般不会有人自己把它抖出来,这简直是让人防不住,而且,坐在对面的李书琴的泪水流得更厉害了。接下来,按照常规,应该是郑连长开口的时候了,哪怕是劝李书琴一下,让她不要哭。郑连长还是不说话,他不是不说话,他是不知道该怎么说了,他的语言系统也出问题了。

"我在作风上出了这种问题,对不起人民。"李书琴说。

"这事和人民有什么关系?"郑连长在心里说,但他嘴上还是不说话,他站起身,往门那边走过去,把门打开了一条缝,这样如果有人从外边进来就不会往别处去想。

"我千不该万不该。"李书琴继续说她的话,"千不该万不该和那个人生了个私孩子。"

李书琴这么一说,郑连长就更想不起自己该说什么了,这是什么性质,是敌我矛盾?不是。是作风问题?也可以说是,但这是李书琴二十多岁时候的事,显然与现在没什么关系,郑连长头一次脑袋有些发蒙。郑连长想到外边抽支烟,想把问题厘清再说,李书琴交代的事情实在是太特殊了。

郑连长站了起来,点了一支烟,举着,神情很庄重,又很不知所措，这在郑连长是很少有的事，他出去了，他要在外边抽支烟，他不能让自己当着李书琴的面说不出话来，不开口是有底线的，当别人把问题都讲清讲完的时候就必须要说话了。

郑连长从自己的办公室走了出去，当他抽完一支烟回来的时候大吃了一惊。李书琴正站在门后给他洗盆里的东西，一边流泪一边洗，盆子里是两双袜子和一条内裤。李书琴也没想到盆子里边还会有一条军绿色的内裤。

"可不能。"郑连长马上说。

李书琴并没有停下手来。

"这可不能。"郑连长又说，用脚朝后一勾把门带上了，他脸红了，而且几乎是有些失态，男人的内裤能让除自己女人以外的女人接触吗？郑连长真是蒙了。他连说了几个不能，李书琴还在那里洗，闷着头洗。

"放下放下。"郑连长站在李书琴身边说。

李书琴搓完那两双袜子了，正在搓那条军绿色的内裤。

"唉，我命令你放下。"郑连长貌似很严厉地说，但声音很小，像是一下子没了底气，那声音，完全像是对自己家人说话的腔调了。

"我也不愿意让自己出生在那样的家庭，我也不想跟那个人生孩子。"

让郑连长大吃一惊的是李书琴这时突然回过身来，一下子拦腰把他抱住了，李书琴的两只手上都是水。接下来，跟一切传说，一切小说和一切电影都不一样，两个人忽然都不动了，门已经在他们身后关上了，郑连长已经感觉出来了，自己身体的某一个部位在反

一粒微尘 223

抗自己，但他的脑子还清楚，郑连长用双手把李书琴死死抱住自己的双手用劲掰开，郑连长这回说话的声音更低，甚至有些抖，郑连长说：

"你放开，你只要放开，你要是不放开我就不答应了。"

李书琴能感到郑连长的身子在一紧一紧，她又往紧了抱了抱。

"放开放开。"郑连长用更小的声音说。接下来，出乎郑连长的意料之外，李书琴把手放开了。

郑连长马上转过身去，再次把门打开一条缝，心里好一阵"怦怦"乱跳。

李书琴突然哭了起来，她说了一句话，让郑连长一时不知道说什么好。"我当年要是能嫁你这样一个人就好了。"李书琴说。

郑连长朝外边看看，做了一个手势，意思是不让李书琴接着把话说下去，但他还是没说话，也没接着细问李书琴的事，也没再让李书琴把她的故事讲下去，他要李书琴不要哭，他让李书琴马上先回去，他走到椅子边坐下来，坐下来之后就一直没有站起来，此刻他根本就站不起来了，除了自己女人，他没接近过第二个女人，这对他的刺激实在是太大了。

郑连长对李书琴说："你这样做很好，是对组织的信任，你先回去。""是我不对。"李书琴其实是找不到话了。

"你先回去。"郑连长说。

"是我不对。"李书琴又说，头脑已经一片空白。

"你先回去。"郑连长又说。

郑连长既然再三这么说，李书琴当然不便再继续待下去，她只觉自己两手发麻,浑身发软,她转了一下身子,好不容易才把身子转了过去,然后,迈开了步子,这个步子迈得很不容易,是好不容易才把步子迈开,李书琴从郑连长的办公室往外走,她觉得自己是在飘,身体不知道去了什么地方,好像只有头还在,就是这种感觉,但她心里确实是一下子轻松多了。李书琴出门之后却忽然又返身进来了一下,这又把郑连长给吓了一跳,李书琴这次进来是给郑连长鞠了一个躬,说了一句话:"我也会把一切献给党的。"李书琴的话在这种场合说还比较合适,她和她那个时代的人一样也都看过那本书,那本书不算厚,书名就叫《把一切献给党》。

郑连长没站起来,人是木在那里,一直到李书琴从走廊里走了出去,声音远去了,他才从椅子上迅速站起来把门关了,还上了插销,而且顺手把灯也给关了。办公室里的灯一关,他就可以看清外面,但外面不再能看到他,他走到窗前,看见李书琴已经慢慢走过了南边的那个花池。

花池里的花早枯了,但还没有清理,是东倒西歪一片憔悴。

这天夜里,郑连长没再开灯,他让自己躺到床上去,但他根本睡不着,是睡意全无。郑连长从来都没有遇到过这种事,他觉得自己实在是太对得起摘花模范刘秋香了。后来,郑连长的床响了起来,"吱呀,吱呀,吱呀,吱呀"。再后来,他从床上起来去了门那边,用毛巾把自己擦了擦。

"刘秋香,我对得起你。"郑连长听见自己在说。

郑连长的兴奋是一波一波的,他忽然又从床上跳下地,把被李书琴洗过晾在那里的内裤拿在手里看来看去,甚至还闻了一下。

"如果下次有机会,如果下次有机会,如果下次有机会。"郑

一粒微尘 225

连长在心里说。

"下次有机会也不行！"有一个声音忽然在郑连长心里响起，而且很响，他想起刘秋香那两个食指来了，弯弯的食指。

"刘、秋、香。"郑连长把这三个字念了出来。

"我他妈对得起你。"

9

李书琴回重庆去过年，临走之前山西这边又下了一场雪，路上结了很厚的冰，树上都是透明的冰挂，但这是暂时的，已经五九了，再冷也冷不到哪里了。

市里的各个学校也都接到了通知，要照常放假。开过散学典礼，学校里就安静了下来，门房老黄被地上的冰滑了一跤，摔坏了胳膊，但他还要用另一条胳膊做事，继续扫院，接收邮件，关门开门。贺北芳和那个杨老师没放假，他们比平时更忙，他们准备在节假期间到工厂和农村去慰问演出，在抓紧排练，他们把排练场所移到大礼堂来了。

学校的大礼堂真冷，台上临时点了两个大火炉子，这样一来好了些。

李书琴买了一月三十一号的火车票回重庆，这一年的春节在二月十三号，临离开学校的时候，李书琴忽然又看到了新贴出的几张大字报，上边都有自己的名字，而且名字上都被用毛笔打着红×，名字上被打上红×还是最近几天的事。

李书琴匆匆从大字报下边走过，心"怦怦"乱跳，像是要从怀里跳出来。李书琴在心里再一次想到了郑连长,她觉得自己那天是不是错了,那天或者应该让事情发展下去,要是发展下去,一切一切也许就都不一样了,正是因为自己没有把握好机会没有让事情接着发展下去,也许郑连长才没给自己办什么事?可以肯定的一点是,郑连长也没给自己说话?要是军代表那边说了话,她的名字也许就不会再出现在这样的大字报上,也许不会给打上红×。看着那些大字报,李书琴觉得自己在浑身止不住地打颤,好像一个人置身于惊涛骇浪的船上,船一会儿上去,一会儿下去,不知道什么时候就要沉掉,这就更加强了她要和王重生离婚的念头。"不能这样下去,不能这样下去,不能这样下去。"李书琴在心里对自己说。

李书琴觉得自己还应该再去找一下郑连长,没事的时候她还给郑连长用白线钩了两副衬领,还用那种白色的细毛线打了一双袜子,她要把这些送给郑连长。这些东西,她都放在一个很大的牛皮纸信袋里。她甚至还等着郑连长主动来找自己,或者让谁来通知自己去一下他的办公室,但郑连长那边连一点点动静都没有,是石沉大海,是泥牛入海。这让李书琴很痛苦。

年前这几天,人们都忙着满街买年货,但实际上也没什么可买,猪肉、带鱼、海带、粉条、白菜、萝卜、土豆、芋头,再好一点的菜就是韭黄和芹菜,人们包饺子离不开。南方人可以拿着户口本每人多买到三斤大米,爱喝一口的人想喝一点好酒就只能再向朋友们借一个号,好一点的汾酒都是两个供应号一瓶,几乎是所有年货都是凭票供应,甚至是白菜和粉条,都要供应号。

"我找过郑连长了。"临走的前一天,李书琴实在是忍不住了,她把这件事悄悄告诉了贺北芳。贺北芳看着李书琴,发现她最近瘦了许多。

李书琴又张张嘴,想说,但还是没有把对郑连长说过的那件事告诉自己这个最好的朋友。贺北芳也没有问,她知道这种事最好不要问。"我怎么也不能让孩子受到连累。"李书琴又对贺北芳说,说自己最近想好了,出身不好再加上海外关系,还会有什么前途?只能给家人带来麻烦,离婚算了,不能让两个孩子受一点点连累。

贺北芳吃了一惊,说吃惊也许不对,这种事最近她听多了也见多了,现在社会上这种事太多了,她从侧面看李书琴,一时无语,停了好长一会儿贺北芳才说:"先过年吧,有什么事过了年再说。"贺北芳说她过年也要回北京。

"就像是做噩梦,不知道要到什么时候才会醒。"李书琴说。

"可不能这么说,怎么能说是噩梦?"贺北芳吓了一跳,忙看看左右,说你这么说是要犯错误的,要端正思想,连这种话你也敢说。李书琴也忙看看左右,又对贺北芳说自己现在是几乎天天失眠。

"老这么下去也不行。"贺北芳说。

"出身不好,所能碰到的都是坏事,干脆离婚!"李书琴说。

"一个人的出身真是很重要。"贺北芳说,把摘下的手套又戴上,戴上又摘下,学校的礼堂里边很冷,她真是太需要一双这样戴着可以拉手风琴的手套,这双手套正合适,在十个手指尖的地方恰好把手指头露出来。

"你手真巧,我怎么谢你。"贺北芳有意把话题转开。

"你不嫌弃我就行。"李书琴说。

前不久,李书琴把母亲留下的那条开司米大披肩拆了,给王重生打了一双袜子,给同同和重重也各打了一双,剩下的就是给贺老师打了这双手套。

"出身真是不能选择。"贺北芳忽然叹了口气,说。

"我离定了,我不能连累孩子。"李书琴忽然把贺北芳的一只手拉住,按在自己心口那地方,用力压着,贺北芳能感觉到李书琴那地方"怦怦"在跳,像要跳出来,或者从此不再跳。

"你看我的心跳得有多厉害。"李书琴说。

"要是跳着跳着不再跳该有多好。"李书琴又说。

"净瞎说,别瞎说。"贺北芳说。

10

李书琴回到重庆了,重庆的空气很潮,屋里比屋外都冷,是又湿又冷。这种湿冷的空气让人感觉是很厚,是一块一块的,但重庆的气候还是要比李书琴和王重生待的那个北方城市好得多。王重生父亲的病是一天比一天重。

李书琴在重庆站下了火车,火车站真是乱,人挤人,声音又嘈杂,但李书琴还是在出站口一眼就看到了等在那里的王重生,王重生的个子很高,很瘦,无论站在什么地方都会显出他来。王重生也看到她了,朝她招了招手,李书琴好不容易才挤了过去,王重生骑的还是那辆加重的永久牌自行车,他帮李书琴把带回来的东西挂在车把上,其中有两只鸡,是李书琴在院子里自己养的,临回重庆的时候杀了做熟了悄悄带了回来,身边带着两只鸡坐火车,如果被发现也许会被当作投机倒把来处理,李书琴只好把鸡一剖为二地放在一个很大的袋子里,外面再用衣服包住,所以这个袋子很大。

王重生骑着车子，带着李书琴往家里骑，因为车把上挂着东西，车子就不好骑，左摆一下，右摆一下，后来李书琴干脆跳下车不再坐，她要王重生推着车子走，好一边走一边说话。

李书琴走在王重生的旁边，她侧着脸看王重生，想想，觉得这正是个说话的好机会，她再侧过脸看看王重生，觉得王重生又瘦了许多。李书琴忽然觉得自己有点张不开口，张张嘴，话又给咽回去。

"重生。"李书琴说。

"什么？"王重生说。

李书琴的话又给咽了回去。

"重生。"过不一会儿，李书琴又说。

"什么？"王重生又说。

李书琴还是开不了口。

"我爸爸好像也没多少日子了，你也少说离婚的事，中国大了，又不是咱们一家。"王重生"唉"了一声，把话一下子挑明，他知道李书琴想说什么。

"我就是不要你离婚，我们一家，谁也不离开谁。"王重生又说了一句。

李书琴没话了，心里是既温暖又苍凉。

"再说我爸也活不长了。"王重生又说。

"也许会好的。"李书琴说，这句话，连她自己都明白是一句连一点点可能都没有的安慰话，李书琴心里的计划被打乱了，她原来都想好了，在回重庆的时候要把话对王重生讲清，把要和王重生离婚的事办好，这种事办得越快越好，只有这样，也只能这样，同同明年就要上一年级了。

"算了，走的时候再说吧。"李书琴在心里对自己说。

"社会上怎么看我不管，出身，谁能管得了自己的出身！"王重生又小声对李书琴说。

"我拖累你们了。"李书琴说。

"别说这个。"王重生说。

"同同和重重怎么样？"李书琴只好跟着转话题。

"跟着奶奶，要星子不给月亮。"王重生说。

"核桃枝煮鸡蛋见效不见效？"李书琴又侧过脸问王重生。

"也只是给我爸一丝希望吧。"王重生说。

"你哥你弟弟都回来了？"李书琴说往年他们可总是忙得回不来。王重生的哥哥在新疆那边的兵团工作，开收割机，王重生的弟弟在云南，那地方很艰苦，林场最难过的日子是雨季。王重生说我爸真够苦的，三个儿子都不在身边，只有个妹妹在身边还是个小儿麻痹，不会走路，还得别人照顾。关于王重生的这个妹妹，直到后来他们才知道她得的不是小儿麻痹而是乙型脑炎后遗症，从小到大她也不知吃了多少药，后来证明那些药她都吃错了，白扔了不少钱人也受了不少罪，小妹真苦，她那样子，也找不到婆家，看样子也只好一辈子老死在家里。王重生的这个妹妹，平时很少说话，手里总是不停地扯服装厂那边接过来的绒布布头，把绒布布头扯成纱，扯一斤挣五毛钱，扯了一袋子又一袋子，为那一点点的可怜钱，一块两块，五块十块，要吃多少苦。

王重生和李书琴走走说说很快就到了家了，巷子里是又湿又滑，左一摊水，右一摊水，走到巷子的最高处，能听得到长江水的"嚯嚯嚯嚯"声，还有船上的汽笛声。还能看到江面上停着的黑乎乎

一粒微尘　231

的船只。到了家，王重生提起自行车过门槛，"哐啷哐啷"一阵响。李书琴提着东西跟在后面，一步跨进家门，她忽然有点怕，不知道王重生的父亲现在是什么样。但让李书琴吃惊的是王重生的父亲并没有她想象的那样躺在床上，虽然人瘦了许多，颧骨都出来了，却坐在屋里喝酒。酒瓶旁边放着腌泡椒的大玻璃瓶，红红绿绿。

"回来了。"王重生的父亲说，声音很弱。

"爸爸。"李书琴叫了一声。

"他高兴喝就让他喝吧。"婆婆跟在李书琴后边小声说。

"也对。"李书琴还能说什么。

"我第一次穿那样好的衣服，恐怕也是最后一次了。"王重生的父亲又在屋里大声对李书琴说，说你是我们家手最巧的儿媳妇，那件中山装做得真是好。

"最难做的就是那四个衣服口袋盖子。"李书琴心里很乱，她在厨房里探一下头，对屋里的公公说，"也不知道合适不合适？"

"还有什么不合适，快死的人。"王重生的父亲从来都是口无遮拦。

"中山装穿在您身上还是蛮精神，您别这样说话。"王重生在一旁说，把东西取出来，"您别口无遮拦，工人阶级要有工人阶级的样。"

"你爸过年就穿，过年就穿。"李书琴的婆婆把李书琴带回来的鸡接过来，挂到竹竿上去。说邻居家的那只猫居然会走竹竿。

王重生的父亲就在屋里笑了起来，声音弱弱地说自己长这么大还没见过会走竹竿的猫。"比得上那个杂技团夏菊花。"

王重生的婆婆也是没话找话，想让李书琴高兴，又说起那件中山装。"你爸那天试了一下,高兴得合不拢嘴。"

"那件衣服我还是没裁好。"李书琴说主要是没样片比着,虽然做衣服的时候她还专门问了一下服装厂的朋友,服装厂做中山装都是有样片,兜盖是兜盖,衣领是衣领,都有样片,是靠样片在布料上打上线然后再裁,一裁就是几十片,是成批成批生产。现在社会上的人们都穿中山装,需求量大得怕人,听说连美国人都穿中山装,也不知是什么鬼样子。

"我不穿喽,以后留给同同穿。"王重生的父亲说。

婆婆告诉李书琴说同同和重重给他三叔带上去洗澡了,马上就会回来。"平时在家里随便洗洗可以,过年一定要去澡堂去去晦气。"婆婆说。李书琴的婆婆把鸡蛋剥好了,黑乌乌的。李书琴给王重生的父亲把剥了皮的黑乌乌的鸡蛋端了过来。

"倒是没有一点点的核桃味。"王重生的父亲还是爱说爱笑。

李书琴想不到王重生的父亲会瘦成这样,心里十分难过,刚刚从厨房里出来此刻又一头进了厨房,她只想待在厨房,说是厨房,也就是在家门外边搭的那个棚。李书琴和王重生谈恋爱的时候就经常钻这个棚,搂抱,接吻,还有那天夜里他们的第一次,外面下着雨,"唏里哗啦"的,她两条腿悬空坐在台子上,王重生就站在台子下,没几下就草草收兵了。

李书琴又进了厨房,婆婆正在厨房里忙,一口锅里,泡着两块腊肉,另一口锅里,黑乎乎不知煮着什么,味道也怪怪的,好一会儿李书琴才明白锅里是自己刚刚端给王重生父亲的核桃树枝煮鸡蛋。

"病成这样还天天吼着要辣子吃。"婆婆小声对李书琴说,说医生说过像他这种食道上的毛病就不能吃辣东西。婆婆又突然讲

一粒微尘

起公公最近的一件事:"连我都不知道他小时候因为家里养不起他还被送到一个庙里去。"这也是最近王重生的父亲告诉给家里人的事,因为那个庙里的九十多岁的老和尚忽然上吊死了,人们要他还俗他不还,他不还俗人们就要他吃肉,后来他干脆就把自己吊死。听说庙里的老和尚死了,王重生的父亲还专门去看了一回,说自己也快要死了还怕什么。当年师父自己挨饿把饭留给他,这怎么能让人不去看看。

"你爸爸说那老和尚是他的师父。"婆婆对李书琴说。

"这种事别人不知道吧?"李书琴吓了一跳,看着婆婆。

婆婆也看着李书琴,说连自己也都是才知道这件事。

"这种事可不能让外边的人知道,对同同和重重不利。"李书琴说。

"这种事我哪会对外人说。"婆婆用手指戳戳自己额头,她总是头痛,额头上是紫红紫红的几个火罐印,婆婆又小声对李书琴说就那个老和尚,可不是一般人,当年是国民党部队的一个师长,"师长呐,了不得,不死也会被拉出去枪毙。"

李书琴就更害怕了,老半天没话。

这时王重生的三弟带着同同和重重洗澡回来了,脸都红扑扑的。

"洗完就睡着了,两个小家伙是睡在竹筐里。"王重生的三弟对李书琴笑着说,说同同和重重一洗澡就犯困,澡堂里洗澡的人多得像是下饺子。

"我这两个侄子硬是像天子,不管三七二十一一人一个竹筐就睡起来,多亏我的老同学在那里,由他们睡,我们正好喝茶摆龙门阵。"三弟又说。

李书琴知道那种大竹筐，澡堂里人多的时候没有座位就让人们把衣服脱在竹筐里。

"有钱没钱，洗澡过年。"王重生说。

李书琴已经被婆婆刚才说的事吓坏了，坐在那里看着两手发呆。

11

虽然因为社会上到处在破四旧，报纸上也在说不能再像过去一样过春节，但王重生一家还是吃了一次从来没有过的团圆饭，王重生母亲做的糯米肉丸子特别好吃，李书琴带回来的鸡有点味儿了，但浇了点麻辣料也说得过去。吃饭的时候王重生父亲还喝了一点酒，李书琴的心情虽说不好，但她让自己不要把坏心情流露出来，她给公公敬了一杯酒，三个儿媳妇里边，唯有李书琴能喝酒，这跟她小时候天天早上一睁开眼就要吃一碗酒酿鸡蛋分不开。她明白，这也许是最后一次敬酒。

"合家欢乐，天长地久。"李书琴说。

"要那么久也没用。"王重生的父亲说。

"看你说啥子话，我们一家人都天长地久。"李书琴的婆婆马上说。

王重生也喝了点酒，他一喝酒就脸红，是大红，话也更少。

"你多喝点水。"李书琴给王重生的妹妹剥橘子，对王重生说。

"我去睡了。"王重生说，突然莫名其妙地说了一句，"锄禾日当午。"

李书琴想笑,不知道王重生是什么意思。

王重生是醉了,一躺到床上,又说:"汗滴禾下土。"

李书琴给王重生倒了一杯茶水,很浓,要他喝。

"谁知盘中餐。"王重生又脸红红地说。

李书琴说:"你才喝了多一点点。"

"粒粒都是苦。"王重生又说。

"你念错了,是皆辛苦。"李书琴说。

"苦嘛,哪里有一点点甜。"王重生说,"我从小就命苦,小小岁数这里就比别人少一件。"王重生摸摸自己的腹部,小时候,王重生不知道什么东西吃坏了,动手术把脾脏取了,所以李书琴总是要王重生吃"养生归脾丸"。"我连脾都没了,还归什么脾。"王重生总是这样说。从结婚那天开始,几乎是每个除夕夜李书琴总是要和王重生做那事,但这个除夕王重生心情不好,就早早睡了,李书琴心里满满也都是心事,她靠在王重生身边,手在他的身上放着,奇怪的是,居然很快也睡着了,而且睡得很香,也可能是因为喝了两杯酒,但睡到后半夜的时候李书琴被一种奇怪的声音给弄醒了,好像是有谁在用什么东西在掘墙,仔细听听,是在掘墙,一下,一下,又一下,李书琴吓坏了,她猛地坐起来,推了推还在沉睡的王重生。王重生也马上坐了起来,声音是从父亲那间屋里发出来的,他马上下地去了父亲和母亲住的那间屋,李书琴也穿好了衣服跟在他后边。到了父亲和母亲那间屋,王重生和李书琴被眼前的情形吓坏了。王重生的父亲穿着衣服面对墙坐着,正一下一下用头在撞墙。

"实在是忍受不了啦,实在是忍受不了啦。"父亲说。

癌症的恶化带来的疼痛不是一般人所能忍受的，这不是劝慰或吃止疼药所能缓解的。已经是后半夜了，从来都不肯麻烦别人的父亲对王重生他们兄弟三个提出要出去散散步。

"散散步也许头疼会好一些。"王重生的父亲说，坚持下地。

李书琴看看墙上的飞马牌挂钟，已是后半夜三点。但既然父亲坚持要去，做儿子的还能说什么？毕竟是除夕夜。王重生的哥哥和弟弟三个人都马上穿好了衣服，王重生的弟弟睡意未消，他以为父亲不行了，要出什么事了，或者是要去医院急救，急得都流出眼泪，小声问了一声是不是父亲不行了？但他马上清醒了，才知道父亲要出去走走，他吃惊地看着父亲，弟兄三个，再加上李书琴，都跟着父亲走出了院子，外边是一片潮湿冷清。虽然是在重庆，这时候还是很冷，因为是后半夜，外边看不到几个人，虽然远远近近有鞭炮的声音，但大多数的人们都还在睡梦中。

"是船上在放炮。"王重生的父亲说，"水手们最能闹。"

"船上过年想必很冷，水上寒重。"王重生说。

"再看一眼星星吧。"父亲突然抬起头来，说。

天上的星星雾蒙蒙的，但还是有几颗显得特别亮。跟在后边的李书琴抹了一下眼睛，觉得自己的鼻子很酸。

"我死了不要紧，祝毛主席他老人家万寿无疆。"王重生的父亲突然又说。王重生的父亲是下江人，口音一直没有变过来。王重生的父亲说起毛主席前不久游长江的事。

王重生的父亲说："有人说毛主席就是在重庆这边的长江游的水。"王重生的哥哥说："哪会有这种事嘛，是在武汉嘛，报纸上都这么说。"

一粒微尘　　237

王重生的父亲说:"我要是再能游游水就好喽。"

王重生的弟弟说:"会的,会的。"

王重生的父亲说:"我这一辈子的骄傲事就是一个一个都教会了你们游泳,看你们谁的福气大有机会去跟着毛主席去游。"

听父亲这么一说,王重生弟兄三个突然都不说话了,也许都想起当年父亲教他们游泳的事来,这是很让人伤感的,那时候父亲有多年轻,人是多么英俊,两条腿的腿肚子鼓鼓的就像是鲫鱼的肚子。接下来,他们都劝父亲回去,说是夜深了,外面冷,小心着凉,还是回去吧。但父亲还是不愿意回去,执意再走走,不觉已经走到了小学校那边,前面就是那座三孔老石桥,下边汤汤地流着水,水上有亮光。

"你们小的时候,我是一个一个从这座桥上送你们去上学。"王重生的父亲说,他有许多感慨,人生真是短暂。一句话让三兄弟忽然都激动起来,话也多了起来,你一句我一句说着当年的事。

"你们一家是多么好啊。"走在后边的李书琴这时突然来了这么一句。

李书琴的这句话让大家都一愣,王重生的小弟向来心直口快,这一点真是像他的父亲:"嫂子你这是什么话,你难道不是这家里的人吗?"

也不管石桥的石板有多么冷,李书琴身子一软,忽然一屁股在石桥上坐了下来,再也说不出话来,石桥上,现在是白花花的贴满了大字报,猛地看去都不像是一座桥了,但桥下的流水还是像往常那样流着,发出熟悉的"哗哗"声,桥下的水,都流进了长江。远处的长江,发出"轰轰隆隆"的闷响,浑厚得很。倒不像是水在

238 一粒微尘

流,而像是推磨,巨大的磨。

"什么事都会过去的。"王重生把李书琴拉了起来。

再回去的时候,王重生和李书琴重新睡下,王重生却想起了做事,在王重生进入的那一刹间,李书琴忽然哽住,她在暗中把嘴用一只手紧紧捂住,另一只手,紧紧从后边把王重生抱住,像是要把他的整个人按进自己的身体里。

过了春节,王重生带着李书琴去了一下叔叔家,王重生的叔叔在教育局工作,人精瘦精瘦,个子矮到一米六都不到,但人很精明。王重生的调动已经说好了,他可以调回到重庆二中来工作,按照政策也允许,王重生他们弟兄三个可以有一个调回来照顾父母,王重生的哥哥和弟弟的孩子都是姑娘,所以,他们都同意重生调回来,这样一来,重生的两个儿子就都是重庆人了,因为他们是王家的香火。

"但是书琴的调动暂时还不能办。"王重生的叔叔小声对王重生说。

这时李书琴去了厨房,去开剥一个大柚子,先用刀在柚子上划个十字,然后再慢慢剥,剥下来的柚子皮可以做一盘好菜。她虽在剥着柚子,耳朵却在屋里,她的手忽然用起力来,把柚子皮一下一下扯得个烂七八糟。

屋里,叔叔小声对王重生说:"因为她的出身,也只好先这样。"

王重生没吭声,喉结动一下,再动一下,他用手摸了一下茶杯。

"唉,我也不多说了。"叔叔看着王重生,最终还是没有把话说出来。

一粒微尘 239

李书琴早已经站在厨房门口，脸色煞白，两只手在抖，她用一只手狠狠掐自己另一只手的手背，但手还是抖个不停。叔叔家里的那只猫从屋里走了出来，像是受了什么惊吓，一蹿，已不见踪影，传来叫声的时候，那猫已在门口的树上。

12

斑鸠的叫声一天比一天清亮，校园里的柳树又绿了，但背阴的地方雪还没有完全消化光，白白的，很硬。李书琴他们学校有不少红嘴红爪的斑鸠，斑鸠和鸽子长得差不多，只不过是飞起来的时候尾巴上有一圈儿白。人们都不知道它们都住在学校的什么地方，也不知道它们在冬天都吃些什么东西，只不过有时候会看到它们在学校食堂周围啄来啄去。

寒假已经过去了，李书琴又从重庆回到了家中。王重生因为父亲的病情日渐严重再加上要办调动的事就先留在重庆，两个儿子自然也跟着他。因为回重庆一个多月没在家，家里很冷，李书琴不但会裁衣做衣，其他家务事也照样干得来，她把炉筒子拆下来又打了打，这样生起炉子来火会旺一些。放在外屋的那棵白菜钻出了一根花挺，李书琴把它剥了，剥出个菜心用水种在一个大碗里。过几天，白菜的挺子就会开出黄黄的花来。

春天就要来了。

从重庆回来，李书琴的心情一直很不好，原来想好要办的事没有办了，临离开重庆的那天，李书琴把话对王重生挑明了，要离婚，说自己主意已定，一定要离婚。但王重生还是那句话，"不离，除非死！我们一家人是不分开的！"说这话时王重生的眼里居然有了泪水。看着王重生的那张脸，李书琴没辙了，她想来想去，觉得自己只有把婚前生孩子的事告诉给王重生，也许，王重生会一气之下答应离婚，但李书琴想这种事还是通过电话说的好，当面说，李书琴怕王重生会受不了，自己好像也说不出口，那就打电话对他说吧，李书琴忽然又想起那个教会医院，白色的床单，白色的窗帘，白色的手术台，太阳从窗帘照过来也是白蒙蒙的，但很冷。分娩的时候，李书琴从来都没那么疼过，她觉得自己就像是要死了，下边的半个身子像是要跟上边的半个身子分开了，就要分开了，后来果真是分开了，疼痛稍微轻了一点，有什么一滑，她当时可真是吓坏了，真以为下边的半个身子已经不属于自己了，就在这时候她听到了哭声，婴儿的哭声。那时候她才十九岁。

"孩子在哪？"她小声问嬷嬷。

"你睡吧，你睡吧。"那个尖下巴嬷嬷说。

"我看一眼，我只看一眼。"李书琴说。

"已经被好人家抱走了。"尖下巴的嬷嬷告诉她。

李书琴让自己不要哭出来，用手使劲抓着被子。

她和嬷嬷说话的时候，母亲和姥姥都在产房的外面，这时天上有飞机飞过，发出好大的声音，有人在外面说了一声："快看，美国飞机，美国飞机来救咱们来了。"

李书琴还记着这些，当时，其实她也没怎么难过，后来看电影也看到过类似这样的镜头，女主人公总是哭得死去活来，她还想，自己当时到底哭了没有，好像没哭，多少年过去了，她都快把这件事忘掉了，但现在忽然又都想了起来，她明白自己不是在想那个孩子，而是

一粒微尘　241

想把这件事情说出去争取得到党和人民的信任。除了这件事,李书琴好像实在找不出别的什么事可以向组织坦白。

李书琴去了邮电局,她想好了,但还是不知道怎么开口,这种事,要是不多想,也许一张口就会说出来,但要是想多了,反而不知道怎么张口,或者是更不好张口了。李书琴还想,也许,喝点酒就好说了,所以,去邮电局之前她还喝了好几口酒。那种当地产的老白干,很烈,六十多度。

对着家中那面镜子喝酒的时候,李书琴给自己鼓气,"说吧,这没什么,这没什么,这没什么,这没什么。"

李书琴来到了邮电局,刚过完了春节,打长途电话的人很多,都要排队等候,站在邮电局里边,可以看到对面的那个照相馆,也排了很长的一个大队,都是些刚入伍的新兵在排队照相,他们都急着拍张照片给家里寄回去,李书琴看着那边,心里想,同同和重重长大了也一定要去当兵,现在最最光荣的人就是工农兵,一定让他们当兵,当了兵就可以扬眉吐气了。

李书琴先去拿了号,然后去排队,排队排了好一阵,终于有人叫到了她的号,"几号几号到几号。"是该轮到她了,她进了五号。邮电局打长途电话的格子间一间一间都很小,有几分像岗亭,或者更可以说像是一个一个的大箱子,而且还漆着绿油漆。人进去打电话把门关住,外边的人就听不到里边的人在说什么。打长途电话的格子间里的木板墙上写满了人们随手记下的电话号码或者是什么话。还有骂人的脏话,还有人名。

李书琴能闻到自己嘴里的酒气,她觉得自己也许不会有事,会很好地把自己的事讲给王重生听,但没想到这么一想就糟了,拿起电话，李书琴忽然一下子又哽住，一肚子话不知该如何说起。

"重生。"李书琴说。

"你没事吧？"王重生在电话另一头说，声音沙沙的。

"重生。"李书琴又说。

"没事吧？"王重生在电话另一头说，声音还是沙沙的。

"重生。"李书琴又说一句。

"你是不是还是想说那事，那你就别说。"王重生在电话里忽然说。

王重生在电话那头说话的时候李书琴又把那个小酒瓶从口袋里摸索了出来，小酒瓶里还有酒，李书琴仰起脖子把瓶里的酒都喝了，她以为这样一来自己就会有勇气了，想不到忽然更说不出话来了，一句也说不出来，胸口那地方满满的像要胀破了，就要胀破了。

"重生。"李书琴说，声音已经不对了。

"没什么事吧？"王重生在那边有点急了。

李书琴明白自己要是再往下说也许就要哭了，也许会哭得一塌糊涂。她也想不到自己怎么会这样，怎么会这么伤心，隔着电话还这么难说，怎么回事？她又喊了一声"重生"，但还是说不出话来，那件事，真是让她不知道怎么张口，要是在结婚的时候对王重生说了也就说了，但那时没说，转眼就是十年，她真不知道该怎么说。那天在重庆家的厨房里，她和王重生的第一次，当时她心里真是害怕，怕让王重生知道自己已经不是处女，那是欺骗，但那天下着雨，她和王重生都紧张，事情就那么过去了，要是那时说了就好了。到了这时，她真是说不出口，没法把自己在婚前生过孩子的事告诉给王重生。

一粒微尘　　243

李书琴慢慢放下了电话,"砰"的一声,电话却没有放好,没有放在电话座子上,而是掉在了地上,她弯腰把电话捡起来,眼泪已经流了满脸。想不到,越是和自己最亲近的人说这种事越是无法开口。

李书琴从长途电话的小格子间里出来,浑身是软的,等在电话间外边的人很是高兴,想不到这个女人会这么快就打完了电话,要知道那几天等着打长途电话的人很多。那边又叫号了,很快有人挤进了小格子间。

"打电话不行写信吧,在信上把那件事讲清。"李书琴对自己说。

从邮电局出来,阳光有些晃眼,邮电局旁边剧院门前的那棵老槐树,不知什么时候已经死了一半,另一半已经有了绿意,再过不了多久,白色的槐花又该开了。李书琴想好了,就写信,把要说的话都写在纸上,这样自己会好受些。这时有两辆车从东边开了过来,车上满满是人,喊着口号。

李书琴愣了一下,人像是一下子清醒了,站在那里,看着这两辆车慢慢开过,车上押着人,都低着头,脖子上挂着牌子,是在游街。

李书琴又朝对面望望,对面当兵的还在排长队,照相馆这几天最忙。

这天晚上,李书琴又是睡不着,翻来覆去没有睡意。她忽然听到了虫子叫,天气虽然已经不那么冷了,但哪来的虫子叫?她下了地,那虫子又不叫了,她站在那里一动不动,虫子又"叽叽叽叽"起来,声音就在床下。她想看看这只虫子,朝床下用手电照了照,但哪里能看到,她再次上了床,睡意已经全消,这时那只虫子又在灶台那边叫了起来,她知道这是那种叫"灶马"的虫子,其实就是蟋蟀。小的时候,李书琴的哥哥李书君总是喜欢养这种小虫子,用十多个放药片的"船王牌"英国小玻璃盒子,每个盒子里边只养一只,每次给它们几个小饭粒,有时候还会给它喂一点碧绿的菜叶,或用针尖挑一点生猪肝。

李书琴和哥哥好多年都没有通过信了,香港那边的信也断了好多年了。李书琴现在倒是很害怕哪天学校的传达室会忽然出现一封从香港寄来的家信,这种担心是既甩不开又摆不脱,所以每次走过学校传达室的时候都脚步特别轻,特别的提心吊胆,说来也奇怪,李书琴在心里好像对香港那边的亲戚一点都不想念。而这个小虫子的叫声却突然让她想起哥哥来。

因为睡不着,李书琴又下了地,去把那封写给王重生的信又看了一遍。从邮电局回来,她已经把那封信写好了,时间,地点,还有那个教堂医院,她都写得详详细细,这封信是要王重生知道她要离婚的真正原因。她是写了好几遍才写完的。取信的时候,她的手又碰到了那个大牛皮纸袋,里边放着她给郑连长用线钩的衬领和那双细毛线袜子。她这会儿主意好像是又改变了,不敢贸然去找郑连长了,她已经察觉出郑连长在各种场合都有意回避她,李书琴现在遗憾郑连长那天没有听她讲完要讲的事,比如那个人是谁?后来那个生下来的小孩儿又去了什么地方?李书琴觉得自己有机会还是要再去和郑连长交代一下。

"无论什么事,都要有头有尾。"李书琴对自己说。

有几次,李书琴都走到郑连长的办公室门口了,但还是不敢进去。

还有几次，她站在郑连长对面花池上朝这边望，可以看到郑连长办公室里，还有别的人，在说话，有人进来，又出去。

那天，李书琴已经写好了一个纸条，想从郑连长的办公室门缝塞进去，后来还是撕掉，李书琴现在觉得自己想见郑连长已经不单单是要把自己的事都讲出来。好像还有别的什么，这让李书琴的心里很乱。

"不想了不想了，看信。"李书琴对自己说，又把写给王重生的信看了一遍。

窗外斑鸠在叫，天又快亮了，李书琴又是几乎一晚上没有睡。

13

学校开学的第一天，李书琴碰到了工宣队的王党生。

李书琴是在一个很特殊的场合碰到的王党生。为了尽量少和学校的人打照面，李书琴现在去办公室喜欢抄教研室北边的那条小路，教研室背后有一道榆树墙，榆树墙和房子之间是一条很窄的小道，尽管别处的雪早已化掉，但因为这地方是太阳永远照不到的地方，这条小道上的积雪还在，所以路不是很好走，再说，平时走这条小道的人也不多，但如果要去操场，从这条小道可以直接就插下去。如果要去学校操场边的大厕所，走这条道也最近。李书琴那天要去厕所，她现在走路习惯低着头，她只顾低头走路，差点就撞在一个人的身上，这个人就是工宣队的王党生，王党生在教研室北边做什么？他正在后窗悄悄看教研室里边的人们在做什么？他站在侧面，所以他能看到里边，里边的人却看不到他。

李书琴"啊"了一声。

"你走你的。"王党生把身子侧了一下。

走出两步,李书琴猛地回过头来,却发现王党生正在看自己。

"你走你的。"王党生又小声说。

李书琴愣了一下,想说什么,却想不出话来,其实李书琴已经想过了,她迟早要找机会也去和王党生把自己的事情交代一次,她已经想了好久了,向组织交心却不向工宣队把心里的事说出来就是不彻底。李书琴觉得现在正是好时候,她想掉过身去,问一声队长什么时候有时间,她要向组织坦白一下,把那件事从头到尾说清楚。那件事,现在已经是李书琴的一块心病,她不知道那个孩子现在在什么地方,后来她隐隐约约听说有人把他抱到了香港,已经十岁多了,李书琴甚至想再去一下那个教堂。

李书琴再次掉过身子来的时候,工宣队的王党生早已经不见踪影。王党生才三十刚出头,好像都不知道天气冷不冷,总是穿得很少,在最冷的时候也只不过在身上加一件小大衣,那种蓝布的,褐色的栽绒领子,胸前是一个鲜红的小红点,是毛主席像章。李书琴记得清清楚楚,王党生那次和军宣队一起来家访的时候就穿着这身衣服。

因为学校刚刚开学,李书琴还不知道学校里发生的事,她找郑连长坦白的事其实早已在学校里传开了,不但传开,而且是传得沸沸扬扬,人们几乎都知道了这件事,人们都很吃惊,但人们只知道李书琴婚前曾经生过一个小孩儿,其他细节人们就一概不知,人们现在只是在背后议论,因为没有任何细节,所以人们就对此更感兴趣,但毫无疑问的是,这件事是从郑连长那里传出来的。这是大事,在学校里,好像是没有比这更大的事了,结婚之前生孩子,跟

一粒微尘　247

谁生的，怎么回事，人们在背后议论纷纷。这又像是一个雪球，是越滚越大。许多的眼，现在都盯着李书琴，只不过这事只有李书琴自己还不知道，因为没人跟她说，这种事，毕竟不好说。

这一天，向来心直口快的贺北芳老师和李书琴一起去学校里的图书馆，学校里的纷纷议论让贺北芳对李书琴的看法突然有了改变，她本来不想和李书琴一起走，想快走几步超过她，或者走开去别处，但她还是想问一下，确定一下到底是怎么回事。所以，她又放慢脚步跟李书琴慢慢朝图书馆那边走。虽然图书馆里的图书现在已经全部封存起来停止对外借阅，但图书馆的那个空间绝对不能浪费，教员们和学生们写大字报就都在那里，那里有纸有墨，还有很大的拼在一起的阅读桌，现在的阅读桌上都是墨迹，擦都擦不干净，到了后来也没人再擦它。

快走到图书馆的时候贺北芳忽然停了一下，她侧过脸，问李书琴："你说，你是不是以前还结过一次婚？"

一句话把李书琴给问愣了，脑子里突然一片混乱。

"你说什么？"李书琴问贺北芳。

"是真的吧？"贺北芳被李书琴的脸色吓了一跳。

"你什么意思？"李书琴的脸色在那一刹间突然变得煞白，她马上明白自己的事已经被郑连长说了出来，要不是这样，贺北芳怎么会这么问？

"你到底还有多少事情藏在心里？"贺北芳说。

"什么意思？你听说什么了？"李书琴又说。

"人们的眼睛现在都是雪亮的。"贺北芳这句话够狠，她想不到李书琴会有这种传闻，若事情属实，烂货、破鞋这些词放在她身上好像是很合适了。

"我没有什么事情。"李书琴开始结巴,李书琴一急就结巴,为了这个问题,她刚参加工作的时候都担心自己上不了讲台,但后来好了,现在突然又结巴开了。

"你的事情你自己知道。"贺北芳说她还要去排练节目,径自走开。

"大贺。"李书琴喊了一声。

贺北芳就像是没有听到,步子迈得更快。

"大贺!"李书琴又喊了一声。

在那一刹间,李书琴觉得自己真像是一个溺水的人,就要沉下去了,就要沉下去了,水面漂来了一段木头,但她一伸手,这木头不见了。

"大贺。"这一次,李书琴是在心里喊。

贺北芳走得很快,像是要急于摆脱什么。

李书琴紧追几步,又猛地站住,扶了下旁边的那棵树。

贺北芳忽然又走了回来,气喘吁吁,来到了李书琴的身边。

"真不知道你到底还有什么事。"

贺北芳把什么重重扔到了李书琴的手里,是那双手套,米黄色的,开司米毛线。两只手套,一只被扔在李书琴的手里,一只掉在地上。

李书琴本想蹲下来把那只手套捡起来,却一屁股坐在了地上。

14

李书琴决定去找工宣队的王党生。

整个下午,李书琴的身子一直在颤抖,像冷又不是冷,她想自己也许真是病了。李书琴去工宣队见王党生之前迫不及待地做了一件事,那就是她回到自己的屋子里把写给王重生的那封信又重新抄了一遍,屋子里很冷,为了节省煤,她这几天没有生炉子。

李书琴在外边屋子的桌边坐下来,只觉得两只手冰凉冰凉的,她给自己倒了杯热水,把两只手放在杯子上,好一会儿,手还是冰凉冰凉的。为了表达自己的决心,这一回,她是用从自己手指上挤出的血抄的那封信,因为不是用笔,所以每个字都很大,只有这样,才会让王重生知道她决心已定。她忍着疼,一边用针扎手指头一边挤血一边抄那封信,这封信原来用了两张信纸,其实话也不很多,她又把信删减了一下,很简短地把自己在婚前生过孩子的事讲了一下,也没讲是跟谁,她觉得这件事不用细讲,话说得越简单越好,目的是离婚,不是分析什么。抄这封信的时候她又在后边加了一句,这句话分量很重:

"重生,我对不起你,也不能拖累孩子!"

就在前天,李书琴接到了王重生的长途电话,说他父亲已经昏迷了两天了。

李书琴趴在桌子上写信,脑子里反反复复响着那句话,"我们不能拖累孩子,我们不能拖累孩子,我们不能拖累孩子。"李书琴觉得自己的头脑现在已经变得像是空洞,只有这个声音在回响,声音既缥缈又真切在耳。她在桌上趴了好一会儿,然后才坐起来继续写,好不容易才把信写完。

写完这封血书的家信,李书琴去了一趟邮电局,她下定了决心,要马上把这封信寄出去,不能再犹豫,下午邮电局里人不多,很是冷清，太阳从外边照进来，灰灰的，玻璃好久没擦了，北方的春天风大，到处是灰尘。她寄的是挂号信，她一鼓作气做完这件事，生怕自己稍一犹豫就会改变主意。

"你居然写了血书。"李书琴一边用糨糊封信封一边对自己说。

"你居然给王重生写了血书。"李书琴一边贴邮票一边对自己说。

李书琴看看自己那个手指，虽然用纱布包了一下，但还在隐隐作痛，其实这痛不在手指上而是在心里。从去年五六月开始，不少学生和年轻人流行把手指刺破用血写一些对组织表达忠心的书信，想不到，自己也用这种方法给王重生写了一封信。

"了断了断了断！"

把那封信投到邮箱里的那一瞬间，李书琴甚至想到了死。

"也许从烟囱上跳下来并不那么难受。"李书琴走出邮电局的门，抬起头来。学校那根大烟囱，冒着烟，烟摇上去，然后慢慢再漫下来。一群鸽子从天上飞过去了，不一会儿又飞了回来。

李书琴从邮电局出来，没有按往常那样朝西边一拐回到家，她的心里很乱，她很想大哭一场，她虽没有大哭，眼泪却不停地从她的眼里流出来，她就这么走着，走得很快，忽儿又很慢，她从东边往北去，再往南，就这样绕了一个很大的圈子，她就那么魂不守舍地走，走啊走啊，不觉到了学校，不觉已经站在了学校的大烟囱下边，这让她自己吓了一跳，怎么就会走到了这里，走到了大烟囱的下边？

大烟囱下边，可以爬上烟囱的地方，已经被铁丝网围了起来，学校怕有人再想不开爬到上边去，有只喜鹊在烟囱上叫着，另一只喜鹊飞过来，衔着柴，它们想在烟囱的扶手上搭个窝，它们的叫声

一粒微尘　251

很清脆。李书琴在烟囱下站了好久,食堂那边,有人出现了,在远远地看她。李书琴这才走开,但没过多一会儿,她又走了回来,她在烟囱下边又站了很久。

李书琴下定了决心,去找工宣队的王党生。

此刻的李书琴,怎么说呢,有点像是什么也看不见的盲人,眼前是一片黑暗,哪怕是一点点朦胧的光亮都会让她像飞蛾扑火一样地扑过去。

15

天黑之后,李书琴连着两次去工宣队王党生的办公室都没敲开门,屋里灯亮着,里边却好像没有人,因为还没进入三月,天黑得还比较早,李书琴第三次去敲门的时候看了一下自己戴的那块小梅花手表,才八点多一点。

屋里这次有了动静,椅子"吱"地一响。

有人走到了门前。"谁?"里边问。

"我。"李书琴答应了一声,其实这一声答应跟没答应一样。

屋门一下子打开,王党生从里边探出头,嘴里竟插着一把牙刷,他正在刷牙,他愣了一下,把牙刷从嘴里拔了出来。

"你终于来了。"王党生说。

王党生的这句话倒让李书琴不敢贸然进去了,这句话是话里有话。

"进来。"王党生说。

王党生走在前边,已经把牙刷"砰"地一下扔在了牙缸里,他不是把牙刷轻轻搁进去，而是一扔，这一扔扔得很准。

进门的时候，李书琴有些跌跌撞撞，没有重心，她现在已经找不到重心，也可以说，在这个世界上已经没了她的重心。

王党生的办公室里灯光不那么亮，但也不暗，天花板上的灯被拉到了办公桌上方，这样一来，办公桌那一块就很亮而别的地方就很暗。和郑连长的办公室里不一样的是王党生的办公室里贴着两张地图，一张中国地图，另一张还是中国地图，不同的是一张地图上用红蓝铅笔画了许多圈，而另一张上干干净净什么也没有。李书琴望着那张画了不少圈圈点点的地图，不知道是什么意思。

"你坐。"王党生对李书琴说。

李书琴没坐，虽然椅子就在那里。

王党生站起来返身又拉了一下灯绳，原来这屋里还有另一盏灯，屋里突然亮了，比刚才亮许多。

"我知道你会来找我。"王党生坐下来，因为办公桌上方的这盏灯拉得很低，灯光只照到他半张脸，是上半张脸在灯光外下半张脸在灯光里，李书琴这才注意到王党生的牙真是白，因为离灯近，白得像是要放出光来。

"坐。"王党生又说，把桌上很粗的一支红蓝铅笔拿了起来。

李书琴这才发现自己还站着，往后退一步，又退一步，挨近了那把椅子。

"坐吧。"王党生手里的红蓝铅笔掉一个过儿，两头都削过，尖尖的。

不知怎么，已经有眼泪从李书琴的眼里流了出来。

王党生看着李书琴，看着李书琴的眼泪从她的眼里慢慢慢慢流

一粒微尘　253

下来，别人说得真对，李书琴怎么看都像是那个电影演员王丹凤，离近了看更是如此。漂亮有时候是会让人感到紧张的，如果说，李书琴去找郑连长对郑连长是一个意外的话，那么李书琴的出现或者是她的存在对王党生却实实在在是一个煎熬，而这煎熬也不是一天两天了。

"有什么就说，别哭。"王党生说，其实他已经知道面前这个女人要说什么了。因为李书琴的漂亮，他一来学校就记住了她的名字。李书琴婚前生过一个孩子的事让他兴奋，说不出的兴奋，这兴奋好像有些不对头，但即使是不对头也无法管住自己的兴奋。这兴奋到底有多么复杂只有王党生自己知道，一想到李书琴已经找过军宣队的郑连长，一想到郑连长在会上为李书琴说的话，王党生还是觉得煎熬，王党生不清楚李书琴找郑连长的时候都做了些什么？但他又像是知道他们做了些什么，这就让他更煎熬更难受，像是有一股火，在王党生的身体里左奔右突。这也已经不是一天两天的事，但王党生让自己先忍住，他明白李书琴迟早会找上门来。现在，她真来了，就在自己的眼前。

"有什么事你说。"王党生说，其实这是句废话，李书琴的事他全都知道。

还是上个学期临放假的时候，军宣队和工宣队开通报会，分析学校里的事，这种会，工宣队和军宣队双方都会把最近学校里边的情况讲一下，眼下的工作重点既然是斗私批修，工作要点就放在那些出身不好和思想有问题的教员在斗私批修这个问题上，是要求一个一个过关，郑连长也不是嘴不牢，而是他必须说，只有这样，也必须这样，这是纪律。郑连长把李书琴找过他并对他说的事讲了出来。"就这样，她在婚前生过一个私孩子，这种事她要是不说别人永远也别想知道，我认为她的态度基本还是端正的。"

郑连长把李书琴的事情讲了出来，并补充了一句。

"还有这事。"有人说，会议室里马上一片哗然。

有人马上跟着说这种事她不讲别人还真不会知道，"这种事。"

"我看差不多能过了吧，是不是该下一个了。"郑连长说。

"即使这样也暂时不能过，问题是她把工宣队放在什么位置？她找没找过工宣队？"王党生忽然在一旁开了口，并且轻轻拍了一下桌子，这一拍，他既不能拍重了又不能拍轻了，是要让在场的人知道他说话的分量，是代表工宣队在表态，他这么一说，别人当然不会有什么意见。像李书琴这样出身不好的教员，又有海外关系，海外关系是一件谁也说不清的事，可大，也可小，她这样的人，谁会给她说话，像她这样的人，是既可教育又可以一下子被打倒的那种，这就取决于她的态度。工宣队王党生既然提出了这个问题，别人就不好再说什么，你看看我，我看看你，都不开口说话。这种事，也压根没人会为她说什么。但她生孩子的事随后很快就在学校传了开来，这虽是十多年前的事，但现在被说出来却是最新的新闻，是天大的新闻，也许比天还要大。

"问题是她把工宣队放在什么位置。"王党生又重复了一下。

郑连长忽然有些不自在，但他沉得住气，看一眼王党生，也不再说话，在这上面，郑连长最能沉得住气，他又看了一眼王党生，甚至还笑了笑，他这一笑很有意思，按说他不该笑，因为是开这样的会，郑连长的笑里边有很多内容，只不过一般人看不出，就是和郑连长熟的人也不会看得出。

一粒微尘　　255

大家就把李书琴的事暂时放下，开始研究下一个。

再研究别的事情的时候王党生分明有些走神，后来他去了一下厕所，从厕所出来，他站在那里看了好一会儿大字报，专门找李书琴的看，关于李书琴，其实说来说去也没有什么，只是说她出身问题和她的海外关系，王党生想，如果把她生私孩子的事在大字报上说出来那会是什么效果。

"也许，也许。"王党生在心里说，这让他有些烦躁。

王党生从大字报栏这边转到了另一边，大字报栏很高，是让人们专门用来贴大字报的，两面都贴。站在另一边，王党生忽然笑了一下。"漂亮的女人事就是多。"王党生在心里说，就这个李书琴，让他想到了他上小学时候的那个姓陆的女校长。工作后，他有时间还是要去看一看陆校长。他很喜欢看陆校长穿着深蓝色旗袍手里拿着个小包的样子，陆校长穿旗袍的样子那么好看，甚至有一次王党生问自己的母亲说，"妈你怎么不穿旗袍？"王党生的母亲笑着说，"你妈可不是穿旗袍的，穿不来，穿了旗袍蹲不下来怎么做活儿？"

陆校长虽说是校长，但那时她还带着一门手工课，她教学生们做笔筒，用很厚的马粪纸，先卷筒，然后再在圆筒外面糊一层白纸，然后再在上边画花草山水，陆校长还教学生们做手工花，学校里会给学生们发几张花花绿绿的皱纹纸，当然事先会让学生们从家里带一根筷子来，把皱纹纸在筷子上卷起来，然后用手从两面一推，然后把纸再慢慢展开，便是一片很好的花瓣了。就这个陆校长，是教会学校毕业的，会做各种手工，会弹脚踏风琴，好像是什么都会。上班以后，王党生像是总也忘不了这个陆校长。前不久听说就是这个陆校长被批斗得受不住自杀了，是上吊自杀，这让他在心里有说不出的难受，人们把细节告诉给了他,那个陆校长,洗过澡,把头发梳清爽了,换了那件她经常穿的旗袍,连鞋子也换了。死之前她还抽了许多支香烟,人们都知道陆校长是抽香烟的,牡丹牌的和凤凰牌香烟。人们在学校东边的那道渠里发现了她,她把自己吊在一棵很矮的紫穗槐树上。人坐着,很安详的样子,就像是一个人在那里打瞌睡,她周围都是烟头。

王党生想起了在陆校长家里的事,陆校长给他看她年轻时候的相片,那相片里的人真是漂亮,他忍不住对陆校长说陆校长您年轻的时候真漂亮。陆校长笑着说你一个孩子家懂得什么是漂亮。王党生脸红了一下,在心里说,比这更厉害的我也懂,那时候,王党生和几个要好的男同学热衷于手淫,几乎是每天都要来一次,在屋后,或在学校东边的那道护城河里,或是在紫穗槐下,他们还互相比,当然,他手淫的时候就总是想着这个他满可以叫作妈妈的陆校长。

陆校长因为没有孩子,所以就很喜欢同学们去她家。

有一次,在陆校长家里,王党生突然对陆校长说:"我长大了娶媳妇就要娶一个像您这样的漂亮女人。"

陆校长好像是一下子不会说话了,张开嘴,不知该怎么说了,一直看着他看着他,说你才十五岁啊。

陆校长死后不久王党生还悄悄去渠那边看了一下,他知道是哪棵紫穗槐,他站在那里还能看见地上的烟头。后来他把那些烟头一个一个都捡了起来放在一个罐头瓶子里。他听见自己在心里说,陆校长你哪怕是活下去在学校里扫大院也好,你为什么要去死。从小到大,王党生心里的美人只有一个,那就是陆校长,他喜欢的人也只有一个,那就是陆校长,这是他心里的秘密,谁也不知道的秘密。想不到,眼前这个李书琴比陆校长还漂亮,人们说李书琴长得

一粒微尘 257

像王丹凤一点都不假，上次家访去李书琴的家，他就吃惊于李书琴的漂亮，此刻，这个漂亮女人就站在眼前，她坐下来了，离自己是那么近。

"你喝水。"王党生说，但他马上觉得自己说错了话。

"不喝不喝。"李书琴忙说，王党生的神情让她感觉到不自在，她身子有些发抖。

但更不自在的其实是王党生，他觉得自己此刻身上很紧，紧得到处发僵，两只手也麻起来，他把两只手互相搓了搓，还是不行，便又用左手捏右手，右手捏左手，两只手的骨节发出"咯嗒咯嗒"的声音。人可以管住自己的嘴，但一个人往往有时候就管不住自己的情感，那种感觉来了，那是种致命的感觉，在那一刹间王党生想到了陆校长，只要一想到陆校长，王党生的反应便是全身性质的，是无法抗拒的，眼泪也会从他的眼里往外涌。

王党生的眼里有了眼泪，这真是让人吃惊，起码是让李书琴。

坐在王党生对面的李书琴愣在了那里，这个工宣队，这个王党生，怎么会，怎么会眼睛里突然充满了泪水。这太出乎李书琴的想象了，李书琴甚至都想是不是房顶上的灰尘迷了他的眼，她抬起头朝上边看了一下。

"你别动。"王党生说，已经站起来，去了门那边，他背对着李书琴，把头仰起来，长出气，长出气，再长出气，这么一来，他觉得好一点了，但其实是更无法控制自己，他好像就那么站了好长时间，再返身回来的时候，李书琴忽然觉得自己被从后边抱住了。一下子死死抱住。但也只给抱了一下，王党生马上又松开了她。

"你让我想起一个人。"王党生说。

李书琴已经站起来,却站不稳,怎么也站不稳。

"我这里谈话很不方便,找个地方谈。"王党生突然说。

李书琴朝窗子那边望去,因为工宣队和军宣队都是住在学校的办公室里,窗子上根本就没有窗帘,一开始,有人往窗玻璃上糊了白报纸,但后来又都撕掉了,因为军宣队和工宣队都认为这是一项纪律,一切都要光明正大地摆在那里。还有一条纪律就是如果有异性来谈话门一定要开着,不能关门。

"找个地方谈。"王党生又说,口气是命令式的,不可抗拒的,但又充满了不可言说的魔力。李书琴很听话,心里是一半明白一半不明白,但她已经转过身,她此刻好像是被施了什么魔法,跟着王党生转过身了,往门那边走了,出了门以后,她不知道自己是应该走在王党生的前边还是后边,也不知道自己应该去什么地方,她以为王党生会把她领到一个什么地方去,比如,学校的什么地方,比如,她不知道的一个去处,但她明白将要发生什么,她一点点都不害怕,甚至是有些渴望。但王党生停下来,让她先走,他跟在她后面,王党生让她从西边那条路出校门,他自己,从东边,就这样,他们各走各的,她走过了花池,王党生走过试验室,从那边的偏门出去,出了校门,从树行子再往外走,王党生紧走几步才赶上她,小声说:

"你们家的王老师听说不在,去你家。"

学校里传来排练节目的声音,手风琴,还有鼓声。

王党生的声音虽然很低,但是不可抗拒,他刚才那从后边的一抱对李书琴来说是摧毁性的,一切都没有过渡,一切都来得那么突然,这既让李书琴感到害怕,又让李书琴有绝处逢生的那种感觉。

一粒微尘 259

而在王党生那里，一切都已经想了许久许久了。他想了好久了，也观察了好久了，王党生对李书琴是如饥似渴，他觉得最好让自己的如饥似渴变作一种惩罚，对这种人，对这种出身很坏的人的一种惩罚，王党生也明白这不过是自己在给自己找理由，一个人在这种事上总是要找理由的，虽然不着边际毫无道理，但可以让他觉得自己可以这样，应该这样，必须这样，而且，这样做好像还比较贴近革命行为，说得过去。

"走！"王党生的声音忽然有些生硬，他咳嗽了一声。

"就去你家，咱们好好谈。"王党生又说。

说这话时，王党生忽然又是工宣队的人了。但那从后边的一抱，已经确定了他们的关系更接近是朋友，是距离拉得近得不能再近的人，此刻的李书琴有点晕头转向，身子也不知道去了哪里，她知道将要发生什么，好像又不知道。王党生是工宣队的队长，她觉得接下来也许可以得到自己最想要的东西，她想要的东西其实简单得要命，可以有人保护自己就行，除此，她不敢有别的任何奢望。

"去我家？"李书琴结结巴巴，不知所措。

"不要说话，快走。"王党生示意。

王党生再次让李书琴先走，保持着距离，这注定了以后他们一定要保持着距离，他们之间的距离与生死线几乎等同。李书琴的家离学校不远，和学校只隔着一道墙，但要绕一段路。但还是很快就到了，院子门口黑乎乎的，是两堆污雪，说它化了它还没化，说它没化，却已在化，汤汤水水，遍地泥泞，像是李书琴此刻的心情，不干不净。

"你那件旗袍我看到了，可惜现在不能穿了。"

进李书琴家的时候王党生忽然又小声说了这样一句话,说下一句话的时候他已经把手从前边一下子伸进了李书琴的衣服里放在了她的乳房上:

"你不穿旗袍也很好看。"

让王党生和李书琴都想不到的是,他们一出校门的时候就有个人影跟上了他们,他们走得快,那个人影也走得快,他们慢下来,那个人影也跟着慢下来,是你快我也快,你慢我也慢,是不即不离,如影随形。

这个人在李书琴家门口站了很长时间。

地上的月光,像泼了一地的水。

16

这天晚上,王党生临离开的时候一边穿衣服一边对李书琴说了一句话:"我和你的事千万不能对任何人说。"其实这话真是多余,换个人也不会说。

王党生又说:"我倒很想看你穿旗袍的样子。"

李书琴打了一个寒战,看着王党生。

"很想看。"王党生说。

"旗袍?"李书琴说。

"就是旗袍。"王党生说。

"你让我穿旗袍给你看?"李书琴说。

"下次来你穿给我看。"王党生说。

"下次?"李书琴倒不知说什么好了。

一粒微尘

"你那件事本可以不说的,生孩子的事,没人会自己往外说的,这种事,一不是敌我矛盾,二又不是政治问题,你不说也不会有人知道,但传出去比这两种性质影响都坏。"王党生一边穿鞋一边又说。

"我……"李书琴想说什么却没说出来。

"你真是没有头脑。"王党生又说,这句话明明是责备,却让人感到亲切。

李书琴的身子突然靠住门框,人已经愣在那里。

"你知道不知道这种事情能把一个人彻底搞臭。"王党生又小声说。

"我。"李书琴又说,接下来还是没话。

"要是政治问题和敌我矛盾也算。"王党生说。

"我是想向党交心,想向党交心。"李书琴讷讷地说。

"不说这了,你穿上旗袍还是蛮好看的。"王党生说,已经穿好了鞋。

"现在谁还敢穿旗袍?"李书琴说。

"你在家里穿,只穿给我看。"王党生说。

"好。"李书琴开口,只说了一个字。

王党生突然又抱住了李书琴,说他这会忽然又想了,但时间不早了。

"我那件旗袍还得补补。"李书琴说。

刚开学的第一天,学校已经通知李书琴把她的旗袍取了回来,因为学校要会演,要把大礼堂收拾出来。那些被拿去展览的东西原则上是谁的谁就可以自己拿回去处理。东西都放在礼堂舞台旁边的那一间小屋里，那间屋子里的两面墙上都是镜子，墙上左一道右一道都是化妆油彩，还有鼓，还有卷起来的旗子，卷起来的标语，还有三条腿的乐谱架子，东一个西一个地都堆在那里。

"咱们的事，不要对别人说。"王党生临出门时又说。

李书琴没说话，她不知说什么好了。

王党生走后，李书琴把门关好，整个人已经呆头呆脑，她一屁股坐了下来，想着刚才发生的事，想着王党生说的话，想着这个王党生在自己身上激烈地一起一伏的运动，王党生会这样，这她完全想不到，但事情发生了，她倒觉得自己的心里平静了不少，她用双手抱着自己，她觉得很冷，她打着寒战，一个寒战接着一个寒战，她觉得自己会不会是感冒了。她给自己倒了一杯水，水不热，几乎是凉的，她给自己找了一片感冒药，她觉得自己好像还应该干件别的什么事，她弄不明白自己应该干件什么事，她站起来，在地上转了几个圈子，她突然明白了，自己应该给王重生马上写封信，她脑子里亮了一下，但这也只是瞎亮。

"对，马上写。"

李书琴对自己说，也只能对自己说。写信的这个想法一下子就明确了，而且是迫不及待，是太重要了。她把信纸找了出来，信纸没几张了，蓝墨水还有半瓶。

李书琴坐下来，把台灯打开，把信纸铺好，她在第一张纸上写了一行字：

"重生。也许我们可以不用离婚了。"

李书琴看看自己写在信纸上的字，觉得这么说不妥，又写第二张，但第二张的信纸上还是这句话："重生，我们也许不用离婚

一粒微尘　263

了。"她不满意，不知道该怎样写这封信，便又写了第三张，"重生，我们这下也许不用离婚了。"这一封，显然还是不行，李书琴不知道该怎样写这封信了，她一直在桌边坐着，床上很凌乱，地下是刚才丢弃的一团一团的卫生纸，那上边是既有她的也有王党生的。

李书琴就那么坐着，一直在写，直到把信纸写完，纸上还只是那一句话：

"重生，也许我们这次不用离婚了。"

李书琴明白这只能是写给自己看，只能是写给自己。

后来，她不再写，她走到挂在墙上的镜子前，长方形的水银镜子，镜面上有大朵艳丽的牡丹花，是她和王重生结婚时别人送的，李书琴看着镜子里的自己，镜子里的李书琴眼睛特别亮，亮得有些怕人，但又特别的空洞无物，眼睛里什么也没有，又是空的，李书琴忽然靠近了镜子，冲着镜子吐了口唾沫，停停，又吐了一口。就这样，她对着镜子站了很久，直到两腿发麻。

夜慢慢深下来，李书琴有了动静，她把那件银灰色竖道子的杭州绸旗袍找了出来，旗袍的前面已经被她用剪子划开。李书琴准备用线把它从里边钩一下，既然王党生想看，就穿上让他看。此时的李书琴忽然像是又看到了希望，只要有王党生在，也许，那些大字报就不会再出现。

李书琴把旗袍在床上铺开，住上边喷了一点水，这样钩好后就不会起皱，但即使用线钩好，看上去也许还是像一个大疤痕，她看着铺在床上的旗袍，忽然又不想做了，也不想动，后来，她仰身躺在铺在床上的旗袍上。外面，天已微亮，鸟在叫，声声清脆。她感觉到王党生还在自己身上起伏，再起伏，喘息，小声喘息，大声喘息，把一口很长很长的气猛地吐出去，方才停止。

"生孩子那种事，既不是敌我矛盾又不是政治问题，但它可以把一个人搞臭，所以你要沉得住气。"李书琴的耳边还响着王党生说的这句话。李书琴又从床上下了地，她又站在了那面镜子前，镜子里的那个人看着她，她看着镜子里的那个人。镜子里的那个人把手放在了胸前，那只手慢慢慢慢往下滑，滑到了肚子那里，停住，张开，然后猛地一抓，一抓，又一抓。

李书琴听到自己一连串的尖叫。

"重生，重生，重生。"

17

天暖和了起来，柳絮如雪，槐花已开。

学校里关于李书琴生孩子的大字报突然多了起来，简直是铺天盖地。这在当时被叫作"阶级斗争新动向"，只要一有什么新动向，大字报马上就会铺天盖地跟着来。这样一来，不认识李书琴的人也认识了李书琴，不知道李书琴婚前生过一个私孩子的人也都知道了李书琴生私孩子的事。现在无论李书琴走到哪里，都能看到有人在对她指指戳戳，上课的时候，她总是走神，不是忘了这一段就是忘了那一段，她很怕面对学生们的那种目光，她想回避，但又无法回避。这件事，李书琴是始料不及，鉴于这种情况，学校决定暂时把李书琴的课停了，因为她确实无法站在讲台上把一堂课有始有终地讲完，生私孩子的事让她抬不起头来，贺北芳现在是见了她就绕道走开，如果面对面碰在一起也不再和她说话。

"大贺。"有一次,李书琴在路上碰到了贺北芳,低声喊了一声。

大贺把脸掉向一边,很坚决,像是没听到她在说话。

学校安排李书琴去大礼堂扫地打扫卫生,她暂时也只能做这些。

门房老黄的工作是扫院,烧开水,分发报纸,但也是发发一般的报纸,比如说《参考消息》这样的报纸就是办公室主任专人来分发管理,学校里边有资格看这份报纸的也只是那么几个人,每个月几张,看完还要认真收回。还有另外两个接受监督改造的老师分别打扫厕所和操场。

李书琴现在能去的地方好像只有大礼堂,让她想不到的是她居然好像是喜欢上了那个地方,平时那里很安静,只有下午学校的宣传队会来这里排节目,天气毕竟不那么冷了,大礼堂里可以排练了,也不用再生那两个火炉子。因为全市要组织会演,校宣传队这几天排练得很紧张,他们在台上排,一遍遍地重复一个动作或是从头到尾连排,乐队是一遍一遍地起,一遍一遍地停。李书琴在下边呆呆坐着看,她可以看到贺北芳在台上拉手风琴,拉着拉着,贺北芳的嘴有时候会跟着动。

贺北芳现在根本就不跟李书琴说话,她也能看到呆呆坐在下边的李书琴,但她只是从眼角感觉李书琴的存在,从不正眼去看一下。李书琴总是坐在后边偏左的地方,她怕让自己坐在阳光里,坐在明亮的地方。她没地方去,她现在每天的工作就是等台上一排练完就去收拾一下。要是碰到开大会她就苦多了,她要把大礼堂扫一遍,从前边扫到后边,还要洒水。

贺北芳现在对李书琴是这种态度,不再说话,当面碰到会一下子把脸掉开。而那个杨老师,却总是直直看着李书琴,或把头慢慢慢慢转着看李书琴,然后猛地笑一下,他的笑里边好像有什么东西,又好像没什么东西。

这一天,李书琴在生大礼堂的炉子。

"坐壶水,待会儿我们要喝。"杨老师在她一旁说。

李书琴一时还没反应过来,不知道杨老师在对谁说话。

杨老师突然就火了起来,说:"李书琴,有你的好日子过!"

李书琴被吓着了,忙站起来,看着这个杨老师。

"告诉你,以后有你的好日子过。"杨老师突然冲过来,用手指点着李书琴的鼻子又说,"有本事你也跑到国外去,去投敌,去叛国。"

李书琴给吓傻了,站在那里,呆若木鸡。

这一天,李书琴接到了通知,其实也没人通知她要做什么,只是有人告诉她要她在教研室里待着,什么地方也不要去。李书琴就在教研室里待着,一直待到天黑,才有人把她从教研室里带到了学校的大礼堂,带她的人是高二的一个学生,李书琴教过他。

"有什么事。"李书琴想问问要把自己带到什么地方。

"不许说话。"那个学生马上说,"革命又不是请客吃饭!"

"天快黑了。"李书琴又说,天其实已经黑了。

"你以为天黑你就可以逃跑吗?"那个学生说。

李书琴不敢再问,跟在这个学生后边,穿过操场,前面就是学校的大礼堂。

一进大礼堂,李书琴就吃了一惊,空荡荡的大礼堂舞台上站着不少人,李书琴并不认识那些人,但她在这些人里边看到了门房老

一粒微尘

黄,这就让她明白站在上边的都是些什么人,那些人,没有神情不紧张的,而且都灰溜溜的,他们都是从什么地方来,要到什么地方去,李书琴并不知道。

舞台上的灯亮着,有几分刺眼,在这样的灯光下,舞台上的那些人的脸色一律都黄白难看,那些人,谁都不知道接下来会发生什么事,他们也不知道戴红袖章的学生把他们带到这里要做什么?这是一次市里的统一行动,至于怎么行动,谁也不知道。

李书琴也被带到了舞台上,她一上台子就马上往边上站,她往边上站的想法很简单,就想和那些人分开,她不愿和他们混在一起,她靠近了礼堂东边的那个小化妆间,好像这样一来她就可以安全了,过了许久,有人被带了出去,也有新的人被带了进来。到了晚上十点多的时候,学生们对李书琴做了一件事,那就是给她剪头发。也没去别的地方,就在台上。

"干什么?"李书琴吓坏了,小声问。

"干革命!"那个手里拿着理发推子的学生说。

"你们要干什么?"李书琴又问了一句。

"我们要干革命!"这个学生又说。

李书琴被重重一按,人已经坐在了一把椅子上。

李书琴能感觉到有一只手压在了她的头上,接着有什么粗暴地插到了她的头发里,她不难猜想那是把梳子,紧接着李书琴看到自己的头发落在了自己的脚下。

"别给我推光头。"李书琴听见自己在说。

"给你推光头倒便宜了你。"那个学生说。

李书琴不敢再说话,但她也不知道这个学生要给自己把头推成什么样子。

被剪头发的还有另外一个女人，那个女人是一声不吭，也许是那个女人的一声不吭影响了李书琴，李书琴也不敢再吭一声。李书琴被吓坏了，若在平时，她想她一定会反抗，但事到临头，她吓坏了，一动不敢动。学生们要把她的头发剪掉一半，只剪一半，是时下女流氓和坏分子们流行的阴阳头，凡是被剃了这种头的人几乎没一个好人，不是破鞋就是流氓，政治上有问题的人还不会被推这种阴阳头。

李书琴被按在那里，但此刻就是没人按她她也许都不敢动，她感觉自己是中了电，电流从两只脚那里传上来，嘴却是麻的，她原来只知道两条腿和两条胳膊会抖，她从来都不知道嘴唇也会抖，只有在那一刻她才知道嘴唇原来也会抖，"嗦嗦嗦嗦，嗦嗦嗦嗦"地抖，接着是下巴也开始抖，被剪掉的头发从她的头上纷纷落到她的脚下，她的头发不长，但落下来却感觉都是长发，纷纷的长发，而且还有重量，一下子就落到她的脚下。只有在那一刻她才知道一切想反抗的想法都无法存在，都会消失殆尽，她一动不动，话也说不出来，她感觉到有一个看不见的自己已经从自己的身体里一下子飞了出去，站在一边看另一个真实的自己，她看到坐在那里的自己抬起了手，摸了一下被剃了一半的头发，紧接着，她看到坐在那里的自己又把另一只手抬了起来，又摸了一下自己，然后是，坐在那里的自己用双手抱住了自己的脑袋，发出了尖叫，尖叫声拖得很长，人忽然就朝一边倒了下去，软绵绵地倒了下去，连一点点动静都没有。

李书琴是晕倒了，但这并不妨碍她第二天被拉到车上去游街，这次游街是市里的一次大行动，二十多辆解放车，每辆车上两个

一粒微尘

人，被四个戴红袖章的人扭着，李书琴的阴阳头给人的印象是她半个脑袋忽然不见了，她被两个戴红袖章的学生扭着站在车头后面，人们在下边恍恍惚惚看到一个只有半个头的女人，这个人就是李书琴。李书琴能感觉到自己身体里的另一个李书琴已经从自己的身体里飞了出去，飞到了那些看热闹的人群里，她在人群里看着被扭在车上的自己，是半个头有头发，半个头没头发，胸前的那个大黑牌子上写着白字，白字上又给用红笔打着叉，一个叉，两个叉，三个叉，李书琴这三个字每个字上都给打了红叉。这次游街，是从西门外广场开始，开会，喊口号，有人不断地上台上去念稿子，然后游街才开始，这二十多辆解放车，每一辆都开得很慢，往南去，再往东去，再往北，然后再往西，也就是几乎在城里绕了一个大圈子，李书琴的那辆车最后还是开回了学校，天已经黑了，因为站在车上，李书琴可以看得很远，她朝那边看，她不知道东南西北，她也不知道那边是哪边，是她的心让她一下子看到了教堂，教堂那边更黑，是一个黑黑的轮廓，小时候她被姥姥带到教堂去，当然那个教堂不是这个教堂，她还记着教堂里好看的花玻璃，那些窗子一律都是狭长的。还有管风琴，那声音是很好听的。

"下来下来，回学校了。"有人对李书琴说。

李书琴站在车上不会动了，一动不动。

"下来下来。"又有人对她说。

李书琴还是没动，那两个人走开了。

李书琴还那么站着，一直站着，直到有一个人跳上车，把她从车上轻轻拉下来，并且扶了她一把，这个人是门房老黄。

"你赶快回去吧。"

门房老黄小声对她说,把什么东西朝李书琴手里塞了一下,但那东西又马上从李书琴手里掉了下来,是一个食堂的二面馒头,烤过了,硬硬的。这整整的一天,李书琴什么都没吃,也没喝过一口水。后来人们才知道,市里的这次统一行动是为了迎接毛主席送给工人们的杧果的到来,人们不知道杧果是什么,但迎接杧果的动静搞得是够大,没过几天,从北京接来的杧果开始在市里各单位展出,人们排了很长很长的队伍去瞻仰杧果,才知道这不过只是一种个头并不大的黄色热带水果,被放在一个玻璃罩子里,而且只有一个,还是蜡制的复制品。这个小城里的人们排着队去看杧果,但看了之后,谁都说不出什么。出身不好的那些人,还没有资格去看这种果子。

18

这天,王重生忽然从重庆急匆匆赶回来了,回来之前,他根本就没有和李书琴打招呼,回来之后他也没有告诉李书琴,这边的事他都知道了,这次回来对他来说是太重要了,他的同学,和李书琴在一个学校工作的侯捍东把李书琴的事情一五一十都告诉了他,王重生万万想不到李书琴在和自己结婚之前会生过孩子,还会被游街。听到这消息后,他跑到江边去坐了老半天,后来他坐在那里背字典,让自己不要太激动,但字典上的字忽然在他的眼里乱成一片,到后来他连一个字也看不进去。

王重生再也坐不住了,买了张火车票就赶了回来。绿壳子火车开得很慢,像虫子爬,而车上播放的那首人人都会唱的歌曲却是

一粒微尘

节奏飞快,这首歌的节奏是一顶一顶的那种感觉,让人想动,让人想跳,最后的那一句是"雨露滋润禾苗壮,干革命靠的是毛泽东思想"。王重生在这首翻来覆去的歌曲声中睡了醒醒了睡,其实他一直都是迷迷糊糊,说不上是睡还是醒,两眼通红充满了血丝,他在心里想,再这么下去自己也许会瞎掉,他一次次跑火车上的厕所用凉水洗眼睛,接下去,他想去卫生间已经不行了,卫生间里也挤满了人,人们只好解开裤子从车窗朝外撒尿,火车带起的风好大,又把人们撒出去的尿吹回来,像雨点,或密集,或三点两点。

  王重生先去了李书琴的学校,他要看一下,证实一下,他从校门口进去,对面就是学校的大礼堂,大礼堂的前面便是很高的大字报墙,大字报墙猛看上去就是纸的墙,而且是很厚的纸墙,人们天天都在往上边贴大字报,旧的一层,新的一层,今天一层,到了明天又是一层,人们只是往上不停地贴,却没人敢往下撕,所以有的地方的大字报墙难负其重,竟然有倒了的。学校里的大字报墙是在礼堂的前边,也是方便让人们观看,王重生进了校门,往西走,然后往北拐,他一眼就看到了那六个字,每个字几乎都有小课桌那么大:"大流氓李书琴",李书琴这三个字被狠狠打上了很大的红叉,每打一个红叉恐怕都得用掉一瓶红墨水,他站住,眼睁得老大,再往那边看,又是,再走几步再看,还是,到处是李书琴这三个字,到处是红叉。忽然间,王重生身上软得像是没了一点点力气,他让自己接着往下看,就又看了几张,之后,他站都站不稳了,好像身子已经不存在,消失了,不知去了什么地方,只有头部还在,在空中漂浮,不少大字报上都直指李书琴生孩子的事,最要命的评语是"资本家黑五类糜烂腐朽的人生"。

王重生站在那里，忽然有一种感觉，就是连自己都一下子被人剥光了，剥得一丝不挂。他快走几步，从大字报墙下边快步走过去，再过去，就是学校的教室，一排，又一排，三排四排，五排六排。树已经泛绿，那种新绿真是好看，看上去像是有，仔细看又像是没有。王重生也不知道自己是怎么进的几何数学教研室，他的同学，也就是把李书琴最近的事告诉他的侯捍东就在这个教研室里，这时候学校里正是上课时间，教研室里只有侯捍东一个人，他在等他，为了等他临时换了课。王重生走进这个教研室的时候，侯捍东正好在收拾什么，他忙招呼王重生坐，顺手拉了一把椅子给王重生。王重生却没坐好，不知怎么就一屁股坐在了地上。办公桌上的粉笔盒被带到了地上，稀里哗啦一阵响。

"没关系没关系。"侯捍东说。

侯捍东蹲在那里，把粉笔一根一根都捡回到粉笔盒子里。

"大字报你也看到了吧。"侯捍东小声对王重生说。

王重生点点头，他本来话就不多，此刻竟连一个字也说不出来了。

教研室的门口，堆了许多树苗，春天到了，又要种树了，学校年年都要种树，但没有多少树能够活下来，迎春的树苗有些性子急，还没种，居然一朵两朵地开出黄黄的花来，虽然根子还都在外边裸露着。

王重生忽然蹲在那里哭了起来，哭了两声，马上停住，然后站起来说他要走了。"回重庆去。"

"你今天刚回来。"侯捍东说。

王重生对侯捍东说，他和李书琴的事结束了，他用了"结束"

两个字。

"我和她结束了。"王重生说。

"这种女人,出身加上海外关系,还有这种事,结束了也好。"侯捍东说。

"是结束了好。"王重生说。

侯捍东给王重生倒了一杯水,要他不要激动,把话又重复了一遍,说:"大字报你也都看到了,这种女人真要不得,不但出身不好,而且……"

侯捍东没有把话说下去,王重生眼里又有了泪水。

"什么都别说了。"王重生对侯捍东说。

"中午一起吃个饭。"侯捍东说他除了饭票还有些粮票,可以去外边吃。

王重生却想起了什么,和侯捍东要了纸笔。

"你做什么?"侯捍东把纸和笔递到王重生手里的时候问了一句。

"这个城市,我不想再来了。"王重生说。

王重生是在侯捍东的办公室把离婚起诉书写完的,一共四份,自己一份,李书琴学校这边一份,市革委领导小组那边还要有一份,还有一份是要交给军宣队,他把一份交给了侯捍东,让侯捍东转交给组织,那时候,离婚手续真是很简单,只要对方出身不好或有什么别的问题,只需向组织说明就可以解除婚约。

这一次回来,王重生甚至于都没有回家,晚上就买到了回重庆的票,晚上,他在车站旁边的"东方红饭店"里吃了一碗面,两毛钱三两粮票,就着这碗面,他喝了半斤白酒,那种六十度的白酒。

开往重庆的车是后半夜的，王重生甚至于在候车室里睡了一下，其实他根本就没有睡着，只是一直在流眼泪。他的一只手放在自己的腹部，那地方好像是很冷，那地方毕竟缺一件，只要有什么不舒服的事王重生都会觉得那地方空空荡荡，而且用手摸上去又像是没有一点点知觉，他后来坐起来，把那本随身带着的小字典取了出来，他想让自己背几个字，让自己平静下来，那本小字典，他总是随身带着，他坐在那里看了几个陌生的字，看看背背，背背看看，但接下来，他突然一阵狂吐，把吃下去的面条和喝下去的酒都吐了出来，这样一来他像是清醒了。

王重生是个头脑清醒的男人，他把字典收了起来，他突然觉得自己有必要和李书琴见一面，是好离好散明明白白，便马上又去退了票，然后步行回家，背着他那个黄色背包，背包上有一颗红五星，五星旁边有三个红色的横道，表示是光芒。红五星上边又是五个字：为人民服务。现在市面上又有了新的背包，依然是用黄色布做的，但上边的图案是用更黄的油漆印刷的枕果，枕果上边也有五个字，是鲜红的：毛主席万岁。

王重生一路上想好了，他只要李书琴回答他一句话，除此，他什么也不要。回到家的时候，已经都半夜十二点多了，王重生虽然有家里的钥匙，但他没用钥匙去开门，而是敲门，门马上开了。

李书琴吃了一惊，想不到王重生会这么晚突然回来。出了什么事？是重庆那边有事还是这边？更加吃惊的是王重生，他盯着李书琴，差点叫出声来，王重生从来都没见过李书琴是这个样子，李书琴自己把那半个头的头发也剪掉了，她只好这样，这样一来，李书琴现在就像是一个男人，一个说不出岁数是大还是小的那么一个古

一粒微尘　275

怪的男人，头上的短发一如乱草，因为是用剪刀匆匆剪的，是十分的零乱而且难看。王重生想不到李书琴会是这样，当下心里难过起来，是十分的难过，但这难过下边又是恨，恨与难过就像是水泥与水与沙，合在了一起，变成了好硬好大的一块。

李书琴的声音很小，而且很弱，她连问了几句，王重生一个字也没有回答。但他还是喝了水，喝了一大缸子冷水，他渴极了，伤心极了，伤心之上还有失望和愤怒。后来，王重生要李书琴坐下来，他只要她回答他一个问题，那个人是谁？那个孩子的父亲是谁？

"请您告诉我。"王重生说，王重生用了一个"您"字，这样一来，他和李书琴之间的距离便一下子拉开，拉得要多远有多远。

李书琴的脸色登时变得煞白煞白，说不出话来。

"我只要你一句话。"王重生说。

但是无论王重生怎么问李书琴都不说。

"你说。"王重生说。

李书琴不说话，脸上没有任何表情，她知道自己只要一开口就会哭出来。

这天晚上，王重生一直坐在外边屋的小床上，他没合眼，一夜没合眼，后来，他取出那本字典，他已经背到了第227页，但字典上的字忽然间都活了，他的眼睛捕捉不到它们，它们跳来跳去。

李书琴在里边屋的床边坐着，也一夜没合眼，奇怪的是她没有眼泪，这让她自己都觉着奇怪，她手里拿着一条手巾，绞来绞去。

后来，王重生在外屋又说："我只要你告诉我一句话，他是谁？"

李书琴在里屋一声不吭，像是不会说话了，也不会动。

"我只要你一句话。"王重生又说。

李书琴还是不吭声，一声不响。

李书琴明白她和王重生的路已经走到了尽头，她知道王重生的性格，她知道王重生此刻是怎样的难受，李书琴伤心极了也难过极了，虽然伤心，虽然想放声大哭，但李书琴还是一声不吭，她甚至觉得这样更好，把事情了结了，李书琴的脸上几乎没有任何表情，但她能听到自己内心在崩裂，她能感觉到自己五内俱摧，能感觉到自己在纷纷瓦解，已经瓦解成了一堆没人要的碎片。

李书琴突然开口说了话，三个字："这样好。"

"他是谁？"王重生在外屋马上接着问，也是三个字，王重生执拗得很。

李书琴说出"这样好"这三个字之后不再说话，她坐着，她倒愿王重生突然从外屋冲进来揪住自己就打。时间分分秒秒过去，说它慢，它其实很快，说它快，它又很慢，天快亮的时候，她听见王重生站起身，弄出些小响动，是背他的背包，穿鞋，动了一下水杯，漱了一下口，然后，拉开门，是轻轻一拉，这是他的家，然后，关上门，是轻轻一关，这是他的家。

李书琴在屋子里站了起来，轻轻站起来。

门轻轻响了一下，王重生走了，走之前，王重生又在小院里站了一会儿，然后，王重生才出了院子，在王重生关院门的那一刹间，李书琴把那条毛巾，手里的那条毛巾，一下子，狠狠塞进自己嘴里，这样一来就谁都听不到她的哭声了。

王重生走了好一会儿，李书琴才从里边的屋里出来。

一粒微尘

王重生忘了拿那本小字典，在床上放着，小字典的四个边角已经翘了起来，虽说为了保护书，王重生在小字典的四个边角上都打了一层蜡，但四个角还是翘了起来。李书琴把那本小字典拿起来，有眼泪掉在上边，一滴两滴，一滴接着一滴。她听见自己在心里叫着重生这两个字。

"重生——"

"重生——"

"重生——"

19

王党生这天晚上又来了，他现在是时不时隔几天就要来一次，悄悄的，趁着黑来，趁着黑去。这次来，他带来了一把理发推子，他要帮着李书琴把头发理理，理齐了，以后长长了会好看些。他进来，把门关上，再插好，再把窗帘拉拉，其实窗帘早已经拉上，他只不过是不放心又检查了一下。然后他和李书琴到了里屋，他要李书琴坐下来，他拉了一下那把没扶手的椅子，把它拉到灯的下边，头上的那盏灯，照例是十五瓦，说亮不亮，说暗不暗。然后又去拉李书琴，李书琴现在轻得像是没有一点点分量，像个纸人，很薄，仿佛吹口气就能把她吹跑。李书琴一句话也不说，木头人一样，王党生也不说话，但他不是木头人，虽然他在给李书琴理发的时候从始至终也没说什么，但他身体里有某种东西在东奔西突。王党生会理发并不稀奇，他在厂子里经常给车间的工人们理发，工人们之间经常是互相理，洗完澡坐在那里理发仿佛是一大享受，车间里还为此买了几把推头推子，后来是一个小组一把。但王党生从来都没给女人理过发，这就让他有些紧张。他理得很慢，但还是没理好，他站在李书琴身边转，这里理理，那里理理，人就转了一个圈，这里理理，那里理理，就又转了一圈儿，一圈儿又一圈儿地下来，李书琴的头发就更短了。"很快就会长起来长长的。"这是王党生开口说的第一句话，他用梳子敲敲理发推子。他又说："这种事你都经过了，以后就不会再有比这更'那个'的事了，"王党生用了个"那个"，他喜欢用的词是"这个""那个"，这两个词在王党生这里被使用的频率极大。他会对李书琴说"咱们'那个'吧"，或者说"我'这个'起来了"，或者是"你'那个'来了没？你来呀，你来呀，我都快来了你还不来？"

王党生放下了理发推子，他不能再理了，再理李书琴的头发就更短了，从他一进门开始，李书琴就几乎没说话。但王党生每次来，李书琴的心里就会亮一点，感觉是有一个什么东西在心里亮起来，但那亮并不能给她带来一点点温暖，是没温度的，有几分像是鬼火。即使是王党生，也能看出李书琴最近更瘦了。漂亮的女人有时候就像是一个灯笼，有光芒从里边照出来，整个人通体是透亮的，而李书琴这个灯笼现在是几乎没有了亮光，要说有光亮，也很微弱，这微弱的光可能也许只有王党生能看到，但在别人看来，李书琴这个灯笼已经彻底熄灭了，没一点点光亮，从里到外已经黑成一片。

王党生要李书琴把旗袍穿上，他示意她，他要开始了。

"我'那个'已经不行了。"王党生说，他要李书琴快把旗袍穿上，只要李书琴一穿上旗袍，王党生就会更加兴奋，这简直是莫

一粒微尘

名其妙，不知从什么时候开始养成的习惯。

他对李书琴说："穿上，快穿上。"

李书琴现在整个人都木了，她在王党生的注视下把自己全部脱光了，那件旗袍她还没有来得及把它缝起来。前边是分开的两片，但一旦穿在身上，旗袍一搭在李书琴的身上，那前边被李书琴用剪刀划开的大缝就看不到了，只要她不走动，站在那里。但王党生还是对李书琴说："你抽空把它缝上嘛，这旗袍多好。"

李书琴把旗袍穿好了，她把每个扣子都扣好，王党生已经兴奋了起来，他也已经把自己很快全部脱光了，是一丝不挂，他身体上的肌肉很好。穿上旗袍的李书琴和不穿旗袍的李书琴起码在王党生的眼里是大不一样，像是更让人刺激，再加上现在的李书琴简直就是一个光头，虽然还有短短的头发，但看上去光光的，王党生一下就兴奋了起来，不可遏制。他的身上已经出现了一枚很大很大的钉子，他要用这枚钉子把李书琴钉得死去活来。

"就在这里。"王党生指指桌子。

李书琴看着王党生，马上明白了，她没再往床那边走，用双手扶住了桌子。

王党生从后边进入了，他把他的那枚大钉子纳入李书琴的身体，一开始慢慢动了两下，顺畅了，便快了起来。

李书琴被推动着，身体一前一后地跟着动。她不用不停地往上撩垂下来的长发了。

"你转过来。"王党生的兴致一点一点高涨起来，他要李书琴换一个姿势，要李书琴转过身面对着自己，这样一来呢，王党生感觉到更兴奋了，自己面前站着的是穿旗袍的李书琴，或者说她就是

280　一粒微尘

王丹凤,他先抱了一下李书琴,然后把身子矮了下去,虽然李书琴穿着旗袍,但旗袍前边被划开的缝隙给了他意想不到的方便,王党生把身子矮下来,然后又顺利进入了,先一矮,然后一挺,然后王党生觉得自己简直就是一个火车头,加足了马力,轰轰轰轰地车轮飞转起来。

  王党生忽然低声叫了起来:"王丹凤,王丹凤!"

  王党生小声叫着,而且,他要李书琴答应。

  但李书琴没有回应,她不习惯,开不了口。

  王党生动着,忽然又改了口。

  "陆校长——"

  "陆校长——"

  "陆校长——"

  王党生越动越快,简直要抽搐了,他一声一声地叫着,他希望李书琴回应,但李书琴还是无法回应,她无法,她闭紧了嘴,她不清楚在最关紧要的时刻王党生为什么要喊出"陆校长"这三个字来,"陆校长"这三个字怎么能从他的嘴里喊出,谁又是陆校长?李书琴对此一无所知,只是觉得奇怪,但她也没问。但因为她和王党生是面对面,便用手,从后面,一下子抓住了王党生的头发,抓住,抓住,抓住。她用了力,不知是爱还是恨,她用了力,在那一刻她想到了王重生,她手上的力量就更大了,她越用力王党生就越兴奋,但他还是不敢大声叫出来,声音像是一只被困在笼子里的野兽,只不过这只野兽被困在王党生的喉咙里。他要让这声音回去,那声音却非要出来,这简直是让人难受极了,是难受,是欲仙欲死。

  王党生忽然说,小声说:"快快快,你叫,你叫我。"

一粒微尘 281

王党生的这话有什么意思？像是一点点意思都没有，但他快不行了，只要李书琴一叫他也许就会结束了。而李书琴却真的叫了出来，叫的却是"重生，""重生，重生，重生。"李书琴不但叫，她还要王党生答应，王党生不假思索，他也没时间思索，他果真答应了，这又有何难？

李书琴叫一声"重生"，王党生就答应一声，李书琴叫一声"重生"，王党生就再答应一声。也就在这时候，出事了。

没有任何响动，也没有任何前奏，外屋的门突然被什么猛地一下子撞开了，根本就没有第一声撞击或第二声撞击，也许有，但王党生和李书琴都没有听到，他们实在是太专注了，是一下子，门被从外面"咣"地一下子撞开，不是撞开，而是整个门一下子被推倒在了墙上，门的金属合页从门上脱落了，门和门框一下子脱离了，可见外面的人用了多么大的力气。

"都抓起来！"是军宣队郑连长的声音。

从外面闯进来的人其实要比王党生和李书琴都慌，因为他们从来都没看到过这种场面，屋里十五瓦的灯光之下，李书琴穿着那件旗袍，头发并不像通常说的那样凌乱，因为她已经没有头发可凌乱，而王党生却全身赤裸着，王党生赤裸的身体在那一刹那间竟然好像还有那么一点晃眼，晃得人们都睁不开眼。在那一刹那间，人们都有些蒙，不知道屋里的这两个人到底是怎么回事。李书琴怎么还穿着旗袍？他们在搞什么？这只是一闪而过的疑问。

"都抓起来。"郑连长又大喝一声。

这天晚上，除了军宣队的人，郑连长还特意叫上了工宣队的人，这就是郑连长的心机，也是有经验，而且是有全局观念。工宣队的人此刻没有任何话好说，王党生更是没话，他一丝不挂，只这一丝不挂就让他知道从此再说什么也是多余，他赤裸的身上粘了不少从李书琴头上剪下来的短头发，屁股上，肩上，脸上，他出了太多的汗，这一晚是他出汗最多的时候，是出大力流大汗，是汗把李书琴的头发粘在了王党生的身上。他背过身去，面朝里，把屁股对着从外面闯进来的人，虽然别人看不见他什么，他还是用两只手捂着自己私处。

李书琴浑身在颤抖，而且是越抖越厉害，此刻她真像是中了电，电流一刻不停地击打着她，她站不稳，慢慢慢慢蹲下来，她想用自己的两条胳膊捂住自己，她不蹲下来还好，她一蹲下来，被她用剪子划开的旗袍前襟便像是一下子被打开的幕布，里边的内容就全部被暴露了出来。

"站起来！"郑连长忽然有些失态，几乎是愤怒。

"你给我站起来！"郑连长又大声说。

李书琴此刻没有站起来的可能，她的脑子在那一刹间失灵了，可以说连东南西北都不知道了，她现在会的就只有浑身颤抖。这就更让郑连长生气了，郑连长往前迈了一步，也就是只朝李书琴迈了一步，多少年的训练让郑连长对尺寸有十分精准的把握，他一下子抬起腿来，就像在操场上搞训练，他可以一下子把腿抬起来，绷住，半尺或一尺，说抬多高的尺寸就抬多高的尺寸，然后会一下子绷住不动，几乎是丝毫不差，他对这个尺寸把握的精准度令人吃惊，他一下子把腿朝李书琴抬起来，直直地抬起来，不是踢，要是踢，就不是郑连长的水平了，他是把腿笔直地一抬，抬起来，却在暗里使了劲，用脚又一挑，这一挑，正好挑在了李书琴的那地方，

一粒微尘　283

虽然不是踢,但力道比踢还厉害。

李书琴发出一声惨叫,声音有几分沙哑,比贺北芳老师的嗓子还沙哑。

"你给我站起来吧你!"这是郑连长的声音。

李书琴被郑连长的脚一下子挑了起来,身子朝后一弹,整个人撞在了墙上,然后又顺着墙滑了下去,然后再一扑,整个人朝前趴在了地上,这一回,人们什么也看不到了。接下来,郑连长要旁边的人把王党生的上衣扔给他,但没把裤子给他,自始至终,郑连长连看都没看一眼王党生,他对王党生说了两句话:"遮一下,别给你们工人阶级丢脸!"

"你不要忘了,工农兵,你们工人是排在第一位的!"

20

王党生消失了,是,一下子就消失得无影无踪。出事后,工厂的革委会把他马上就调了回去,这个人到了后来也只能是一个传说,一下子就没了。学校里没了他的声音,就像失去了点什么,王党生讲话虽带些当地口音,每句话的后边几乎都带着一个儿字,但不难听,甚至还比较好听,声音也洪亮,因为洪亮,所以就显得底气足,听起来让人感觉是一勃一勃的。人们都说王党生之所以很会讲话,是得了他媳妇任桂花的真传,讲话要怎么开始,讲到一定时间要怎么提高声音,下一段怎么接上一段,中间要停多长时间,她都会一点一点教给王党生。王党生的媳妇真是一个奇才,是无师自通,或者是像有些人说的那样是在睡梦中得到了仙人的指点,按说她也没上过几天学,怎么就会讲得那么好?人们都觉得奇怪,但谁都解不开这个谜。人们都说王党生的口才全是他媳妇教出来的,关于这一点,也没人不相信,他媳妇真的和他认真交流过,是有空就教,是日日在教,夜夜在教,是口传心授,但那不是交流,而只能是教,像教学生一样地教,人们都说,王党生的媳妇,纺织厂的任桂花可真是个人物,她的政治生涯并没有受到王党生的影响,在接下来的漫长日子里,还到处在讲,有一次,还居然讲到了李书琴他们的学校,人们在下边忽然认出了她,一时交头接耳起来,说,这就是王党生的媳妇,这就是王党生的媳妇,这就是王党生的媳妇。坐在下边听报告的郑连长也很快知道了在上边作报告的居然就是王党生的媳妇,不免在心里感叹起来,感叹这个女人的定力,明明知道王党生就是在这个学校里翻的船,但她居然坐在上边作报告能够一点也不乱。"刘秋香,刘秋香,在这一点上你就不如人家了。"郑连长在心里说,一时有无限的感慨。

  人们可以忘掉王党生,但却无法忘掉李书琴,因为她就是这个学校里的人,对于她的处分人们好像一下子都没了想法。连军宣队也拿不出什么想法来,出了那件事之后,学校里接连贴出了铺天盖地的大字报,大字报上的说法比较一致,口径都统一到是李书琴这个资本家的孽种拉工宣队下水这一点上来,这个说法显然又不那么好听,有损工人阶级的形象,所以马上被制止了。紧接着学校里把李书琴批斗了几次,这时候,李书琴的头发还没有长出来,所以也没办法再给她推一次阴阳头,但人们发现批斗李书琴的时候念批斗稿是个大问题,问题是,一旦要批斗她就要提到王党生,这是个十分敏感的问题,军宣队的郑连长适时地表了态,说"为了不产生更加不好的影响……"郑连长也只说了半截话,话到这里突然断了,没了下文。

"为了不产生更不好的影响,啊……"

话到此,郑连长不再往下讲,是半句,不再多说,下边的话他不再说,这就是郑连长,不会给人留话把,不会明确地把自己推到一个十分复杂的问题上让自己下不来台,也不会给别人制造问题,这就是郑连长。郑连长在那次会议上还点名表扬了杨老师,说多亏了杨老师警惕性高,政治觉悟好,才发现了问题,才不至于出现更大的问题……说到此,郑连长又停了下来,不再说了。关于杨老师,人们到了后来才知道他是怎么尾随在王党生和李书琴的后面,天是那么冷,他原来也是很辛苦的。但表扬归表扬,杨老师的事到后来也没了下文。杨老师还在学校的宣传队里打洋琴,有时候会对正在排练的节目提出一些自己的意见,他对人还是那么热情,甚至于自己谱曲自己写词,他编写了一个很好的节目,是且跳且唱的那种,节奏一勃一勃很硬朗很感染人的那种,叫作"革命红花校园开",排练的时候他亲自上场做示范导演,这让在一边拉手风琴的贺北芳大吃了一惊,这个杨老师可真是多面手,居然还会跳,但他的风格无论怎么来都是新疆风,这么一转,一只手在身后,一只手要举过头,身子矮下来,再那么一来,当然身子和舞步都要猛地一拧转回来,又是一只手在身后,另一只手举过头,身子又矮下来,有点滑稽,但很好看。人们都看得出这是"库尔班大叔去北京"这个舞蹈的版本,但还是按照他的方法来了,因为服装变了,演员们都穿着接近军装的那种演出服,黄绿黄绿的一片,时代感就更强了。而且,这个舞蹈的好就好在每唱一段都要跺脚,这就让舞台上很有生气，这个舞蹈是男六女六，两排交叉，唱，转圈子，跺脚，都很让人兴奋。在正式演出前，市革委会文艺领导小组前来观摩过一回，很鼓了一气掌，还提了些意见，都觉得这个节目好，要学校宣传队好好打磨准备参加省里的调演。后来又有人提出了意见，说两排各六个人加起来就是十二个人，每个人手里拿个语录本不如六个人手里拿镰刀，六个人手里拿斧头交叉着好看。宣传队为此还请示了校革委会，居然一下子就通过了，因为有了新的道具，舞蹈的气势果然跟以前大不一样。调演的时间已经定下了，马上就要到了，这几天学校里的排练已经到了白热化阶段，主要是排练这一个节目，精排，往细了抠，其他的节目好像都不那么重要了。

因为要抓紧排练，学校里还让食堂专门送来了饭菜，一个汤，两个菜，馒头都放在一个很大的笸箩里，还有肉，红烧肉，每人可分到多半碗，贺北芳和杨老师还有宣传队的学生们都在舞台上吃，他们都吃得很香，他们都累了，出了太多的汗，使了太大的劲，偌大一个礼堂空空荡荡，是"嗦嗦嗦嗦"的吃饭声，还有"弗弗弗弗"的喝汤声，在这样的大礼堂，一旦静下来，哪怕有一点点别的什么声音都会被放大，突然，正在舞台上吃饭的人们忽然听到了另一种声音，声音是从下边传上来的，人们都抬起头来，下边，李书琴不知道是什么时候进来的，她现在已经不负责打扫大礼堂了，她现在什么也不能再做，人是又黑又瘦，身上穿了她那件杭州绸的旗袍，现在谁还敢穿着旗袍到处走？这就说明李书琴的脑子已经出了大问题，她真是出了大问题，人们现在所能看到的李书琴是整天在到处乱走，嘴里是不停地说，但人们根本就听不清她在说什么，她手里拿着一本连皮子都不见了的语录本，一边走一边说话，说什

一粒微尘　287

么，没人知道，是不停地说。

舞台上的人都停止了吃饭，都瞪大了眼睛朝下边看。

李书琴在跳舞，她的身上是那件旗袍，舞姿滑稽得很，两条胳膊这边甩一下，再朝那边甩一下，然后再往前迈步子，然后再往左，紧跟一步，再往右，再紧跟一步，然后把两只手同时举起来，顿着脚，一下，一下，又一下，手一下一下往高举，然后再把身子转过来，两条胳膊再举高，再那样。李书琴是那么瘦，那么黑，那么憔悴，她跳得气喘吁吁，但她不肯停，继续跳，继续旋转，手又扬了起来，身子又在转了。

"又来了。"台上的一个学生说，小声说。

"滚出去！"这一声，是杨老师在大声怒喝了，他站在台口，大声怒喝，声音很是洪亮，仿佛他的声音就是一枚炸弹，在空荡荡的礼堂里一下子就爆炸了。这一声真是很有作用，李书琴马上消失了，马上不见了。礼堂的门也关上了，那一道从外边照射进来的白光，太阳的白光，一下子收了起来，不见了。

从此，几乎是一年四季，人们所能看到的李书琴就是在街上整日不停行走的李书琴，穿着她那件一天比一天变得更脏更旧的杭州绸旗袍，手里拿着她那本连皮子都没有的语录本，她的手上，还戴着两个黄黄的戒指，左手一个，右手一个，一个上边镶着一块红石头，一个上边镶着一块蓝石头，人们说那肯定是石头的，天冷的时候，李书琴还依然穿着那件旗袍，只不过她在里边穿了毛裤和毛衣，这么一来呢，旗袍就不那么好看了，有些臃肿，有些鼓鼓囊囊，有些不顺眼，有些难看，但顶顶特殊，是因为现在没有人敢穿旗袍，这种服装几乎已经从人们的视线里彻底消失了，而唯一穿它的人，在这个小城里也就只有李书琴。即使在冬天，李书琴也是不停地在街上走，手里拿着那本连皮子也没有的语录本。但后来，有人发现她手里拿着的居然不是语录本，而是一本很破烂的小字典。那天她睡着了，靠着教堂门口的那根柱子，那是半截柱子，柱子上原先有一个长翅膀的小天使，现在不见了，教堂现在是工厂，生产五分钱一根的冰棍、两毛钱一瓶的汽水和两毛五一瓶的糨糊，李书琴靠在那里睡着了，手松开了，那本没有皮子的语录本就从她的手里滑落下去，有人轻轻过去，把那个语录本拿起来看了一下，才发现原来那是一本小字典，上边已经掉了许多页，又被仔细一一粘好。

走近她的人还发现李书琴的旗袍上破了许多小洞，但已经补好了。

走近李书琴的那个人是这个教堂的修女，只不过她现在的身份是工人，做冰棍汽水和糨糊。她没有推醒李书琴，她把那本小字典又轻轻放在了她的手边。这个过去的修女现在穿着一件很像是护士穿的那种工作服，白色的，很长，她从衣服里边悄悄取出了什么放在了李书琴的手边，是一瓶汽水。

李书琴不知道睡了有多长时间，她醒来了，又开始走，一边走一边说话，她在说什么，没人知道，也没人听，可能，也许连她自己也不知道自己在说什么，也许。

王祥夫主要著作目录

长篇小说

1. 乱世蝴蝶.北京:大众文艺出版社,1994.

2. 生活年代.北京:中国青年出版社,1996.

3. 种子.桂林:漓江出版社,1996.

4. 种子.太原:北岳文艺出版社,1996.

5. 百姓歌谣.桂林:漓江出版社,1999.

6. 屠夫.广州:花城出版社,2004.

7. 榴莲榴莲.沈阳:春风文艺出版社,2005.

8. 风月无边.广州:花城出版社,2017.

9. 米谷.南京:凤凰文艺出版社,2017.

10. 种子(再版).太原:北岳文艺出版社,2018.

中短篇小说集

1. 西牛界旧事.太原:北岳文艺出版社,1996.

2. 永不回归的姑母.北京:北京出版社,1999.

3. 王祥夫小说集 狂奔.太原:北岳文艺出版社,2006.

4. 油饼洼纪事.海口:天海出版公司,2006.

5. 愤怒的苹果.太原:北岳文艺出版社,2009.

6.驶向北斗东路.北京:作家出版社,2014.

7.归来.北京:台海出版社,2015.

8.积木.太原:北岳文艺出版社,2016.

9.寻死无门.北京:文化发展出版社,2016.

10.金属脖套.太原:北岳文艺出版社,2017.

11.劳动妇女王桂花.桂林:广西师范大学出版社,2017.

12.五张犁.合肥:安徽文艺出版社,2017.

13.拾掇那些日子.太原:北岳文艺出版社,2017.

散文随笔集

1.杂七杂八.北京:中国青年出版社,1999.

2.何时与先生一起去看山.海口:天海出版公司,2006.

3.纸上的房间.海口:天海出版公司,2006.

4.四方五味.北京:东方出版社,2011.

5.衣食也有禅.重庆:重庆出版社,2013.

6.来一场风花雪月.太原:北岳文艺出版社,2013.

7.笔端有鱼.北京:燕山出版社,2014.

8.以字下酒.桂林:广西师范大学出版社,2015.

9.纸上的房间.福州:海峡书局出版社,2015.

10.青梅香椿韭菜花.北京:清华大学出版社,2016.

11.山上的鱼.郑州:河南文艺出版社,2017.

12.夜生活手记.合肥:安徽人民出版社,2017.

13.黍庵集.太原:北岳文艺出版社,2017.

感悟世间百态

与书友一同

加入本书交流群 微信扫描二维码

【入群步骤】

微信扫描二维码： 1

根据提示选择并加入交流群： 2

群内回复关键词获取阅读资源和应用服务。 3

建议配合二维码一起使用本书

【使用说明】

　　本书配有读者交流群，群内配有丰富的读书活动和资源服务，您可以根据喜好选择并加入社群，找到志同道合的书友，通过回复关键词获取优质的阅读资源、参与精彩的读书活动，享受卓越的阅读体验。

【群分类及服务介绍】

[读书活动群]　群内配有王祥夫老师的中篇小说《我本善良》《一步一徘徊》和王祥夫老师的绘画作品书签图以及精彩的评论文章，您可以回复关键词获取相应阅读资源。

[读者交流群]　您可以在群内找到志同道合的书友，交流阅读心得，共同提高，共同进步！

王祥夫笔下的世间百态